평양공주

평강공주

2

미래인

평강공주 2

1판 1쇄 발행 2010년 1월 20일
2판 1쇄 발행 2021년 2월 15일

지은이 최사규 **펴낸이** 김민지 **펴낸곳** 미래M&B
책임편집 황인석 **디자인** 서정민 **영업관리** 장동환, 김하연
등록 1993년 1월 8일(제10-772호) **주소** 서울시 마포구 동교로 134(서교동 464-41) 미진빌딩 2층
전화 02-562-1800(대표) **팩스** 02-562-1885(대표) **전자우편** mirae@miraemnb.com
홈페이지 www.miraeinbooks.com **블로그** blog.naver.com/miraeibooks

ISBN 978-89-8394-908-0 04810
ISBN 978-89-8394-906-6 (세트)

＊잘못 만들어진 책은 구입처에서 바꾸어 드립니다.
＊미래인은 미래M&B가 만든 단행본 브랜드입니다.

내 님은 씩씩한 나라의 용사. 창을 들고 왕을 위해 앞장서네. 북소리 울리면 뛰고

무예를 익혔네. 남들은 흙으로 성을 쌓지만 내 님은 홀로 싸우러 나가네.

차례

일러두기

1. 이 글은 역사적 사실을 기반으로 한 팩션(Faction)이다.
2. 등장인물은 역사서에 나오는 인물이 아닌 경우, 작가가 지어낸 것이다. 가급적 당시 고
   구려의 정치적 배경과 그 시간적 흐름을 따르려고 애썼다.
3. 이 이야기의 근거로 『삼국사기』 제45권에 나오는 '온달편' 전문을 참조했으나 그 사료
   가 부족하여 평원왕 재위 기간에 벌어진 사건들을 접목했다.
4. 마지막으로, 아무리 외면한다 해도 이 소설 역시 루머임이 분명하다.

생활의 변화

호젓한 산길에는 이름 모를 새가 지저귀고 불어오는 바람은 진한 숲 냄새를 풍겼다. 평강은 온달의 집이 있는 주작봉 자락을 최우영이 그려준 지도를 들고 헤매는 중이었다. 남장을 한 평강은 생전처음 신어보는 짚신에 퉁퉁 발이 부었다.

평강의 눈에 커다란 소나무 아래 단출한 초가집 한 채가 들어왔다. 그녀가 찾던 집이 분명했다. 그녀는 발짝 소리를 죽이고 살금살금 초가집으로 다가가 주위를 살폈다. 인기척이 없자 구석구석 구경하는 평강의 뒤를 장님 사씨가 기척도 내지 않고 졸졸 따라다녔지만 그녀는 눈치 채지 못했다.

평강은 느닷없이 뒤에서 들려오는 기침 소리에 화들짝 놀랐다. 그러나 뒤에 선 사람이 장님이라는 걸 알고 안도의 한숨을 내쉬었다. 장님이라면 온달의 어머니가 분명할 것이다.

평강은 남자 목소리로 꾸미고 적당히 둘러댔다.

"지나는 길손이온데 해는 지고 해서 인가를 찾게 되었습니다."

사씨가 고개를 갸우뚱 기울였다.

"이쪽은 막다른 길인데 어찌 이리 험한 곳까지 오게 되셨소?"

평강은 여전히 남자인 척 목소리를 꾸몄다.

"허허, 이쪽은 초행인지라 그리 되었습니다."

사씨는 고개를 끄덕이더니 망설임 없이 평강을 안으로 안내했다.

"누추한 집이지만 안으로 드시겠습니까?"

"네에, 그럼 염치 불구하고 신세를 지겠습니다."

앞장서 집 안으로 들어가던 사씨가 발을 헛디디는 것을 보고 놀란 평강이 재빨리 그녀를 부축해 손을 잡아주었다. 안으로 들어선 사씨는 손님에게 자리에 앉으라는 말도 없이 한참 동안 약초를 다듬었다. 어색한 침묵을 깨려고 평강이 말문을 열었다.

"어험, 집이 좀 어둡습니다. 혹시 다른 사람은 없는지요?"

"같이 사는 아들이 올 때가 되었습니다. 그런데 그쪽은 아가씨가 분명한데 구태여 신분을 속이는 이유가 무엇입니까?"

"무, 무슨 말씀이신지?"

"비록 목소리를 꾸몄다 해도 댁은 여자입니다. 몸에는 좋은 향기가 나고 손은 부드러운 비단처럼 매끄럽습니다. 필시 귀한 신분이 분명한데 무슨 곡절로 이 산속까지 찾아왔단 말입니까?"

얼떨결에 사씨를 속인 것을 부끄럽게 여긴 평강은 즉시 절을 올리고 사과했다.

"죄송합니다. 어머니, 소녀의 절부터 받으세요."

"아니, 이게 무슨 소리입니까?"

"소녀는 오래전부터 온달님을 알고 있었습니다. 제 아버지는 어릴 때부터 소녀를 온달님께 시집보낸다고 말씀하셨습니다."

사씨의 얼굴에 의아한 표정이 떠올랐다. 낯선 처녀가 찾아와 알 수 없는 소리를 하기 때문이었다.

"온달님이라니? 내 자식은 천하가 다 아는 바보입니다. 대체 소녀의 아버지가 누구시기에 그런 말을 했단 말이오? 여긴 힘들고 가난한 곳이라 댁 같은 귀인이 가까이할 만한 데가 못 됩니다."

"어머니, 소녀는 집을 나와 갈 곳이 없습니다. 여기에 머물도록 허락해주세요."

"귀한 댁 아씨가 이런 곳에서 살겠다니 아니 될 말입니다. 어서 돌아가십시오."

"제발 무슨 일이라도 할 것이니 내쫓지만 말아주세요."

"이곳은 끼니도 잇기 어려운 곳이라 귀한 집 아가씨가 머물 곳이 못 됩니다. 온달아, 너는 왔으면 들어오지 않고 뭘 하느냐?"

밖에서 두 사람의 대화를 듣고 있던 온달이 겸연쩍어하며 들어왔다. 사씨가 온달의 손을 잡아 끌어당겨 앉혔다. 그러고는 엄한 목소리로 물었다.

"혹시 네가 아는 사람이냐?"

"응, 전에 몇 번 만났어. 나쁜 사람은 아니야."

사씨는 다시 보이지 않는 눈으로 평강을 향했다. 평강에게는 그 눈이 다른 어떤 사람의 눈보다 날카롭게 느껴졌다. 마치 사람의 속마음을 들여다보는 전혀 다른 눈인 것만 같았다.

사씨가 평강에게 물었다.

"대체 아가씨의 정체가 뭡니까?"

"어머니, 저는 지난날을 뒤로하고 집을 나왔습니다. 저를 내치지만 말아주세요."

여기서 물러나면 모든 게 수포로 돌아가기 때문에 평강은 사씨에게 결사적으로 매달릴 수밖에 없었다. 눈물이 시야를 가렸지만 억지로 참아냈다. 그녀는 용기를 내서 재차 사씨를 설득했다.

"어머니, 여기 집에서 가지고 나온 약간의 패물이 있습니다. 그러니……"

그 말에 사씨는 진노하고 말았다.

"어허, 어째 어린 여자의 행실이 그러하단 말이오! 긴말 말고 어서 돌아가시오."

그날 밤 공주는 사씨에게 쫓겨나 집 밖에서 오들오들 떨며 굴뚝을 껴안고 밤새 추위와 싸워야 했다.

산속에서는 해가 늦게 떠오른다. 대지를 녹이는 아지랑이 열기가 시퍼렇게 얼어붙었던 팔뚝의 솜털을 보송보송 일으켜 세웠다. 평강은 따스한 아침 햇살이 이리도 고마운 건지 그제야 깨달았다.

평강은 사씨의 눈치를 보면서 부지런히 자기 할 일을 찾아다녔다. 청소를 하고 몰래 빨랫감을 챙겨 계곡물에 빨았다. 물을 길어 오고 장작불에 밥을 하는 것도 서슴지 않았다. 그렇게 하루 종일 일감을 찾아 씩씩하게 움직이면서 그녀는 자기가 제법 쓰임이 많은 존재라는 걸 사씨에게 인식시키려 애썼다. 그러나 사씨는 좋다 싫다 내색이 없었다.

평강은 굴뚝 옆에 멍석을 깔고 한뎃잠을 자다가 온달이 문을 열어줘서 집 안으로 들어갔다. 불을 지핀 구들에서 잠을 청할 수 있다는 사실만으로도 그녀는 행복해졌다. 일국의 공주가 비단금침이 아니라 거적을 깔고 누웠건만 그녀는 훈기가 있는 집 안에 들어선 것만으로도 사씨의 인정을 받은 것 같아 기뻤다. 끼니때는 마주앉아 옥수수나 감자를 같이 먹으면서 며칠을 그렇게 삭신이 노곤하도록 부지런을 떨었다.

평강은 서서히 사씨와 가까워져갔다. 지극한 정성을 다하면 하늘도 알아준다고 하지 않는가. 이제는 평강이 물을 길러 가거나 산나물을 캐러 가면 사씨는 은근히 그녀가 돌아오길 기다리는 눈치였다.

한번은 산비탈에서 평강이 미끄러져 발목을 다쳤다. 그러자 온달보다 사씨가 더 놀라서 으깬 약초를 발라주며 태산 같은 걱정을 쏟아냈다.

"산속에서 사는 게 많이 힘들지? 힘든 일도 안 해봤을 텐데 이를 어째? 며칠 조리하면 괜찮아질 게다."

"심려를 끼쳐드렸습니다. 어머니, 고맙습니다."

"어느 집 처자인지 모르지만 참 바르게도 자랐다. 없던 딸이 하늘에서 뚝 떨어진 것 같구나."

사씨가 차츰 마음의 문을 열어가자 평강의 입이 귀에 걸렸다. 평강은 바느질을 하며 온달에게 물었다.

"어머니가 눈이 어두운데 왜 불편한 산속에서 살아?"

"산을 내려가면 사람들이 놀려. 가끔 애들이 돌을 던지고……."

"얼굴이 익으면 금방 친해질 거야."

"그래, 나도 애들은 좋아해."

"나는? 좋아? 말해봐?"

"음…… 여우가 변신한 줄 알았는데 꼬리가 없잖아."

"그래서?"

"일도 잘하고……."

"아, 좋아해? 안 좋아해?"

"음, 엄마는 얘가 마음에 들어?"

"치이, 나 안 좋아하는구나."

"아니라니까. 좋다고!"

사씨는 당황해서 떨려나오는 온달의 목소리를 들으며 가만히 미소 지었다.

"후후, 그러냐. 네가 좋다는 사람이라면야……."

평생 온달을 데리고 살지는 못할 것이다. 잘됐는지도 모른다. 그렇게 생각하며 사씨는 평강을 온전히 받아들였다.

고진영은 태왕의 친위군과 절노부 주둔지까지 흑풍대를 시켜 뒤져 보게 했지만 공주의 흔적을 발견할 수 없었다. 흑풍대가 공주를 찾고 있다는 말을 들은 절노부 무장들은 손 놓고 가만히 있지 않았다. 근처에 얼씬거리는 흑풍대의 검은 옷만 보아도 달려가 시비 걸고 칼부림 벌이기를 예사로 여겼다.

공주의 행방이 묘연하고 수색 작업이 소강상태에 접어들자 고건은 대원들에게 철수를 지시했다. 아무런 성과를 거두지 못한 고진영은 아쉬운 기색이 역력했다. 그는 고건에게 변명했다.

"곧 공주의 행적이 드러날 겁니다. 절노부 놈들이 기를 쓰고 방해하는 게 아무래도 수상합니다. 기한을 더 주시면 반드시 잡아들이겠습니다."

고건의 눈썹이 꿈틀댔다.

"잡아들이다니? 공주가 무슨 죄인이더냐?"

"형님은 괘씸하지도 않습니까? 그년은 상부 고씨의 얼굴에 먹칠을 했습니다."

"계속 날 수치스럽게 만들 작정이 아니라면 그만 해라. 태왕조차 공주의 행방을 찾지 않고 있다."

"태왕은 크게 진노해 있다 들었습니다."

"너는 태왕이 공주의 출궁 사실을 모르고 있었을 것 같으냐?"

고진영이 놀란 얼굴로 형을 바라보았다. 고진영은 전혀 짐작도 하지 못한 일이나, 고건은 상황을 추론해서 이해하고 있었다.

"공주의 목적이 혼사의 거절이라면 굳이 왕궁을 나가지 않아도 된다. 뭔가 다른 내막이 있을 것이다. 공주가 왜 궁을 나가야 했는지, 나는 그것이 더 궁금하다. 이제는 내가 움직여야겠다."

고진영은 아무 말도 못 하고 형 앞을 물러나야 했다.

고건은 일영을 데리고 주작봉으로 향했다. 그림자 무사들이 최우영과 그 부하들을 추격해 일전을 벌인 곳이 주작봉이고 그곳에서 온달이 그들을 구해 갔다고 했다. 그 근처를 뒤지면 단서를 잡을 수 있을 듯했다.

고건은 공주의 행방 못지않게 온달이라는 인물이 궁금했다. 공주가 온달의 이름을 대전에서 거론했다. 그가 정말 바보라면 절대 그림자들 손아귀에서 별동대를 구하지 못했을 것이다.

반나절이 채 지나지 않아 그림자들이 온달을 찾아내어 감시하는 중이라는 연락이 왔다. 그림자들은 온달이 웬 여자와 같이 있는 걸 보고도 그녀가 공주일 거라고는 상상하지 못했다. 산골 처녀치고 피부가 희고 얼굴선이 갸름한 것이 꽤 귀티가 난다는 느낌은 들었지만,

남루한 옷차림에 약초 바구니를 어깨에 둘러메고 호미를 든 그녀가 제국의 공주, 태왕의 딸이라고는 짐작조차 하지 못했다. 그들의 고정관념을 넘어선 변신이기에 어쩌면 당연했다.

온달이 던진 돌에 맞아 콧등이 깨졌던 그림자 가운데 하나가 이를 갈았다. 그들은 온달을 덮쳐야 할지 말아야 할지 잠시 고민했다. 그러나 고건의 명령은 온달의 행적을 수색하라는 것이었기에 그들은 잠자코 감시의 눈초리만 번득였다. 그들은 평강을 근처 숯막의 처녀일 거라고 생각했다.

덤불 속에서 자신들을 감시하는 눈길이 있다는 사실을 모른 채 온달과 평강은 즐거운 한때를 보내고 있었다. 그들의 얼굴에는 웃음꽃이 활짝 피었다. 평강은 주로 묻는 쪽이었고 온달은 대답하는 편이었다. 산에서 자란 온달은 약초며 나물이며 새며 나무 이름을 모르는 것이 없었다. 평강이 이게 뭐냐고 물으면 즉시 이름을 알려주었다. 평강은 대부분 처음 보는 것들이었다. 남부럽지 않게 많은 책을 읽었고 너무 총명하여 자신을 감추고 살아야 했던 그녀지만 산나물이나 약초에 대해서는 알 도리가 없었다.

"저기 밤나무숲 보이지?"

온달이 손가락으로 오른쪽을 가리켰다. 하지만 공주는 어떤 게 밤나무인지조차 몰랐다. 그녀는 온달의 손가락 끝이 가리키는 곳을 보았다.

"저리로 가면 더덕이나 도라지가 많아. 저 절벽 아래에는 콩밭도 있어."

"응, 그렇구나. 근데 말이야. 콩은 어디서 나와? 땅에서 캐는 거야? 아님 따는 거야?"

"그런 것도 몰라? 너, 책 많이 읽었다며?"

"책에는 그런 거 안 나와."

"그런 공부를 왜 해?"

"공부는 사람이 사는 도리를 깨치고 살아가는 데 필요한 양식良識을 얻는 거야."

"그래, 양식糧食. 그걸 얻으려면 밤나무나 도토리나무도 알아야지?"

서로 아는 게 달랐다. 평강은 은근히 약이 올랐다.

"야, 듣고 보니 좀 그렇다. 너는 내가 아는 거 다 아니? 다 알아?"

온달은 기죽지 않으려고 눈에 쌍심지를 켜는 평강이 귀여웠다.

"걱정 마. 내가 가르쳐줄게. 하나하나 배우면 돼."

장차 무슨 일이 생길지 알 리 없는 온달은 어린애 다루듯이 평강의 머리를 쓰다듬고 툭툭 쳤다. 태왕 외에 그 누가 공주의 머리를 만지고 그것도 모자라 곰발바닥 같은 손으로 치기까지 하겠는가? 평강으로서는 죽을 맛이었다. 이런 무식한 곰 같은 사내를 가르칠 수 있을지 자신이 서지 않았다. 그녀는 자신의 선택이 옳은 건지 심각하게 고민할 필요를 느꼈다. 그래도 이대로 물러설 수는 없었다. 그녀는 마음을 다잡았다.

평강은 목에 힘을 주고 머리를 꼿꼿이 세워서 버텼다. 온달에게 얕보였다간 계획대로 시작하기도 전에 일을 그르칠 수 있었다. 평강은 온달에게 학문과 무예를 가르쳐야 했다. 그가 스스로 그것을 원하도록 유도해야 했다. 우선은 기죽지 않고 온달을 당당히 대하는 게 중요했다.

갑자기 온달이 토끼처럼 귀를 쫑긋 세웠다.

"가만, 들려?"

평강은 아무 소리도 듣지 못했다. 온달이 코를 벌름거리며 바람 냄새를 맡았다. 그러고는 평강의 귀에 대고 속삭였다.

"저쪽 덤불 뒤에 사람이 숨어 있어."

그제야 평강도 산 아래쪽에서 나는 희미한 말 울음소리를 들었다. 궁에서 보낸 사람들일까? 이런 생각이 얼핏 평강의 머릿속을 스치고 지나갔다. 그러나 부왕이 패물 몇 개 챙겨 갔다고 군사를 풀진 않았을 것이다. 이번 출궁에는 평원왕의 암묵적인 동의가 있었으니 말이다. 평강은 이 자리를 벗어나야 한다고 생각했다. 평강이 먼저 일어나 달렸다. 평강이 뛰니 얼떨결에 온달도 따라 뛰었다. 말을 탔다면 모르지만 발로 뛰고 달리는 데는 평강이 온달의 상대가 될 수 없었다. 금세 평강을 제친 온달은 저만치 앞서 달렸다.

"야아, 같이 가야지."

걸음을 멈추고 돌아온 온달은 숨이 턱에 차 헐떡이는 평강의 손을 잡고 산비탈을 평지인 양 단숨에 타고 올라갔다. 당황한 건 그림자들이었다. 그처럼 갑작스럽게 도망칠 줄 몰랐기 때문이다.

그림자 하나가 벌떡 몸을 일으켜 뛰쳐나가자 토끼가 굴에서 머리를 쏙쏙 내밀듯이 숨어 있던 그림자들이 하나 둘 나타나 온달과 평강의 뒤를 쫓았다. 주작봉이 자기 집 앞마당인 온달은 요리조리 잘도 길을 찾아갔다. 끌려가는 형국이 된 평강은 보폭이 차이나고 숨이 차서 말이 안 나왔다.

"모, 못 뛰겠어."

"자, 업혀. 어서! 아니면 혼자 간다."

엉거주춤 등판을 내민 온달에게 평강은 섣불리 올라타지 못했다.

온달이 무거워할까 싶어 그런 게 아니었다. 그의 등판 넓이를 보고 기가 질려서 그랬다.

부왕도 체격이 컸다. 평원왕은 평강의 어린 시절 곧잘 그녀를 무등 태워주거나 업어주었다. 그녀는 부왕의 등판에서 아늑한 평온을 느꼈다. 그런데 온달의 등판은 부왕과는 차원이 달랐다. 숫제 그 위에서 춤을 춰도 될 정도였다.

평강의 얼굴에 부끄러운 기색이 드러났다. 온달이 어서 업히라며 채근했다. 평강은 그의 등에 앞가슴을 살짝 기대고 몸을 기울였다.

"꽉 잡아! 이제 달린다."

온달은 평강을 업고도 무게를 별로 못 느끼는지 바위를 딛고 휙휙 날듯이 뛰어다녔다. 평강은 어쩔 수 없이 찰싹 거머리처럼 달라붙었다. 부왕 말고 사내 등에 업혀 그렇게 매달려보기는 처음이었다. 한참 긴장했다가 점점 말을 타는 것처럼 익숙해지고 요령이 생기니 점점 재미있어졌다.

"저쪽 개울로 가봐. 이쪽으로! 잘 뛰네. 산에서 보약 좀 캐먹었구나. 그렇지?"

뒤를 돌아볼 여유가 생긴 평강이 저만치 산 아래를 내려다보았다.

"기다려봐. 저 사람들, 밀렵꾼은 아니지?"

"손에 들고 있는 건 사람 잡는 칼이야."

"돌 좀 집어 와."

온달이 공주의 말을 듣고 이리저리 두리번거리다 머리통만 한 돌을 들고 왔다.

"뭐 하는 거야?"

"금방 돌 가져오라며?"

"그게 아니고 너, 돌 잘 던지잖아."

"아, 조약돌. 말 좀 정확히 해라."

무릇 간단한 말조차 그렇다. 지극히 추상적이다. 같은 말이라도 머릿속에 떠올리는 형상은 제각각 다르게 마련이다. 그러니 상황을 이해하고 판단하는 건 더욱 주관적이고 서로 다를 수밖에 없다.

"우직하고 착한 줄 알았는데 한 마디도 안 지고 대드네?"

"확실히 짚고 넘어가자. 그러는 넌 몇 살인데?"

거기서는 평강도 할 말이 없었지만 그렇다고 해서 기죽을 그녀가 아니었다.

"원래 모자란 사람이 나이 따지고 그러는 거야. 나이로 뭘 알 수 있는데? 내 말 틀려?"

평강은 얼렁뚱땅 넘겼다. 온달은 여간해서 말로는 평강을 이기기 어렵겠다는 생각이 들었다.

온달은 큼지막한 돌을 주워 아래로 던졌다. 숲 속에서 힘껏 돌을 던지면서 내지르는 온달의 기합 소리가 앞산에서 메아리로 울려 퍼졌다. 앞서 달려오던 그림자가 놀라 소리쳤다.

"피해!"

그림자들은 나무나 바위 뒤로 후다닥 몸을 피했다. 공기를 가르며 날아온 물체가 파열음을 내며 터지는 걸 보고 그림자들이 고개를 빠끔 내밀어 보니, 바위에 맞은 돌이 산산조각 나서 그 가루만 바위에 흔적으로 붙어 있었다. 나무로 날아온 돌은 깊숙이 파묻혀 칼로 파야 뽑아낼 수 있을 정도였다. 이건 돌이 아니라 숫제 흉기였다. 맞으면 치명상이지만 다행히 온달은 겁만 주려는 것 같았다. 그림자 가운데 한 명이 온달 쪽을 향해 외쳤다.

"야, 비겁하게 돌을 던지고 그러냐?"

그러자 삼영이 동료를 힐난했다.

"이 바보야! 우린 칼을 들었는데 너 같으면 돌을 내려놓겠냐? 너랑 같이 있으니 나도 이상해진다."

삼영이 한탄하는 중에 고건과 일영의 말발굽 소리가 가까워졌다. 평강과 온달을 뒤쫓던 그림자들은 죽을 맛이었다. 체면이 서질 않았다. 명색이 그림자 무사 아닌가. 어둠 속에서 활약하는 최강의 무사들이 기껏 돌멩이가 무서워 몸을 숨기고 있다니.

평강은 저 아래 말에서 내리는 사람이 고건임을 알아보았다. 그제야 자신들을 뒤쫓던 자들이 누구인지 정체를 알아챘다.

고건은 가볍게 걸어서 그녀에게 다가왔다. 평강이 목례를 했다. 고건은 말문이 막혔다. 궁에서 보던 공주와는 딴판인 행색에 그도 내심 상당히 놀란 듯했다.

"그러고 있으니 누군들 공주님을 알아보겠습니까?"

대답 대신 평강은 화가 난 목소리로 물었다.

"장군께서는 여기까지 어인 일이십니까?"

고건의 눈동자에 그리운 연인을 대하듯 사뭇 안타까운 기색이 떠올랐다.

"내가 왜 여기를 찾아왔을 것 같습니까?"

그러나 평강은 고건의 그런 눈빛을 모른 체 외면했다.

"제가 어찌 장군의 마음을 헤아리겠습니까?"

고건은 고개를 돌려 온달을 보았다.

"네놈이 온달이냐?"

온달이 대답하지 않자 삼영이 나서며 으름장을 놓았다.

"장군님께서 묻지를 않느냐? 바보 온달이라고 어서 아뢰어라."

말리는 시어머니보다 거드는 시누이가 더 미운 법이다. 온달은 삼영을 휙 쳐다보고는 어울리지 않는 자세로 거드름을 피웠다.

"내 이름을 알고 싶으면 너희들부터 차례로 이름을 밝혀."

그 말에 평강은 웃음을 참지 못하고 입으로 손을 가렸다. 삼영이 눈알을 부라리며 온달 쪽으로 다가서자 고건이 그를 막았다.

"너흰 물러서라. 공주님은 왕궁으로 돌아가지 않을 생각이십니까?"

"장군은 제가 원해서 궁을 나왔다고 여기십니까? 전들 이런 궁벽한 산골이 좋아서 나왔겠습니까?"

"그럼 무엇이 두려워 여기까지 피해 온 것입니까?"

"한 나라의 안정이 어찌 하찮은 소녀의 혼사에 달렸다 하겠습니까? 핑곗거리지요. 입을 가진 사람이면 이구동성, 상부 고씨와의 혼례는 소녀가 인질로 잡혀 가는 거라 했습니다. 그 말을 듣고 장군이라면 어찌시겠습니까?"

"그렇다고 설마 공주님이 저런 놈을 만날 줄은 몰랐습니다."

고건은 정말 공주가 바보 온달을 만나 같이 있을 줄은 예상하지 못했다.

"장군은 사람의 겉모습으로 무엇을 판단하실 수 있습니까?"

공주의 가출에 뭔가 감춰진 내막이 있을 것이라 여기긴 했다. 그러나 그녀가 조정에서 공언한 대로 바보 온달과 함께 있으니 고건은 할 말을 잃고 머리가 멍해졌다. 하늘 높이 맴도는 까마귀를 쳐다보다가 그는 자조적인 심정이 되어 물었다.

"공주님은 내 어디가 부족하여 나를 거절하시는 겝니까?"

"장군은 고추가의 적자이십니다. 제국의 무장으로 공평무사하시고 선인의 으뜸이시니 반드시 나라에 큰 기둥이 되실 분입니다. 그런 장군을 어찌 모자란다 하겠습니까? 다만 소녀와는 어울리지 않는 인연일 뿐입니다."

"설혹 뭔가 얽힌 것이 있어도 나는 그걸 풀 수 있으리라 장담했습니다. 나를 믿고 따라주실 수는 없겠습니까?"

고건은 학문도 뛰어나고 신의가 있는 장부다. 굳건한 신념을 가졌기에 자신의 능력을 믿고 매사에 저리 당당할 수 있으리라. 그는 이미 넘치도록 갖추고 가진 사람이었다.

"장군도 잘 아시겠지만 아무도 우리 두 사람을 둘의 문제로 내버려두지는 않습니다. 그동안 배려해주신 은혜에 감사할 따름입니다."

"대의를 생각해서 다시 고려해보실 수는 없겠습니까?"

"저는 사람의 희생으로 얻을 수 있는 나라의 명운 따위는 믿지 않습니다. 상부 고씨와 내부 고씨의 갈등 때문에 우리를 묶어두려 하지만 제 본심을 숨기고 장군을 섬기는 건 어렵습니다."

분명 나이 차이가 나건만, 고건은 공주와 이야기를 나누고 있으면 그녀의 나이를 가늠키 어려웠다. 마음이 쓰라렸다. 연약한 공주를 보호해주고 싶다. 그러나 공주가 거리를 둔 채 다가오지를 않는다. 가질 수 없으니 더욱 아쉽기 마련이다.

"나는 공주를 진심으로 원하고 앞으로도 그럴 것입니다. 나는 쉽게 포기하는 사람이 아닙니다."

고건을 그렇게 말하고는 그림자 무사들에게 명했다.

"이만 돌아가자. 오늘 이 자리에서 있었던 일은 아무것도 발설하지 마라."

고건은 더 추한 모습을 보이기 싫어 훌쩍 말에 올라타고 박차를 찼다. 삼영이 그 뒤를 따르면서 온달에게 손가락질을 했다.

"너, 운 좋다. 다음에는 각오해라."

"야, 각오했으니까 너는 가지 말고 좀 남아."

삼영이 다른 동료들을 둘러보니 별로 온달과 싸우고 싶어 하지 않는 눈치였다.

"내가 다음이라 그랬지? 바보라서 그러냐. 어째 말귀를 못 알아들어?"

삼영은 다른 그림자 무사들 꽁무니를 놓칠세라 얼른 뒤에 따라붙었다.

"야, 서라. 도둑이야!"

평강은 온달이 괜히 엉뚱한 곳에 화풀이를 하는 것 같아 쓴웃음을 지었다.

안학궁에서 나온 공주는 아직 의혹의 눈길을 거두지 않고 있는 사람들에게 자신의 선택이 진정임을 보여줘야 했다. 온달과 부부지연을 맺으려고 처음부터 의도하고 작정한 일은 아니었다. 다만 상황이 변해가면서 자연스레 그렇게 된 것이다. 말이 씨가 되는 법이다.

온달과 평강은 깎아지른 산봉우리 위에서 사씨의 주관으로 맞절을 하며 혼례를 치렀다. 사씨는 하늘과 땅의 신들에게 음식을 뿌리며 고수레를 했다. 평강이 온달의 손을 사씨 몰래 살짝 잡자, 온달은 수줍어하면서도 손을 뿌리치지 않고 웃음으로 답했다. 울보 공주와 바보 온달의 결혼. 아마 평원왕은 결단코 그들의 결혼을 인정하지 않을 것이다.

사씨의 오두막 옆에는 두 사람이 머물 통나무 너와집을 이진무가 사씨 일족을 데리고 와서 불과 며칠 사이에 지어놓았다. 그동안 장님 사씨가 같이 살았기 때문에 오늘이 두 사람의 실질적인 첫날밤이었다.

평강은 허름한 천으로 가려놓은 아궁이 앞에서 몸을 정갈하게 씻었다. 온달 역시 몸 구석구석 정성들여 씻었다. 실내가 따뜻해서 평소의 온달이라면 곯아 떨어졌을 것이다.

새색시가 옷고름을 풀어줄 신랑을 기다리듯이 온달은 두근거리는 마음으로 평강을 기다렸다. 빨갛게 볼이 상기된 그녀가 그의 곁으로 다가왔다. 온달은 잠시 그녀를 제지했다. 더 늦기 전에 궁금했던 걸 물어보고 싶었다.

"이렇게 꼭 결혼까지 할 필요는 없잖아?"

"혼인을 하면 부부는 경어를 써야 합니다."

"내 머리로는 도저히 모르겠어. 나도 공주가 좋아. 하지만……."

"그거면 됐어요."

"누구라도 나보다는 나을 거야."

평강이 빙긋이 웃으며 온달을 응시했다.

"소녀가 왜 하필 온달님을 선택했는지 궁금하세요?"

"그, 그렇지요."

"어찌 사람의 마음을 말로 다 표현할 수 있겠어요. 온달님은 정이 많고 착한 분입니다. 남들이 자신을 놀리고 시비를 걸어도 구태여 변명하려 하지 않습니다. 어머니를 잘 공양하는 효자에다 하찮은 미물의 생명까지 아껴줍니다. 기우제를 지낼 때는 사람을 보내 도와주셨고 대부님의 초상도 치러주었습니다. 별동대원들의 목숨을 살린 사람도 온달님입니다. 산에서는 저를 가르치는 스승이 되었고 저는 도움만 받았습니다. 온달님의 이웃은 가난해도 밝고 남을 위할 줄 아는 사람들입니다. 아무 셈을 하지 않아도 되고 내 있는 그대로를 보여도 되니 편합니다. 온달님은 힘이 장사라서 내가 힘들면 언제든 업어줄 테고요. 저는 공주로 태어났고 그렇게 자라왔습니다. 제게는 해야 할 일이 많습니다. 그래서 진력을 다해도 모자라지요. 어떻게, 무엇을 해야 하나? 매일 저는 자신과 싸우며 다독이고 있습니다. 할 수 있다, 할 수 있다고요. 이제 온달님이 저를 지켜주셔야 합니다."

평강은 마음에 담아두었던 말을 남김없이 다 했다. 온달은 평강의 웃는 얼굴이 좋았다. 저 웃음을 잃지 않도록 해주리라 결심했다. 아직 어리고 두려운 몸으로 평강은 운명의 남자를 받아들였다. 아랫도리의 고통을 참으려고 벗은 옷자락을 움켜잡은 그녀의 가녀린 손가락이 파르르 떨리면서 힘이 들어갔다.

봄볕을 받은 샛노란 개나리꽃과 핏빛 진달래꽃이 화려한 색상을 한껏 뽐내며 눈을 시리게 했다. 겨우내 웅크렸던 마음에 보상이라도 해주듯이 봄꽃은 향기보다 먼저 그 현란한 색깔로 사람들을 환하게 반겼다.

평강은 지난겨울부터 산을 내려가자고 사씨를 설득했다. 온달이 더 배우고 익혀 나라에 보탬이 되는 인재가 되게 하자는 평강의 말에 사씨는 걱정이 앞섰다. 세속의 명리를 좇는 삶이 얼마나 추해질 수 있는지 몸서리치도록 겪은 그녀였다. 사씨는 자신의 아버지를 기억에 떠올렸다.

부귀와 권세에 눈이 먼 사씨의 아버지는 배울 만큼 배웠고 재력가인데도 딸을 명문세가로 시집보내려고 안달했다. 그녀가 글방 선생을 사랑한다는 것을 알고는 두 사람을 떼어놓으려고 그 선생을 강제로 군역에 보냈다. 다시는 돌아와 그녀를 찾을 수 없도록 사고로 위장하여 두 다리를 병신으로 만들기까지 했다. 사씨는 자신이 임신했음을 밝힌 뒤 그를 찾아 떠나겠다고 했다. 진노한 아버지는 낙태를 위해 약을 먹였고 그녀는 그 부작용으로 두 눈의 시력을 잃었다.

그날 이후, 사씨는 집안과의 인연을 끊고 산속으로 도망가 혼자 온달을 낳아 길렀다. 온달은 그녀의 사랑을 증명하는 유일한 증거이자 자신의 남은 생에서 위안을 얻을 수 있는 유일한 보물이었다. 딸을 소유하고 그 생명까지 좌지우지할 수 있다고 믿었던 부친이 정말 자신을 사랑해서 그런 것일까 하는 의문은 사씨에게 영영 풀리지 않는 수수께끼이자 저릿한 아픔으로 남아 있었다. 사씨 집성촌 사노인은 어렴풋이 그 사연을 알고 있는 몇 안 되는 일가 중 한 사람이었다.

사씨는 눈먼 자신이 아들의 장래를 막는 걸림돌은 되지 말아야겠다는 심정으로 평강의 제안을 받아들였다. 아들에게 의지해 여태껏 견뎌왔지만, 이제 온달을 놓아주어야 할 때라고 생각했다. 그녀는 끈질긴 며느리의 설득에 고개를 끄덕였다.

며칠 뒤 그들은 산을 내려갔다. 쇠뿔도 단김에 뽑으랬다고 평강이 서둘러 이사 준비를 하고 사씨촌 사람들이 도움을 준 덕분이었다. 평강과 온달은 눈먼 사씨를 가마에 태우기로 했다. 눈이 없다고 해서 사물을 볼 수 없는 건 아니라는 사실을 평강은 시어머니를 통해 알았다. 사씨는 마치 눈이 멀쩡한 사람처럼 그동안 정들었던 초가집을 구석구석 살피고 저 너머 굽이치는 산맥을 바라보았다. 지난 세월의 기억을 털어내려는 듯 그녀는 가볍게 고개를 젓고는 가마에 올랐다.

길가에 흐드러지게 핀 벚꽃이 불어오는 바람을 타고 눈송이 같은 꽃비를 뿌렸다. 사씨는 코끝에 밀려드는 향기만으로 그 눈부신 봄날의 정경을 기억 속에서 찾아 떠올릴 수 있었다.

최우영은 창을 다루고 적과 싸우는 일이라면 일가견이 있었다. 그러나 외양간에 소를 들이고 곳간에 곡식을 채워 넣고 부엌살림을 장만하는 일은 알 턱이 없었다. 머슴과 하녀를 부리는 것도 뭘 알아야 하지, 이는 전부 공손부인의 몫이었다. 말로만 집사지 최우영은 자신이 이렇듯 무능하게 양식만 축내며 무위도식하는 날이 올 줄은 상상도 못했다. 천하를 진동시킨 별동대장이라는 자부심은 어디 갔는지…… 사람 일은 한 치 앞을 모르는 것이다.

영 찜찜해서 밥값이라도 벌충해야겠다 싶어 장작을 팰라치면 채신없이 자신들의 밥줄을 끊는다며 머슴들이 달려와 도끼 자루를 뺏어갔다. 최우영은 심각하게 자기정체성에 회의를 느끼며 고민하게 되었다. 최우영만 그런 상태인 건 아니었다. 여러 사람이 새로운 변화에 적응하려 애쓰고 있었다.

온달은 원래 공부와는 담을 쌓았던 사람이다. 그런데 이제 글을 읽고 붓을 잡아야 한다. 왜 그래야 하는지 정확히 이해하진 못했지만, 여하튼 해야 한다며 평강이 강력하게 주장하고 서슬 퍼렇게 시키니 어쩔 수 없이 했다. 공주의 눈높이가 어디 보통이겠는가?

새 옷을 입고 깨끗하게 지내야 하는 것이 온달에게는 무엇보다 고역이었다. 아무 데나 퍼질러 앉을 수 없다. 코가 흘러도 새 옷이라 옷소매로 함부로 닦지 못한다. 말투도 아래 위를 가려서 해야 하고 손윗사람에게 함부로 반말을 하면 안 된다. 마음을 놓았다가 실수라도 하면 당장 평강이 도끼눈으로 째려보았다. 그뿐만이 아니다. 말 타는

법을 배워야 하고 날이 시퍼렇게 선 칼도 하나가 아니라 둘씩 손에 쥐고 휘둘러야 했다. 온달은 꼭 이렇게까지 해야 할 필요가 있는가 하는 의문이 늘 머릿속을 떠나지 않았지만, 그러다가도 평강의 얼굴을 보면 언제 그런 생각을 했냐는 듯 열심히 움직였다.

장님 사씨의 생활도 변했다. 몸이 너무 편해진 게 문제라면 문제였다. 몸종이 곁에 붙어 손발과 눈이 되어주니 남들은 좋다고 할지 모르지만 예민한 감각이 자꾸 무뎌졌다. 이러다 다시 산에 가면 혼자 살 수 없을 것 같아서 그녀는 불안했다.

예전에는 몸을 많이 움직이고 먹는 건 조금이라서 소화불량이 뭔지 모르고 살았지만, 요즘은 몸은 조금 움직이고 기름진 반찬을 먹다 보니 살이 찌고 속도 좋지 않았다. 그래서 평강에게 집 안 청소는 자기가 맡아 하겠다고 아등바등 우겼다. 만약 그것도 못 하게 하면 산으로 혼자 올라가 살겠다는 엄포를 놓고서야 항복을 받아냈다.

그러나 이러니저러니 해도 누구보다 심한 정신적, 환경적 질곡을 겪고 있는 사람은 평강이었다. 평강은 자신의 전부를 내던졌다. 존엄 지체尊嚴肢體, 그녀는 귀족이나 제후의 딸도 아니고 대제국 고구려 태왕의 외동딸이다. 어느 왕조에 이런 사례가 있었단 말인가?

그러한 공주가 가출해서 아무것도 내세울 것 없는 남자를 택하여 결혼까지 했다. 그녀의 일상은 모든 것이 달라졌다. 먹고 입고 자는 환경적인 것만이 아니라 마음가짐조차 완전히 탈바꿈해야 했다. 그녀는 집 안에서 아예 공주라 부르지 못하도록 엄명을 내렸고 신분도 숨겼다.

그녀는 지난날 몇 날을 단식하면서 그렸던 초상화를 표구해 방 안에 걸어두었다.

'내 삶의 길은 스스로 그려 가리라.'

사람의 마음은 변하기 쉽다. 평강은 초상화를 보며 초심을 잃지 않으려 애썼다. 가장 어린 공주가 누구보다 큰 변화를 묵묵히 감내하며 적응해가고 있으니 누가 그녀 앞에서 힘들다는 투정을 부리겠는가?

얼마 후, 외숙에게서 평강이 기다리던 답장이 날아왔다. 답장을 받은 평강은 임정수에게 전갈을 보내 '무예교본' 편찬 작업을 서둘러달라고 재촉했다.

장안성과 그 인근 지역에서 별동대 5개조가 경당 설립을 위해 구역을 정하고 각기 흩어졌다. 패하 벌판이 있는 패수泪水 일대를 배정받은 김용철, 송덕일, 홍적 세 사람은 최우영이 내려 보낸 작전 지침서와 별동대 전역 명령서를 동시에 받아들었다. 작전 지침서에는 경당 설립을 위해 주변에 소문을 퍼트려야 한다고 기술되어 있었다.

김용철은 어떻게 소문을 퍼트려야 할지 고민했다. 아무나 붙잡고 무예 시합을 신청할까? 아니면 방을 붙일까? 이런 고민은 온전히 김용철의 몫으로 할당되었다. 송덕일은 원래 그런 일은 조장이 알아서 하는 거라며 뱃놀이를 가자고 홍적을 구슬려서 아침 일찍 줄행랑을 쳐버렸다.

패수 도선장 대동객점은 이 일대에서 규모가 제일 큰 주루다. 숙박을 겸하고 있어 항시 밤늦도록 손님이 북적대고 술시중을 드는 정복 지역의 유민流民 여자들까지 상주해서 늘 만원이었다. 멀리 국내성까지 소문이 자자한 객점이라 매일 밤 불야성에 삼경이 지나서야 겨우 영업을 마감했다.

객점 주인 홍장사의 딸 홍일미는 오만상을 찡그리며 자기 머리를 쥐어박고 있는 김용철이 인상과는 달리 순진한 구석을 가졌다고 판단했다. 벌써 며칠째 남자 세 명이 방 하나를 얻어 투숙하고 있지만 술은 입에 대지 않고 여자도 멀리하는 것을 보고, 그녀는 점점 그들의 정체가 궁금해졌다. 장사꾼은 아닌 것 같고 팔자 좋은 풍류객으로도 보이지 않았다.

패수 유역은 인근의 경치가 빼어나고 큰 도선장이 여러 개 있어 각양각색의 사람들이 몰려드는 번창한 곳이다. 홍일미는 족집게처럼 그 사람들의 직업이나 신분을 알아맞히는 재주를 갖고 있었다. 한번은 어사대御史臺 관원이 변장을 하고 머물렀는데, 그 남자의 걸음걸이와 말투를 듣고 그가 관에서 밀행 나온 감찰임을 단번에 알아맞혀 사람들의 감탄을 자아내기도 했다.

홍일미는 근 보름간 몸져누운 아버지를 대신해 객점에 나와 주인역할을 하고 있었다. 그녀는 대동객점에서 태어나 22년 동안 그곳에서 살아왔다. 그런데 최근에 큰 걱정거리가 생겼다. 장안성으로 술을 넣어주는 술도가가 근처에 생기더니 파락호破落戶 같은 놈들이 들락거렸고, 주객전도가 되어 그자들이 상인들에게 보호비를 거두겠다며 집집마다 돌아다녔다. 홍일미의 아버지는 홍장사라 불릴 정도로 힘이 세서 떠돌이 뱃사람들도 대동객점에서는 술주정을 삼가며 한 수 접고 들어갔다. 객점에서 일하는 장정만 해도 스무 명이 넘으니 보통 사람이 객기를 부리고 시비를 거는 일은 거의 없었다. 그런 대동객점 홍장사가 파락호들에게 작살났다. 그날 객점 일꾼의 절반 정도가 코가 깨지고 이가 부러졌다. 파락호들은 하나같이 솜씨가 빼어나 뒷골목 불량배 수준을 넘어섰다. 이상한 점은 관부에 신고해도 관원들이 개입을 꺼린다는 것이었다.

홍일미는 홀로 국밥을 시켜 먹고 있는 김용철에게 어엿한 주인 자격으로 다가가 말을 건넸다.

"동료들은 어쩌고 혼자 드세요?"

"흥, 동료는 무슨 빌어먹을."

김용철이 콧김을 뿜어내며 혼자 씩씩댔다.

"사이가 좋아 보이던데요?"

"머리 아픈 건 죄다 맡겨놓고 뱃놀이를 가는 놈들인데…… 확 배나 뒤집어져서 물귀신이나 돼버려라."

"아저씨는 북쪽에서 왔고 혼자 살지요?"

순간 김용철의 검미劍眉가 꿈틀했다.

"왜 남의 사생활은 캐묻지?"

"그것 봐, 내 말 맞지. 어떤 여자가 이렇게 퉁명스럽고 사나운 남자를 좋아하겠어요?"

"흥, 남이야? 아줌마가 뭔 상관이야?"

아줌마라는 말에 홍일미는 은근히 약이 올랐다. 김용철은 더 이상 길게 대꾸 않고 국밥 국물을 깨끗이 비웠다. 홍일미는 점원을 손짓해서 국밥을 한 그릇 더 말아 오게 했다. 김용철이 왜 그러냐는 듯 빤히 쳐다보자 홍일미가 상냥하게 말했다.

"황소만 한 덩치에 고걸로 양이 차겠어요? 더 드시라고요."

"아줌마, 이건 공짜지?"

"아저씨, 나 아줌마가 아니라고요. 누구 혼삿길 막으려고 작정했나?"

"나도 아저씨가 아니라 총각이오."

홍일미가 도저히 못 견디고 쿡쿡 웃었다. 그녀의 웃음이 거슬렸지만 호의를 베푸는 모습에 악의가 없어 보여 김용철은 그냥 국밥에 숟가락을 담갔다.

"어험, 저리 가쇼. 먹는 사람 처음 봐요? 아가씨가 이런 객점에서 얼쩡거려서야 되겠소."

"아버지 대신 가게를 보는 중이에요."

"그럼 이 동네에 오래 살았소?"

홍일미가 고개를 끄덕였다.

"그럼 여기서 가장 학식이 높은 사람이 누구요? 그러니까 거, 글 가르치는 좀팽이 말이오. 젠장, 내가 까막눈인데 누가 공부를 많이 했는지 알 게 뭐람."

홍일미로서는 의외였다. 평생 가야 글과는 거리가 먼 것처럼 보이는 인간이 글 선생을 찾다니. 호기심이 발동했다.

"그런 분은 찾아서 뭐 하시게요? 어디 저한테 말해보세요."

바짝 호기심에 찬 눈초리로 김용철을 훑어보는 홍일미의 얼굴에 볼우물이 생겼다.

"묻는 말에 대답은 안 하고 뭘 꼬나보면서 따지고 드슈?"

"처녀가 총각 얼굴 좀 보는데 누가 뭐라 하나요?"

홍일미의 얼굴이 코앞에 바짝 다가오자 김용철은 머쓱해졌다. 그는 헛기침을 하며 몸을 빼서 창밖으로 시선을 피했다.

"또 알아요? 나한테 잘 보이면 도움을 줄지. 난 이곳 토박이라고요."

틀린 말은 아니었다. 혼자 골머리를 앓아봐야 뾰족한 수가 생길 리 없었다. 어차피 누군가의 정보가 필요했다. 김용철은 얼굴 표정만 보면 속마음이 어떤지 빤히 표시가 나는 인간이다. 그런 그가 얼굴에 어울리지 않는 억지웃음을 날리면서 소매를 걷어붙였다.

"그럼 말이오. 꼭 보답을 할 터이니 나 좀 도와줄 수 있겠소?"

"하는 짓 봐서요."

"어허, 과년한 처녀 입에서 짓이라니!"

홍일미는 단순한 김용철과 말을 섞는 것이 재미있었다.

"기분 나쁘면 관두고요."

"아니, 그런 말이 아니라……."

그때 입구 쪽에서 요란한 소리가 들려왔다. 파락호 다섯 명이 장사를 방해할 요량으로 기물을 발로 차고 손님들의 멱살을 잡고 흔들어 댔다. 김용철은 밋밋하고 무표정한 눈으로 그들을 쳐다보았다.

"여기 주인 나오라 그래. 세금을 내놓아야 할 것 아냐?"

"장사 때려치우고 싶어?"

"야아, 문 닫고 간판 내려!"

기세등등한 파락호들의 행패에 손님들이 우르르 밖으로 도망쳤다.

"이년이 어따 눈깔을 치켜뜨고 있어? 이놈은 뭐야? 네년 서방이냐?"

홍일미를 발견한 파락호들이 김용철의 탁자 주위로 몰려들었다. 그들은 체구가 건장한 김용철에게 얼씨구나 하며 시비를 걸었다.

"생긴 꼬락서니가 꼭 소도둑놈 같네? 이놈 보소? 뭘 보는데? 처먹었으면 어서 꺼져."

김용철은 전혀 동요함 없이 밥숟가락을 놀리면서 한 마디 던졌다.

"아직 국밥이 남았다."

홍일미가 말릴 사이도 없이 파락호 한 명이 국밥 그릇을 들고 김용철의 머리를 내리쳤다. 홍일미가 눈을 가리며 찢어지는 비명을 질렀지만 김용철은 꿈쩍도 하지 않았다. 뚝배기 그릇이 산산조각 나고 김용철의 머리에서 핏물이 뚝뚝 뺨을 타고 흘렀다. 김용철은 옷에 묻은 건더기를 툭툭 털어내고 천천히 자리에서 일어났다. 그는 파락호들이 서 있는 자세와 손바닥의 굳은살을 보고 이들이 보통 불량배가 아니라 혹독하게 무예를 수련한 자들임을 알아챘다.

"일단 나가자. 남의 가게다."

김용철이 앞서 일어서 나가자 어이없다는 얼굴로 파락호들이 따라 나섰다. 벌써 가게 앞은 구경꾼들로 빠글빠글했다. 세상에 불 구경과 싸움 구경만큼 재미있는 일이 어디 있겠는가? 정신을 차리고 달려온 홍일미가 김용철의 옷소매를 잡고 말렸다.

"피하셔야 합니다. 패거리가 많고 관에서도 건드리지 않는 자들이에요."

"국밥 값은 해야지."

말이 떨어지기 무섭게 김용철이 뒤로 빙글 몸을 돌려 곁에 있는 파락호의 목젖을 수도로 쳤다. 눈뜨고 당한 파락호가 숨구멍이 막혀 땅바닥에 뒹굴면서 흰 거품을 토해냈다. 김용철은 아랑곳하지 않고 그대로 다른 놈의 옆구리 갈비뼈를 팔꿈치로 찍었다. 옆구리를 맞은 자도 늑골을 부여잡고 폭삭 고꾸라졌다. 거짓말처럼 동료가 쓰러지는 것을 보고 달려들던 자들도 김용철의 손등과 무릎, 머리 공격을 받고 안면이 피범벅이 되어 일어나지 못했다. 파락호 다섯 명이 장바닥에 이리저리 길게 뻗어 끙끙 신음소리를 냈다.

술도가 가까운 곳에 있다가 연락을 받고 달려온 자들이 손에 몽둥이, 식칼, 도를 들고 한꺼번에 덤벼들었다. 김용철은 망설임 없이 패거리 속으로 몸을 날렸다. 파락호들은 어디를 어떻게 맞았는지 자기

발로 서 있는 자를 한 명도 찾아볼 수 없었다. 그동안 시달림을 받아온 장사꾼들은 우레 같은 박수를 쳤다. 칼이나 몽둥이는 김용철에게 위협이 되지 못했다. 파락호의 도를 뺏어 든 그가 말고삐를 묶는 기둥을 향해 도를 획획 휘두르니 어른 허벅지만 한 기둥이 동강났다.

김용철은 파락호들을 향해 호통 쳤다.

"내 눈에 다시 띄면 네놈들 목이 저 꼴 날 줄 알아라. 제 명대로 살다 죽고 싶으면 상대를 봐가면서 덤벼야지."

김용철이 도를 땅에 푹 꽂자 자루만 남긴 채 칼날이 땅속에 파묻혔다. 누가 보아도 어설픈 칼잡이와 격이 다르다는 걸 알 수 있었다. 긴장한 채 싸움을 지켜보던 홍일미는 입을 다물지 못하고 김용철에게 다가갔다.

"아저씨…… 정말 멋있다."

"총각이라 그랬다. 너무 가까이 오지 마라. 국밥 값은 했지?"

"아저씨, 우리 집에서 앞으로 국밥 맘대로 먹어. 무조건 공짜야. 호호!"

홍일미는 그 자리에서 김용철에게 반했다. 그녀 눈에는 그가 아버지 원수를 갚아준 협객으로 비쳤다. 뜻하지 않게 이 사건은 김용철에게 행운을 안겨주었다.

김용철은 도선장 일대에서 단번에 유명 인사가 되었고, 그에 관한 입소문이 널리 퍼졌다. 며칠 지나지 않아 관부에서 관원 몇 명이 객점을 찾아왔다. 김용철의 정체를 조사하기 위해서였다.

그날은 김용철, 홍적, 송덕일이 함께 있었다. 홍적이 어디서 왔느냐고 퉁명스레 묻자, 관원들은 다짜고짜 며칠 전의 싸움을 끄집어냈다.

"멀쩡한 사람들을 그렇게 병신으로 만들면 되오?"

대뜸 송덕일이 몸을 일으키자 겁을 먹은 병사들이 움츠러들면서 뒤로 물러섰다.

"시비를 거는 걸 보니 그놈들과 한패냐?"

험상궂게 생긴 김용철의 질문에 관부 무장이 긴장했다. 그들도 이미 무용을 익히 들어 알고 있던 터였다.

"우, 우린 관에서 나왔소. 어서 명패를 내보이시오!"

"흐흐흐, 옛날 같으면 우리한테 말도 못 붙였어. 북방 별동대라고 들어나 봤나?"

홍적의 말에 객점에 모여 그들의 대화를 귀담아 듣던 사람들의 입에서 탄성이 터져 나왔다.

"와, 역시! 별동대는 일당백의 전사들이 아닌가."

"돌궐족 족장을 잡아온 결사대야."

"흑풍대원들을 작살냈대."

사람들이 이구동성 감탄했다. 삽시간에 김용철 일행을 보려고 몰려드는 사람들의 반응이 뜨겁다 못해 가히 폭발적이었다. 관부에서 나온 무장은 완전히 기가 죽었다.

"저, 여긴 어떻게 왔는지……."

"말이 짧네?"

"그, 그게 아니라……."

"밥벌이나 좀 해보려고 왔지."

"밥벌이라 하심은?"

"여기서 경당을 차려 끼니나 좀 때워볼까 해서 말이야. 간판은 북방 별동대. 근사하지 않나?"

사람들이 몰려든 걸 보고 김용철은 기회를 놓칠세라 즉흥적으로 이름까지 지어 선전했다. 북방 별동대. 김용철은 자기가 말해놓고 혼자 감격했다.

"술도가 사람들도 실은 전역 군인들입니다. 같이 잘해보시는 게 어떨까 싶습니다만……."

"우리를 뭘로 보는 거야? 우린 나라를 위해 피 흘린 사람들이야. 상인들 피를 빨아먹는 놈들하고는 질이 다르지."

김용철은 오늘따라 말문이 잘 터졌다. 스스로 생각해도 자기가 뱉은 말들이 기특했다.

송덕일이 무장의 어깨를 감싸고 자리를 권했다.

"자, 앉아서 목이나 좀 축이자고. 고생들 많지? 어이, 거기도 다들 자리 잡아. 야, 여기 국밥하고 안주 좀 내와."

무장을 따라온 병사들은 엉겁결에 같이 동석했다. 홍적이 무장의 어깨를 툭 치면서 아픈 곳을 푹 찔렀다.

"뭐, 상납 같은 거 받아서 따로 챙기는 건 아니지? 그거 여차하면 배탈 나."

송덕일은 유난히 폭이 넓은 검갑을 어루만지며 넋이 반쯤 나간 무장에게 슬쩍 겁을 주었다. 무장은 더럭 겁을 먹고 몸을 뒤로 물렸다. 송덕일은 실실 웃으며 말했다.

"이걸로 적을 몇 명이나 죽였을 것 같나? 피 맛을 보면 나중엔 칼이 알아서 울어. 우리 대장군은 말이야. 백성들 고혈을 빠는 탐관오리는 목을 쳐도 괜찮다고 그랬어. 동생은 그 정도는 아니지?"

나이도 따져보지 못하고 무장은 졸지에 그 자리에서 송덕일의 동생이 되었다.

다음날부터 홍일미는 자진해서 북방 별동대 패수지부 선전부장 감투를 쓰고 앞장섰다.

북방 별동대가 설립한 경당은 가정 형편이 어려운 자들에게는 수업료를 받지 않는다. 대신 엄격한 사전 심사를 거쳐 재능이나 자질이 우수한 자를 선발하여 경당에서 숙식을 제공하고 일부는 장학금까지 지급한다. 그 소문을 들은 인재들이 백 리 길을 마다않고 찾아왔다. 경당의 문이 열리기를 학수고대하며 대기하는 사람들 숫자가 매일 늘어갔다. 물론 교육을 받고 선인이 되어 나라의 봉록을 받게 되면 후배들을 위해 봉록의 일부를 내놓아야 한다는 각서 조항이 달리긴 했지만, 가난한 백성에게는 단비 같은 소식이었다.

각지에서 몰려드는 사람들 덕에 대동객점은 방이 남아나지 않았고 때 아닌 대목 장사를 해야 했다. 처음에 홍일미는 경당이 손해 보는 장사가 아닌가 싶어 걱정했다. 돈을 투자하고 회수하는 기간이 너무 길고 확실한 성공 보장도 없는 자선 사업이려니 했다. 그러나 그들이 외세의 침략을 막고 우국충정이 넘치는 나라의 주춧돌이 된다면 본전 걱정은 안 해도 되리라. 교육은 백년대계라 했다. 홍일미는 장기 투자를 하리라 작심했다.

홍장사는 사실 몸보다 마음이 아파 몸져누워 있었다. 파락호에게 깨졌다는 소문이 도선장에 파다하니 얼굴을 들고 다니기가 힘들었다. 김용철의 외모가 딱히 마음에 드는 것은 아니지만 딸과 이웃 사람들의 말을 들어보니 보기와 달리 엄청난 무예 고수라 했다. 자기는 일대일로 붙어 깨졌는데 혼자 15명을 맨주먹으로 때려눕혔다 하니 인간이 달라 보였다. 그래서 홍장사는 선심을 쓰듯 객점 안쪽에 있는

독채 하나를 김용철 일행의 전용 숙소로 내놓았다. 그곳은 작은 꽃밭이 딸려 있어 대동객점에서도 특실이었다. 만약 김용철이 자기 사람이 된다면 천하에 두려울 게 없을 것 같았고 은근히 딸도 김용철을 좋아하는 눈치여서 잘됐다 싶었다. 이 기회에 시집 못 간 딸까지 한꺼번에 떠넘겨버리면 고민 끝, 행복 시작이다. 장사라면 딸이 있지 않은가. 이제 자기도 딸 내외에게 객잔을 맡기고 좀 편하게 살아야겠다며 홍장사는 혼자서 김칫국을 마시고 설거지까지 끝냈다.

홍일미는 객점 가까운 곳에다 경당을 운영할 장소를 물색했다. 공교롭게도 파락호들이 장사하던 술도가가 위치가 좋고 넓이도 적당해 보였다. 장사는 뭐니 뭐니 해도 길목이 최고다. 지나는 행인이 많고 눈에 잘 띄는 곳이라야 한다.

파락호들은 김용철에게 망신을 당한지라 빨리 딴 곳으로 뜨고 싶어 했다. 홍일미는 아버지 홍장사를 설득해 얻어낸 돈으로 흥정을 해서 시세보다 싼 값에 술도가를 인수했다. 이제 술도가를 경당으로 개조하는 일만 남았다.

'북방 별동대'라는 날아갈 듯한 필체에 금박을 입혀 근사하게 간판을 제작해놓고 홍일미는 가슴 뿌듯해했다. 어찌 보면 전혀 상관없는 남의 일에 동분서주하고 있었다. 자기가 경당에 입학할 것도 아니고, 그렇다고 학문이나 무예에 조예가 깊어 누굴 가르칠 처지도 못 된다. 홍일미의 신바람에는 다른 목적이 깔려 있었다. 경당의 문을 열면 학생들이 줄을 서서 들어올 것이다. 김용철 일행에겐 인재를 키우라는 공주의 명을 따르는 것이 중요하지만 만약 홍일미 덕분에 돈까지 챙긴다면 그야말로 금상첨화가 아니겠는가?

우여곡절 끝에 경당 설립자를 홍장사가 맡기로 결정되었고 드디어

간판이 대문 위에 걸렸다. 개같이 벌어 정승같이 쓰라고 했던가? 홍장사는 딸 덕분에 엄청난 신분 변신을 겪었다. 경당 운영은 홍일미가 하고 김용철 일행은 가르치기만 하면 되니 서로 이해타산이 맞았다.

다만 김용철이 예측 못 한 것은 홍일미의 영향력이 갈수록 커져서 자신들이 그녀의 손아귀에서 벗어나기가 점점 어려워진다는 것이었다. 새로 초빙한 글 선생 역시 눈치가 빨라서 어느 쪽에 줄을 서야 유리한지 본능적으로 깨닫고 사사건건 홍일미의 편을 들었다. 의리 없는 동료들도 고기반찬 몇 점 더 얻어먹기 위해 영양가 없는 김용철보다 홍일미에게 잘 보이려고 노력했다.

어쨌거나 북방 별동대 경당은 문을 연 지 1년도 채 되지 않아 패수 일대에서 학생 수가 제일 많기로 손꼽히게 되었다. 홍일미의 뛰어난 장사 수완 덕분이었다.

경당 설립은 김용철의 조뿐만 아니라 고구려 전역에서 많은 진척을 보이고 있었다. 고구려의 주요 대성大城을 중심으로 분산 배치된 별동대원들은 서로 정보를 교환하며 차근차근 일을 진척시켜나갔다. 만사는 정성을 들인 만큼 결실을 가져다준다. 공을 들이면 그만큼 되돌아오는 것이 인지상정이다. 그런데 경당 설립 시에 별동대가 자주 부딪힌 문제는 그들 자신이 무인 출신이라 학문을 가르치는 문인을 구하기 어렵다는 것이었다. 최우영을 통해 그 실태를 들은 평강공주는 태자에게 지방에 학문을 가르칠 학사들이 부족하다는 정책 건의를 하게 해서 태학의 오경박사 이치섭을 소개받았다.

이치섭은 태학이 중앙 귀족 자제들의 교육에 치우쳐 지방 경당과는 그 수준에서 차이가 많이 나고 이는 나라의 고른 인재 육성에 차질을 가져올 것이라는 평강공주의 지적을 받아들였다. 태학의 학사들은 태학박사太學博士나 문부전서文部典書가 되기 전에 반드시 1년 이상 지방 경당에서 강의를 하도록 제도 자체가 바뀌었다. 그리고 드디어 임정수와 을지해중이 공동 편찬한 무예교본 초판본이 완성되었다. 평강은 책을 수십 권 베끼게 한 뒤 별동대원들이 경당에서 무예 수업을 진행할 수 있도록 그 필사본을 전국에 배포했다.

지붕 위에서 닭이 홰를 쳤다.

이른 아침 더운 여물을 먹는 소와 말의 입에서 하얀 입김이 내뿜어지는 걸 보면 더욱 추위를 체감하게 된다. 공손부인이 하인들을 데리고 집 안 청소를 하는 동안, 평강은 사씨의 세숫물을 준비했다.

온달은 몸에 열기가 많은 사람이라 침상 위에서 이불을 걷어찬 채 한창 달콤한 잠에 빠져 있었다. 좋은 꿈이라도 꾸는지 연신 싱글벙글했다. 잠시 서늘한 한기를 느낀 온달이 이불을 끌어당기는데 손에 잡히는 것이 없었다. 실눈을 떠서 살펴보니 평강이 곱게 단장하고 그가 깨어나기를 기다리고 있었다. 평소와는 다른 분위기였다. 온달은 졸린 얼굴을 풀지 않고 평강을 바라보았다가 눈길이 마주치자 얼른 눈을 감았다.

"기침하셨습니까?"

속으로 낭패다 싶었으나 더는 잠든 체할 수 없었다.

"세수하고 의관을 갖추시지요. 좋게 말할 때 자리를 털고 일어나세요."

말투의 무게와 음성의 높이가 달라지는 걸 보니 장난을 칠 수도 없었다. 온달은 부스스한 몰골로 자리에서 일어났다. 그 앞에 평강이 책 한 권을 들이밀었다.

"이 서책이 눈에 보이십니까?"

일어나긴 했으나 잠이 완전히 가신 건 아니었다. 온달은 눈을 감고 앉은 자리에서 머리를 꾸벅였다. 그러나 평강이 회초리로 탁자를 치는 바람에 화들짝 놀라 고개를 쳐들었다. 평강의 얼굴 표정이 심상치 않았다.

"아, 아침부터 왜 이래요? 무슨 일로 옷까지 차려입고."

"저는 원래 이렇게 입는 것이 편합니다."

"아, 그럼요. 편한 대로 살아야지요. 나도 편한 게 아주 좋습니다."

"서방님은 남들에게 손가락질을 받는 게 그렇게 좋으세요?"

"산에서 살면 누구 눈치 볼 일이 없지요. 맘대로 푹 자고, 옷도 입고 싶은 대로 입고……."

"그래서야 어찌 장부로서 대망을 품겠습니까? 서방님은 간구하는 소망이 없으십니까?"

"간구라 함은…… 저, 좀 쉬운 말로 해주면 안 되겠소?"

평강은 기분이 나빠지려는 것을 일단 한번 참아 넘겼다.

"간절히 바라는 일이나 소원 같은 것이 없냐고요?"

"어허, 어머니도 계시는데 언성이 조금 높네요. 험, 나라고 왜 그런 게 없겠소?"

평강의 안색이 밝아지고 두 눈이 빛났다.

"헌데, 벌써 다 이루었습니다. 예쁜 색시 얻고 배부른데 무슨 바람이 더 필요하겠소. 욕심이 많으면 천벌을 받는다고 하던데……."

아니나 다를까. 그래도 말꼬리를 사리고 눈치를 보이기에 평강은 기대를 갖고 온달의 말을 들어주었다.

"잠이나 실컷 더 잤으면 원이 없겠습니다."

회초리를 든 평강의 손이 부르르 떨렸다. 그녀는 크게 심호흡을 한 뒤 자신의 훈육 방법을 고치기로 했다. 아직 몰라서 그런 거야. 애들은 꾀고 칭찬을 해야 해. 이렇게 단단히 다짐을 했다.

"약조드리지요. 이 책을 다 읽고 외우시면 원대로 마음껏 주무셔도 됩니다."

한 권이 아니었다. 평강은 수십 권의 책이 쌓인 탁자 위를 가리키고 있었다. 온달은 눈을 휘둥그렇게 떴다.

"그 많은 책이 갑자기 다 어디서 나왔소?"

"서방님은 무예를 수련하는 만큼 글공부에도 힘을 쏟으셔야 합니다."

"아, 힘쓰는 거라면 내가 좀 하지요."

이 사람이 진짜 모자라나? 참자, 참아야 한다. 참을 인(忍)자가 세 개면 살인도 면한다지 않는가. 평강은 온달을 가르치기 위해 끊임없이 자신을 타이르는 수양을 겸해야 했다.

"제 소원은 서방님께서 입신양명하여 나라와 백성이 태평성대를 이루도록 진력해주시는 것입니다. 북으로는 북주와 진나라, 돌궐이 호시탐탐 침략의 기회를 엿보고 남으로는 신라와 백제가 한강 유역을 침범하고 있습니다. 서방님, 부디 정진하시어 국가대체를 반석에 올리고 태왕의 위세를 높여 장차 이 나라의 대들보가 되도록 힘써주세요."

도통 무슨 말인지 어려웠지만 워낙 평강의 태도가 진지해서 온달은 머리를 긁적거렸다.

"대들보라, 까짓것 죽은 사람 소원도 들어준다는데. 난 그냥 시키는 대로만 하면 대들보가 되겠지요?"

그 뒤로 온 집 안에 글 읽는 소리가 끊이지 않고 낭랑하게 울려 퍼졌다.

하늘 천, 땅 지, 누를 황, 검을 현으로 시작한 온달의 천자문 공부가 공자의 춘추를 넘어 시경, 서경, 주역, 예기로 이어지고 논어, 맹자, 대학에 이르기까지 계속되었다. 그 책들은 관리 등용시험에 필수과목이며 학자들의 교양서였다. 온달의 글공부에는 대부분 평강이 함께했다. 온달이 한시를 읽으면 평강이 그 주해를 달아 읊었다.

"병국지균秉國之均 사방시유四方是維 천자시비天子是毗 비민불미俾民不迷 부조호천不弔昊天 불의공아사不宜空我師라."

"나라의 큰 권세 잡았으면 천자의 성덕을 도와 사방을 편히 다스려 백성을 잘 이끌어가야 할 것을. 무정한 하늘이여, 대답해다오. 백성들이 못살아도 괜찮은 건가?"

그게 끝나면 반대로 평강이 음을 읊고 온달이 해석을 달았다.

"백혜흘혜伯兮朅兮 방지걸혜邦之桀兮 백야집수伯也執殳 위왕전구爲王前驅…… 격고기당擊鼓其鏜 용약용병踊躍用兵 토국성조土國城漕 아독남행我獨南行이라."

"내 님은 씩씩한 나라의 용사. 창을 들고 왕을 위해 앞장서네…… 북소리 울리면 뛰고 무예를 익혔네. 남들은 흙으로 성을 쌓지만 나는 홀로 싸우러 나가네."

온달의 하루 일과는 오전 글공부, 오후 무예 수련으로 꼭 차 있었다. 공부할 나이가 늦은 만큼 강행군이 계속되었다. 무예 수업에서는 평강과 최우영이 번갈아 지도했는데, 우선 숨쉬기 공부에 중점을 두었다. 들숨과 날숨에 집중하면서 코로 마시고 입으로 내쉰다. 앉은 자세는 숨길이 막히지 않도록 고개를 들고 허리를 세우되 근육은 이완시킨다. 호흡이 끝나면 장掌과 발차기 수련을 했다. 모래가 든 작은 주머니를 치다가 나중에는 조약돌 주머니를 치면서 그 강도를 높여 나갔고 점차 가격하는 횟수를 늘렸다. 단련이 되다 보니 손과 발로 주머니를 때리고 차도 이불솜을 두드리는 것같이 통증을 느끼거나 상처를 입는 일이 없었다.

그러는 사이 온달은 나비가 허물을 벗고 하늘로 날아오르듯 차츰 예전의 어리숙한 모습을 벗고 성숙한 사내로 탈바꿈해갔다.

최우영은 온달의 수련시간이 되면 밥값을 하겠다는 심산으로 최선을 다했다. 온달이 보기에 그의 열성이 지나쳐서 자신을 골탕 먹이려는 건 아닌지 괜한 의심이 들 정도였다.

온달은 발힘을 기르기 위해 모래가 든 주머니를 발목에 찼고, 보행의 민첩성과 안정성을 단련하기 위해 외줄을 타거나 말뚝 위를 밟고 걷다가 차츰 그 위를 뛰어다녔다. 또 크기가 다른 모래 자루를 높낮이가 다르게 매달아놓고 그게 흔들리면 순간 반응으로 쳐야 했다. 출발은 두 개였던 것이 계속해서 열댓 개로 늘어났고 뭔가 몸에 닿으면 바로 그곳을 때리는 반사 신경을 키워나갔다.

손가락 단련은 모래를 찌르다가 붉은 황토에 곧바로 찔러 넣는 수련으로 이어졌다. 몇 달이 흐른 뒤, 호미나 곡괭이로 땅을 파듯이 손가락이 땅속으로 쑥쑥 들어갔다.

잡는 아귀힘을 단련하기 위해 항아리 주둥이를 잡고 평행하게 들어 올려서 강가로 물을 길러 다녔다. 또한 도약 능력을 키우려고 옥수수를 심어 매일 그것을 뛰어넘었다. 매일 수백 번을 뛰다 보니 저절로 담장 정도는 훌쩍훌쩍 가볍게 넘었다.

온달은 몸이 지쳐 만신창이가 되었지만, 평강이 한 번 웃어주면 그걸로 쑤시던 몸이 씻은 듯이 나았다.

온달의 수련이 진전을 보이자, 최우영은 투로鬪路: 일종의 품새에서 벗어나 자유 격투 방식으로 훈련을 바꾸었다. 논두렁의 좁은 길을 걸어가다 최우영이 갑자기 몸을 움직여 온달을 공격했다. 온달은 너무 갑작스러운 공격이라 막지 못하고 단번에 밭고랑으로 떨어졌다. 평소길을 가거나 앉거나 눕거나 밥을 먹을 때도 안심할 수 없었다. 최우영은 언제 어느 순간 손발을 움직이더라도 온달이 적절히 대응하는 것을 보고서야 만면에 미소를 지으며 말했다.

"뜻이 있으면 결국 성공하게 됩니다. 무예를 수련하려면 굳은 의지가 있어야 하고 고생을 낙으로 여겨야 합니다. 칼 한 자루를 만들 때도 원석을 녹이고 쇳물을 뽑아 그 쇠를 모양대로 수천 번 때리고 또 수천 번 갈아야 칼이 됩니다. 뜻이 견고하고 의지가 강하면 무엇이든 해낼 수 있습니다. 쇠몽둥이를 갈아 바늘을 만들듯이 천 가지 어려움을 이겨내야 비로소 경지가 보일 것입니다."

고구려 군대를 적이 두려워하는 가장 큰 이유는 철기병의 기마술 때문이었다. 그들은 기사騎射, 기창騎槍, 기검騎劍에 탁월하여 그 기동력과 파괴력을 적들이 감당하지 못했다. 산을 타고 장애물을 건너뛰는 기마 실력은 기본이었다. 어떤 이는 말고삐를 잡지 않고 달리면서 활을 쏘고 창을 찌르는 솜씨가 가히 곡예에 가까웠다. 그러려면 말과 사람의 호흡이 잘 맞아야 하니 그만큼 명마의 중요성이 강조되었다.

평강은 온달에게 마방에 가서 정노인을 찾아 그에게서 말을 사 오라고 시켰다. 말을 고를 때는 일반 민가의 말은 사지 말고 나라의 군마를 택하되 그중에서 반드시 비루먹은 말을 골라 오라고 당부했다.

정노인은 공주가 보낸 사람이 찾아오길 기다리고 있었다. 공주의 부탁을 받은 그는 명마 중에 명마인 질풍을 감식減食시키고 체중을 줄여 쓸모없는 말로 꾸며놓은 터였다. 그렇게 해서 말을 구한 온달이 잘 먹이고 정성스럽게 키우니 말의 골격에 근육이 붙었다. 말은 온달을 잘 따랐으며 오래 달려도 지칠 줄을 몰랐다. 공주는 온달에게 말의 이름이 질풍이라고 가르쳐주었다. 월광 대부가 공주에게 처음 가져다준 바로 그 말이었다. 온달이 머리에 절풍折風: 고구려인들이 즐겨 썼던 관모을 쓰고 말을 타고 밖으로 나가면 그 늠름한 기상에 감탄하지 않는 이가 없었다. 아무도 그가 예전의 바보 온달임을 알아보지 못했다.

온달의 무예 수련은 장창을 다루고 기마 상태에서 활과 쌍검을 사용하는 단계까지 발전했다. 최우영이 장창의 달인인지라 온달은 그의 절기를 배우면서 장창의 명인이 되어갔다. 질풍을 타고 숲 속을 달리면서 흔들리는 과녁을 쏘아 맞히는 것은 몸 풀기에 불과했다.

태양이 마지막 열기를 죄다 풀어놓을 즈음, 강가에서 질풍을 목욕시키는 온달에게 최우영이 장창을 들고 나타났다.

"한번 겨눕시다. 나를 이긴다면 대장으로 모시겠소."

"내가 언제 대장으로 모셔달라 했습니까? 그딴 것, 귀찮기만 합니다."

"그렇다고 어정쩡하게 지낼 수 없지 않습니까? 공주님과 혼인을 하셨으니 부마라고 불러드려야겠지만……."

"아니, 내가 나이가 어리니 형님으로 부르지요. 큰형님, 됐죠?"

"아, 싫다니까요."

최우영의 강권에 떼밀려 온달은 강가로 첨벙첨벙 내려섰다.

최우영은 조금 지대가 높은 곳으로 몸을 옮겼다. 승패를 결정하는 대결에서는 이용할 수 있는 건 뭐든 활용해야 한다. 햇살, 바람, 지형, 무기, 심리 상태 등 뭐라도 상관없다.

온달은 쌍검을 이리저리 흔들어 보이고 수비 자세를 취했다. 장창을 든 최우영의 선제공격에 대비한 것이었다. 최우영의 옷이 강바람에 펄럭거렸다. 그가 원거리에서 몇 번 찌르자, 온달은 한쪽 검으로 창을 툭툭 쳐내고 다른 검은 예리하게 각도를 유지하며 빈틈을 노렸다.

찌르고 들어오는 장창 공격의 횟수가 잦아지는가 싶더니 최우영이 바람개비처럼 돌면서 빠른 공격을 해왔다. 강물이 봉을 맞고 사람 키 높이로 물살을 튀기면서 쩍쩍 갈라졌다. 거리를 줄이지 않으면 승산이 없었다.

온달은 좀처럼 최우영의 품으로 파고들지 못했다. 장창을 쳐냈다 싶은 순간에 찔러 오고 창끝을 쳐내면 반대편 봉 끝이 빙글 돌아 날아왔다. 바람을 가르며 날아오는 최우영의 창은 살아 있는 짐승의 포효 같았다. 온달은 뒷걸음질로 계속 밀렸다. 어느새 강물이 허리 위까지 차올랐다. 온달은 슬그머니 웃었다. 장창이 강물에 거치적거리는 바람에 최우영의 공격과 수비가 둔해졌다. 최우영을 유인하여 장창이 지닌 장점을 단점으로 만들어놓은 것이다.

최우영은 빠르게 몸을 움직여 반짝거리는 물살이 온달의 눈을 부시도록 했다. 온달이 눈을 감았다. 그 순간 최우영이 바닥을 차고 오르면서 창을 날렸다. 그러나 온달은 머리를 물속에 담그고 스르르 사라졌다.

최우영은 앞뒤 물속을 휘저으면서 온달의 접근을 경계했다. 잠시 망설이던 그도 물속으로 잠수했다. 그런데 온달이 보이지 않았다. 숨이 찬 최우영이 머리를 물 밖으로 내미는데 양미간 사이에 와 닿은 서늘한 칼끝이 보였다. 온달의 승리였다.

온달은 겸손하게 말했다.

"강물이 흐린 덕에 이겼습니다."

최우영은 하늘이 떠나가라 웃었다.

"이겨줘서 고맙소이다. 하하하."

그 다음날도 온달은 이진무의 우격다짐에 활쏘기 대결을 벌여야 했다. 속사에 능한 이진무는 자타가 공인하는 신궁이었다.

최우영이 호박 다섯 개를 돌담 위에 올려놓고 나머지 다섯 개는 줄에 달아서 끈을 당기면 호박이 흔들리도록 설치했다. 화살 열 개씩을 받은 온달과 이진무는 말을 타고 달리면서 누가 빨리 또 정확하게 표적을 맞히는가로 승부를 정하기로 했다. 패한 사람은 마구간의 말들을 씻겨주기로 내기를 걸었다. 화살 깃털은 다르게 색을 칠해 구분이 되도록 했다.

최우영이 징을 치자 온달과 이진무는 동시에 말고삐를 잡아채고 달렸다. 표적을 왕복하는 사이에 이진무가 열 개의 화살을 먼저 쏘고 말에서 내렸다. 아직 온달은 한 발을 남겨두고 있었다. 마지막 남은 한 발이 날아가 호박을 묶어 흔들던 밧줄을 끊어버렸다.

이진무의 화살은 열 발 모두 보기 좋게 호박을 반으로 꿰뚫어 꽂혀 있었고 온달의 화살은 하나도 보이지 않았다. 다가가서 살피니 이진무의 화살 옆, 호박 가운데에 구멍이 한 개씩 뚫려 있었다. 아홉 개의 뚫린 구멍은 힘이 넘친 온달 화살이 호박을 관통해 지나간 자국이었다. 마지막 한 발은 줄을 끊은 화살이었다.

"마지막에 활을 겨누다 과녁을 바꾸는 걸 봤습니다. 줄을 쏜 거라면 제가 졌습니다."

이진무는 패배를 자인했다.

"흔들리는 줄을 무슨 수로 맞히겠습니까? 그래도 굳이 졌다고 하시면 말 목욕을 대신 부탁드리는 수밖에요."

"잠깐, 일부러 줄을 맞힌 게 아니라면 규칙대로 해야지요."

결국 승리는 이진무에게 돌아갔다. 온달은 벌칙으로 말을 전부 끌고 가서 해질 녘까지 씻기고 말려야 했다.

흔들리는 민심

발 없는 말이 천 리를 가는 법이다. 평강공주에 관한 소문은 상당한 파장을 불러일으키며 백성들 사이에 스며들었다. 그 소문의 진원지는 순노부 사씨들이었다. 그들이 퍼트리고 있다고 보아도 무방했다.

내용인즉, 상부 고씨의 정략결혼 제안을 거절한 공주가 왕궁을 나왔으며 귀족이나 고관대작을 모두 마다하고 평민인 온달을 선택해 결혼했다는 것이다. 세상이 놀라고 뒤집어질 일이나 이는 만백성이 평등하다고 여기는 공주의 애민 사상을 몸소 보여주는 일이라 했다. 게다가 공주가 사재를 털어 가난한 백성을 구휼하고 있다는 여러 가지 선행과 미담이 군살까지 붙어 퍼져나갔다.

사람들은 상상을 초월한 공주의 용기와 사랑에 박수를 치며 열광했고 그녀에게서 새로운 희망을 찾았다.

해가 바뀌고 얼음이 녹자, 평원왕은 진나라에 견사犬使를 보내 대외 정보를 수집토록 했다. 그는 항상 북방 대륙의 정세에 관심을 기울이며 그 대비를 게을리 하지 않았다. 또한 사냥을 핑계 삼아 패하원浿河原: 재령강까지 내려가 주요 산성을 보수했으며 장안성 축성 현장도 둘러보았다. 이는 장차 패하 장안성으로 천도하기 위한 사전 정지 작업이었다. 그 속에는 왕권을 강화하려는 태왕의 기대와 노림수가 들어 있었다.

그해 봄의 가뭄은 유난히도 길고 모질었다. 여름으로 넘어가기 직전에야 반가운 소나기가 며칠간 퍼부었고 대지는 오랜만에 실컷 해갈을 했다. 빗줄기에 흠씬 두들겨 맞은 땅은 밟으면 촉촉하게 물기가 올라올 만큼 푹신 젖었다. 메뚜기 떼는 그즈음에 출몰했다.

메뚜기는 알무더기 상태로 땅속에서 몇 달씩 기다리다가 먹기 좋은 풀이 자랄 때쯤 부화한다. 처음에는 농작물에 피해를 주지 않고 평화롭게 지내다가 날갯짓을 통해 주변 메뚜기를 불러들이면 그 수가 헤아릴 수 없도록 불어난다. 메뚜기의 수가 너무 많아져 주변 먹이가 초토화하면 바람에 실려 오는 물기 냄새를 따라 이동하는데 그때 마구잡이로 먹이를 먹어치운다. 거대한 검은 구름 같은 메뚜기 떼가 하늘을 덮고 지나는 지역은 천지가 깜깜해진다. 메뚜기들이 서로 부딪히고 날갯짓하는 굉음이 사람들의 귀를 멀게 한다.

메뚜기 떼는 들판에 심어놓은 곡식뿐만 아니라 옥수수, 과일, 산열매까지 모조리 쭉정이만 남기고 쓸어버렸다. 이에 태왕은 부역을 중지시키고 민생을 살피며 동가식서가숙 뛰어다녔지만 시중에서는 보리, 조, 밀, 콩 등 사람들이 주식으로 먹는 곡물 값이 폭등하고야 말았다.

고구려는 높은 산이 많고 신라나 백제와 달리 넓고 비옥한 들판이 부족하여 평소 식량을 자급자족하기 어려웠다. 그나마 농사를 지을 만한 땅은 귀족과 토호 들이 다 차지하고 있어서 일반 백성의 식량을 확보하는 일은 초미의 관심사가 아닐 수 없었다. 풍요로운 식생활 문화는 귀족들이나 향유하는 전유물이었다. 정복지에서 공물로 올라오는 해산물이나 육류로 보충해도 식량난은 가중되기만 했다. 모자라는 식량을 공급하기 위하여 나라에서 해마다 관리를 파견해 먹을거리를 구하고 그것을 반입하는 일은 연례행사로서 차질 없이 수행해야 하는 고구려 국정의 핵심 과제였다.

굶어 죽어가는 사람들이 속출하자 평원왕은 군대의 군량미까지 방출하여 백성을 구제하려고 고군분투했다. 그러나 메뚜기 떼의 습격에 역질마저 돌다 보니 조정에 대한 백성들의 원성은 하늘을 찔렀다. 관부에서 군사들을 보내 거리나 집에서 굶어죽은 시체를 치우고 매장하기에도 손이 모자랄 지경에 다다랐다. 시장에 식량이 바닥나고 비싼 값을 치러도 음식을 구할 수 없게 되자, 격앙한 백성들이 죽창과 낫을 들고 관청을 습격하는 소요사태마저 발생했다.

집 안에 가축이 없어진 지 오래고 군마를 잡아먹는 부대까지 생기니 그 혼란이 극점에 달했다. 백성들은 풀과 소나무 껍질을 삶아 먹었고, 나중에는 어린아이와 죽은 시체를 먹는 이도 있다는 흉측한 소문이 나돌았다.

평강공주는 전국에 퍼져 있는 별동대원들과 소금 장사를 하는 사씨들을 통해 사태의 추이를 살피면서 그 원인과 대책을 찾아 골똘히 고심했다. 가뭄과 메뚜기 떼의 피해가 아무리 극심하다 해도 나라의 식량 공급 체계가 이렇게 완전히 무너진 경우는 없었다.

소요사태는 부部의 힘이 약한 관노부가 가장 심했다. 고원표는 진철중에게 조정의 식량 지원을 요청하게 하고 대대로에게는 군대를 파견해달라는 상주上奏를 올리게 했다. 그런 다음, 고원표가 직접 나섰다. 평원왕은 어려움에 처한 관노부를 돕겠다는 고원표의 자원을 가상히 여겨 이를 허락했다. 그러나 엎친 데 덮친 격으로 그는 토벌군에 가까운 진압군을 파견했다. 그들은 마치 타국과의 전쟁을 방불케 하는 작전을 펼쳐 변란이 일어난 지역을 쑥밭으로 만들고 말았다. 군대의 반란 진압이 얼마나 무섭고 혹독했던지 한강을 넘어 신라와 백제로 도망치는 백성들이 속출했다. 결국 평원왕은 사면초가에 빠졌다.

조각조각 전해 오는 소식을 취합하여 평강과 최우영은 현 사태를 면밀히 분석했다. 이번에 발생한 곡물 파동과 소요사태로 이어진 과잉 진압은 뭔가 석연찮고 인위적인 냄새를 풍겼다. 상당량의 비축 식량이 산지에서 큰 성을 중심으로 보내졌다 했고 관인이 찍힌 입고증이 첨부되어 있었는데도 여전히 시중에는 식량이 모자랐다. 반면에 모피, 철구, 세포細布 등의 다른 물품은 공급과 유통이 원활히 되고 있었다. 유독 곡물 거래만 공급이 끊어졌고 평소 대규모 물량을 취급하던 도매상들도 대부분 문을 닫거나 엄청난 폭리를 취하면서 소량으로만 곡물을 풀고 있었다.

관노부에서 일어난 폭동 역시 의심스러운 대목이 많았다. 그 지역은 당시 굶주린 백성들에게 군량미를 풀고 있었고 지방관이 어질고 청렴하여 백성들이 무기를 들고 약탈할 만한 심각한 요인을 찾기 어려웠다. 그러나 정체불명의 무리들이 식량 창고를 습격하면서 점차 평범한 백성들까지 폭도로 변해 전염병처럼 변란이 인근 고을로 확산되었다. 또한 고원표가 관노부 진필과 척분戚分이 있다 해도 그다지 내세울 정도의 관계는 아닌데도 군대를 보냈고 군대 내부에서조차 반발을 불러일으킨 과잉 진압을 감행했다.

이러한 일련의 사태에 대한 부담은 남김없이 평원왕에게 돌아갔다. 민심이 극도로 악화되어 조정에 대한 비난 수위가 최고조에 도달했다.

마침내 평강은 메뚜기 떼로 촉발된 혼란의 뒤에 숨어 있는 음모의 흔적을 발견했다. 태왕의 명을 받은 감군監軍들이 요동성의 한 창고에서 숨겨진 군량을 찾아냈는데, 그 지역의 병참 지휘관을 체포하여 심문하던 도중 그가 자살하는 바람에 결국 그 원인을 밝혀내지 못했다. 평강은 지체 없이 대응에 들어갔다.

"보이는 건 두렵지 않습니다. 진짜 무서운 적은 보이지 않는 적입니다. 허나 이제 저들의 꼬리가 드러났습니다. 지금은 득의에 차 있을지 모르나 아직 끝난 건 아닙니다. 포기하지 않는 한, 반전의 기회는 얼마든지 있습니다."

사노인 일족과 함께 소금 장사에 열을 올리고 있던 이진무는 최우영의 부름을 받고 부랴부랴 평양성으로 올라와 박부길의 곡물상을 찾아갔다. 이진무는 떠날 때 부친상을 핑계로 삼았기에 박부길은 반갑게 그를 맞아주었다.

"장례는 잘 치렀느냐?"

"덕분에 문안 인사도 드릴 겸 찾아왔습니다."

"그간 통 연락이 없더니만, 왜, 군에 있기가 싫은가?"

박부길은 흑풍대 대주 김주승이 죽고 나서 그의 서자 김성집과 경쟁적으로 고원표에게 충성을 다하며 교역 품목을 늘리고 상권을 확대해나갔다. 박부길은 생명의 은인인 이진무에게 뭐든 도움을 주고 싶었다. 그의 얼굴에 길게 베인 흉터도 자신을 구하려다 입은 상처가 아니던가.

"우선 며칠 쉬면서 상의를 하세."

박부길은 이진무가 부상을 입고 치료받았던 호사스러운 방을 내주고 그때 간호해줬던 처녀도 잊지 않고 딸려 보냈다. 객고를 풀고 쉬라는 말과는 달리, 그는 툭하면 이진무를 데리고 다니면서 자신의 사업 규모와 자신이 얼마나 그를 신뢰하고 있는지를 보여주려고 애썼다.

"저기 강변 창고 쪽은 경비가 삼엄해서 근처에 얼씬도 못 하게 하던데요?"

이진무가 볼멘소리로 말하자 박부길은 호기롭게 웃으며 따라오라고 했다.

"보고 놀라지나 말게. 내 자넬 믿으니 보여줌세."

창고 한 채의 크기가 가로로 20걸음, 세로는 족히 50걸음쯤 되어 보였다. 나란히 늘어선 십여 채의 창고를 지키는 자들은 박부길의 사병들이었다.

창고지기가 박부길을 발견하고 달려왔다. 박부길은 창고 문을 열라고 명했다. 열린 창고 안에는 바닥에서 천장까지 가마니 자루가 가득 들어차 있었다. 이진무는 눈을 둥그렇게 뜨고 물었다.

"이게 다 뭡니까?"

"뭘 거 같나? 금덩어리지. 하하하, 말이 그렇다는 거네. 여긴 보리를 재어두었고 저쪽은 조와 옥수수가 가득 찼어. 여기 말고도 곡물

보관 창고가 몇 군데 더 있지. 아니, 왜 그렇게 놀라나?"

이진무는 속으로 놀라지 않을 수 없었다. 공주의 예측이 빈틈없이 들어맞았기 때문이다.

이진무의 확인을 거친 평강은 요동반도 끝자락에 있는 비사성으로 온달과 최우영, 김용철을 대동하고 찾아갔다. 네 사람은 촌각을 다투며 말을 달렸다. 피해가 더 확산되기 전에 하루 빨리 식량 수급 문제를 해결해야만 했다. 만약 더 지연된다면 왕권이 흔들리고 더 큰 소요가 일어날지 모른다. 강변의 물살을 헤치고 나아가는 공주 일행의 질주는 앞을 가로막는 어떤 장애라도 뚫고 나갈 것처럼 힘찼다.

고구려 수군 기지가 있는 비사성의 지방장관은 그 직급이 대모달 大模達로 5부 대가에 버금가는 직위다. 절노부 고추가 연청기의 막역지 우인 연무창이 그곳 수군 총사령관직을 맡고 있었다. 평강이 연무창을 만나 큰절을 올리자 그는 의자에서 벌떡 일어나 공주의 절을 막았다.

"저는 공주님의 예를 받을 만한 신분이 못 됩니다."

"대모달께서는 외숙의 오랜 친우이시니 조카의 절을 받아 마땅합니다."

평강은 한사코 연무창에게 대례를 올린 후에 그가 권하는 의자에 앉았다. 평강은 사전 통고를 하지 않았고 신분을 묻는 관리에게도 자신의 정체를 감추었다. 연무창은 공주의 갑작스러운 방문에 의아해했다. 평강은 연무창에게 그간의 사정을 소상히 말해주고 선박이 필요한 까닭을 설명했다.

연무창은 노기를 띠고 주먹을 불끈 쥐었다. 이번 곡물 파동으로 그의 휘하 수군도 상당한 타격을 입어 고심하던 중이었다. 연무창은 심복 수하인 처려근지와 가라달 몇 명을 소집했다. 그러고는 요하, 송화강, 태자하에서 동원할 수 있는 모든 상선을 징발해서 모처에 집결시키도록 파발을 보내라고 명했다.

고구려와 백제는 상선으로 물자를 교류하는 일이 빈번해서 출입 통제가 그다지 심하지 않았고 밀무역도 성행했다. 사씨촌 사노인은 한발 먼저 일족을 태우고 백마강으로 들어가 구룡평야를 끼고 있는 백제의 수도 부여에 도착해 있었다. 그들은 고구려의 주식인 조와 옥수수, 콩을 대신할 쌀을 구하러 갔다. 쌀농사가 번창한 백제의 곡창에서 식량을 사들이려는 것이었다. 그들은 소금으로 벌어들인 재물을 동원하여 닥치는 대로 미곡을 매집했다. 이진무와 사노인은 닷새 뒤에 부소산 반월루에서 만나기로 약조를 해두었다.

공주의 밀지를 받은 평원왕은 고구려 전역에 산재한 도선장 부근 창고를 친위군으로 하여금 급습하게 했다. 수색 결과 속속 감춰놓은 곡물이 발견되었다. 태왕은 가차 없이 곡물을 차압하여 국고에 귀속시키고 백성들에게 서둘러 식량 배급을 하도록 했다.

그런 중에 사노인과 이진무가 이끄는 수백 척의 상선이 귀국했다. 그들은 물길이 들어가는 곳은 어디라도 찾아가 쌀을 풀어 양민들의 허기진 배를 채워주고 그간의 고생을 위무했다.

이 사건으로 박부길이 투옥되었다. 그의 곡물 창고도 압수되어 하루아침에 그는 몰락의 길로 접어들었다. 흑풍대 중간 간부인 발위사자라는 직책도, 그가 숨겨둔 엄청난 재력도 그를 구해내지 못했다.

박부길은 투옥되기 전에 고원표의 부름을 받았다. 고원표는 그에게 아무 걱정 말고 잠시 쉬다 오라고 권했다. 사태가 잠잠해지면 복권시키고 그의 상단도 큰 피해 없이 보전해줄 것이라 약조했다. 자신들이 같은 배를 탄 운명 공동체임을 누누이 강조했다.

사건의 원흉을 찾는 엄중한 취조는 박부길의 함구로 더 이상 진전이 없었다. 그가 말문을 닫고 모든 책임을 뒤집어썼기 때문이다. 고원표가 눈에 보이는 보장을 내밀진 않았지만 박부길은 의리를 지키려고 최선을 다했다. 국문鞠問의 현장에서 모진 추국을 당하면서도 그는 기꺼이 견뎌냈다.

감옥에 갇힌 박부길에게 고진영이 면회를 왔다. 마련해 온 술과 음식을 펼쳐놓고 그는 박부길의 노고를 위로하며 아버지의 의중을 대신 전했다.

"아무래도 좀 피신했다가 오셔야겠습니다. 어느 쪽이 좋으신지요? 진나라나 왜국도 가능하리라 보입니다. 구태여 옥에서 고초를 겪느니 소나기는 피하고 보는 것이 좋지 않겠습니까?"

"그도 그럴 법은 하네. 그럼 내가 언제 떠나야 하는가?"

"채비는 차려놓았습니다. 황금과 전표도 넉넉히 준비해두었고요. 후일 돌아오시면 다시 중용하지 않겠습니까? 음식을 좀 드시고 목도 축이시지요. 기운을 차려야 재기하시지 않겠습니까."

박부길이 눈치를 보며 술과 음식에 입을 대려 하지 않자, 고진영은 자기 잔에 술을 부어 마시면서 안심시켰다.

"오해는 말게. 이런 처지가 되고 보면 의심스러운 게 많아지거든. 내 반드시 털고 일어나서 고추가에게 다시 힘을 보태줌세."

박부길은 자작으로 술을 따라 마셨다.

"고추가를 모신 지 어언 20년이네. 자네가 갓난아기였을 때 아마 내가 가장 많이 업어줬을 게야. 내 등에다 오줌을 싼 적도 있었지. 하하하, 조그만 팔을 벌리고 안아달라고 하던 게 엊그제처럼 눈앞에 선하네. 이 박부길은 아직 건재하다네. 절대 이대로 주저앉지는 않을 거야."

"천하의 일에 절대라는 것이 어디 있겠습니까? 참수형을 당하는 것보다는 나을 것입니다."

박부길은 고진영의 말뜻을 바로 이해하지 못하고 그의 얼굴을 멀거니 바라보았다. 그러다 목을 움켜잡고 입에서 피를 토했다.

"어, 언제 독을?"

술 향기를 맡으며 고진영이 자기 잔을 비웠다.

"술은 이상이 없습니다. 잔에다 독을 잔뜩 발라두었지요. 매에는 장사가 없다는 말이 있지 않습니까? 고문이 심해지면 참기 어려워집니다. 일가들의 목숨은 염려 마십시오. 아버님이 그건 보장한다 하셨습니다. 억울하시겠지만 알고 계신 비밀이 너무 많아서 그렇습니다."

박부길은 흑풍대의 대원 명단과 지역 지부, 전국에 산재한 사업과 재물에 대한 기록을 빠짐없이 보관하고 있었다. 심지어 그 재산들을 관리하는 책임자와 그의 출신지, 배경, 약점까지 자료로 가지고 있으니 언제 폭발할지 모르는 뇌관이나 다름없었다.

"흑풍대 재산은 다른 사람이 관리할 것이니 그리 걱정 마시고 그만 편히 떠나십시오."

전국을 돌며 백성들을 구제한 사씨 일족은 그 공로를 인정받아 나라로부터 식읍食邑을 하사받았다. 사노인은 순노부를 대표하는 군장으로 나서게 되었다. 그의 친족들도 벼슬길에 나섰으며 일부는 박부길에게서 압수한 가게와 상권을 접수했다. 평강공주는 사노인과 그의 일족에게 평생의 은인이자 그들이 목숨을 걸고 모셔야 할 주인이 되었다.

고원표가 입은 타격은 심각했다. 그는 천문을 읽는 선관仙官의 말을 듣고 가뭄을 예측하여 박부길을 시켜 곡물을 사들이게 했다. 곡물을 매점하여 부를 축적하고 식량난을 가중시켜 혼란을 조장할 목적이었다. 때마침 메뚜기 떼가 악재로 겹치자 고원표는 호기를 잡았다고 판단했다. 그는 평원왕에게 결정적인 타격을 가하고자 첩보부대의 공작조를 보내 양민으로 변장해 관부를 습격하게 했다.

고원표는 이번에야말로 평원왕을 궁지에 몰아넣고 안학궁으로 무혈 입성할 절호의 기회라 여겨 강공을 단행했다. 허나 평강공주의 활약으로 곡물이 압수되고 창고는 불태워졌다. 박부길을 핵으로 하는 상단의 한 축은 복구가 불가능했다. 눈에 보이지 않는 손실은 더 있었다. 과잉 진압 부대가 그의 군대라는 것이 밝혀지면서 그로 인해 백성들에게 신망을 잃게 되었다. 그뿐만이 아니다. 연무창을 비롯한 대다수 수군이 고원표에게 등을 돌렸다. 수군의 이탈은 측량이 불가능한 피해로, 그 여파가 어디까지 미칠지 몰라 고원표는 불안함을 감추지 못했다.

이번 작전 실패의 결정적 요인은 비사성의 연무창이 상선을 징발하고 백제에서 미곡을 들여와 공급한 것이라 볼 수 있었다. 곡물을 쌀로 대체하여 공급하리라고는 상상도 할 수 없었던 기가 막힌 발상이었다. 고원표는 연무창을 움직인 배후에 평강공주가 있다는 보고를 듣자마자 펄쩍 뛰었다. 과거에 평강공주가 월광 대장군을 왕궁으로 불러들이고 별동대를 움직인다는 말을 듣고 고원표는 실소를 금치 않았다. 을지 장군을 평양성 수비대장으로 내세워 흑풍대의 거사를 무위로 돌렸을 때도 크게 우려할 만한 수준은 아니었다. 그런데 왕궁에서 쫓겨나다시피 한 공주가 이처럼 자신에게 큰 좌절을 안겨 줄 줄은 꿈에서도 짐작하지 못했다. 고건 역시 이번 사건을 충격적으로 받아들였고 자신부터 공주에 대한 사적인 감정을 지워야 했다고 후회했다. 늦게나마 공주의 진면목을 뼈저리게 느낀 것이 그들의 소득이라면 소득이었다.

소리 없는 전쟁이 벌어졌다. 이후 평강공주와 관련된 첩보부대의 보고는 고원표의 수결手決 문서 제일 위쪽에 올려졌다.

박부길의 죽음으로 고원표와의 연결 고리를 입증할 증거가 사라졌지만, 그렇다고 평원왕이 진실을 모를 리 있겠는가? 다만 정면충돌을 염려해 말문을 닫고 있는 것뿐이었다.

평원왕은 울절에게 왕명을 내려 미뤄오던 숙원을 처리했다. 월광대부를 상장군에 추서하는 일이었다. 또 국가적 혼란과 그 소요를 막는 데 지대한 공을 세운 별동대 대원들에게 관직을 수여하고 그들을 복권시키고자 했다. 그러나 별동대 대원들이 행방을 감췄기에 이내 왕명은 철회되었다. 경당을 설립하라는 공주의 명을 이행하기 위해 별동대가 종적을 감췄다는 사실을 평원왕은 아직 모르고 있었다.

이불란사 일주문

　곡물 파동이 마무리되자 평강공주는 고원표의 일차 표적이 되었다. 철저하게 비밀을 유지하고 사비성으로 잠행한 일까지 고원표에게 노출되고 말았다. 비사성의 연무창에게는 눈에 띄지 않는 압박과 견제가 따른다고 했다. 자신의 움직임이 외부로 드러난 이상 고원표는 결코 가만히 내버려두지 않을 것이다. 그가 노린다면 불안하게 앉아서 수동적으로 기다리기보다 그를 끌어들이는 것이 더 효과적인 반격이 될 것이다. 그렇다. 수세에서 벗어나 이제 적에게 공세를 펼쳐야 하는 것이다.

　평강은 최우영을 불렀다.

　"고원표의 다음 계략이 무엇일 것 같습니까? 그걸 알아야겠습니다."

　"인근에 친위부대와 절노부 파견부대가 주둔하지 않았다면 고원표는 당장 군대를 동원해 공주님을 잡으려 했을 겁니다.”

“그럼 그의 이목을 끌면서 우리가 이 집을 벗어난다면요?”

“고원표에게는 절호의 기회가 되겠지요.”

평강은 손수 차를 우려 내놓으면서 차분하게 전략을 짰다.

“이불란사伊弗蘭寺에 의연스님이 계십니다. 사노인에게 일러 나라와 왕실의 안녕을 기원하는 팔관회八關會를 절에서 열게 하세요. 식읍을 하사받고 순노부의 족장이 된 사노인이 여는 행사라면 의심받지 않을 겁니다. 그 팔관회에는 저도 참가할 겁니다. 고원표가 우리의 움직임을 얼마나 깊숙이 아는지 알아볼 좋은 기회지요. 우리가 비사성에서 대모달을 만났다는 걸 알고 있다고 하니 내부에 첩자가 있는 게 분명합니다.”

“설마요? 비사성 성주를 만났던 일은 저희 네 사람만 알고 있는 사실입니다. 아무에게도 우리의 행선지를 알리지 않았고 성에서는 공주님의 신분을 감추었습니다.”

“그만큼 우리 적의 능력이 대단하다는 것이겠지요.”

“아무리 내부 첩자를 끌어내고 고원표를 노리는 일이라 해도 공주님이 몸소 전면에 나서는 건 위험합니다.”

평강은 고개를 가로저었다. 그녀의 눈빛에는 결연한 의지가 담겨 있었다.

“장군님, 제가 집 안에 머물러 있다면 안전은 하겠지요. 그러나 안전을 말하는 거라면 왕궁만한 곳이 있겠습니까? 저는 제 발로 궁을 나왔습니다. 나루터에 배를 묶어둔다면 안전하겠지만 배는 물에 띄우려고 만들어졌습니다. 배는 화물을 싣고 사람을 실어 날라야 합니다. 절노부 무사들을 우리가 데리고 갈 악사와 일꾼으로 변장시키고,

혹시 모를 변고에 대비하여 철기병 1대를 인근 숲에 배치시켜주세요. 그러면 안심입니다."

공주의 고집을 잘 아는 최우영은 계획을 단념시키는 걸 포기했다.

"혹시 저들이 오지 않으면 어떻게 합니까?"

최우영의 고민을 이미 안다는 듯 공주는 단호히 말했다.

"제가 가고, 온달님이 간다면 틀림없이 습격해 올 겁니다."

이불란사는 초문사肖門寺와 함께 소수림왕 시절에 지어진 고구려 최초의 절이다. 이불란사는 공주의 방문을 앞두고 산사의 적막함을 깨며 그 준비로 야단법석이었다.

고진영의 첩보부대 제1대에서 분석해 올리는 정보는 상당한 신빙성을 갖고 있고 고급 정보가 많았다. 이불란사에서 팔관회가 열린다는 소식은 저잣거리에서 귀동냥만 잘하면 들을 수 있지만, 사씨 일족을 격려해주려고 평강공주가 직접 행사에 참관한다는 소식은 극히 빼내기 힘든 첩보였다.

음력 10월 15일.

평강공주의 집을 염탐하던 첩자들이 고진영에게 연락을 보내왔다. 공주가 수하 몇 명을 데리고 이불란사로 향했으며 마차에 공주가 타는 것을 목격했다는 것이다. 고진영은 부친 고원표와 형 고건에게 그 사실을 알리지 않았다. 팔관회에 공주가 나오지 않는다면 자신의 일 처리가 미숙하다는 인상을 줄 것이다. 그러나 만일 공주가 이불란사로 움직인다면 혼자 힘으로 공주를 잡아 공을 세울 수 있는 것이다. 고진영은 대기하고 있던 첩보부대 제2대장 이가에게 전 대원을 작전에 투입시키라고 명했다.

팔관회는 고유 민속신앙에 호국불교가 결합되어 천지신명과 부처님과 산신령 모두에게 제례를 올리는 종교 행사로, 참가자들은 술과 음식을 먹고 놀이를 하며 하루를 즐긴다. 이불란사 입구 일주문 주위에 병력을 매복시킨 고진영은 행사가 끝날 때까지 무던히 참고 기다렸다. 그는 쓸데없는 민간인 희생자를 줄이고 싶었다. 관노부 지역의 폭동을 무자비하게 진압했다는 원성이 자자해서 이번에는 공주의 마차만 집중 공격할 생각이었다.

첩보부대 암살조의 공격이 시작되면 평민들은 줄행랑을 칠 것이다. 공주 일행이라 해봐야 10명이 채 안 되니 첩보부대 100여 명이 일제히 습격하면 싸움의 결과는 불을 보듯 명확하다.

이윽고 행사를 마친 공주의 마차가 일주문으로 내려온다는 통보가 왔다. 고진영은 말을 탄 채 길 한가운데를 막아섰다.

"마차를 세워라. 물러서는 자는 죽이지 않겠다. 이 마차와 무관한 사람들은 즉시 자리를 떠나라."

경고를 한 뒤 고진영은 손을 번쩍 들었다. 그것을 신호로 양쪽 숲에서 활을 겨눈 복면 무사들이 몸을 일으켰다. 공주의 마차 뒤로 열을 지어 따라오던 사람들은 그 광경을 보고 혼비백산 흩어져 도망갔다. 차근차근 예측대로 되어간다고 고진영은 확신했다. 그런데 공주 일행은 전혀 당황하는 것 같지 않았다. 오히려 선두에 서 있던 최우영이 장창을 빼들고는 고진영의 목을 겨누며 외쳤다.

"누구냐? 이름을 밝혀라."

"이름 따위를 알아서 뭐 하느냐? 창을 뺐으니 넌 그 자리에서 죽을 것이다."

고진영이 신호를 보내자 암살조가 공주의 마차를 호위하는 무사들을 향해 화살을 날렸다. 그와 동시에 최우영과 온달이 말을 몰아 그들이 있는 숲으로 뛰어들었다. 빗발처럼 날아간 화살은 마차를 고슴도치로 만들었고, 덤불 속에서 혼전이 벌어지면서 병장기 부딪치는 소리가 요란했다.

고진영은 공주의 마차에 호위가 없다는 걸 알아차렸다.

"목표는 공주다. 공주부터 잡아서 끌어내라, 어서!"

자객들이 일제히 마차로 달려들었다. 그때 뒤로 물러섰던 악사와 일꾼, 구경꾼 들이 무기를 빼들고 막아섰다. 예상치 못한 상황이었다. 고진영은 순간 속았다 싶었다. 그러나 이쪽은 사람을 죽이는 전문 자객들이 아닌가? 숫자가 엇비슷하다면 승산은 여전하다고 생각했다.

"가소롭다. 모두 쓸어버려라!"

마차에 타고 있는 공주를 끄집어 내린 자객들이 그녀를 고진영 앞으로 끌고 왔다.

"얼굴을 들어라."

고개를 푹 숙인 공주의 머리를 당겨 확인한 고진영의 표정이 일그러졌다.

"공주가 아니다!"

그 소리에 자객 한 명이 공주로 변장한 샛별이를 죽이려고 칼을 쳐들다가 벌렁 나가떨어졌다. 겁에 질려 기어서 도망치는 샛별이에게 다른 살수가 칼을 내리치려 했다. 그러나 이내 이마에 돌을 맞고 패대기쳐진 개구리처럼 쭉 뻗어버렸다. 온달이 나타난 것이다. 그제야 돌이 날아온 방향을 찾아낸 살수들이 그에게 우르르 몰려갔다. 그러나 온달이 허리에 매단 자루에 손을 넣고 뺄 때마다 어김없이 한 명씩 뒤로 나가떨어졌다. 온달에게 화살을 겨누던 자객도 팔목에 돌을 맞고 주저앉았다.

고진영은 최우영과 맞서 싸우면서 고전을 면치 못했다. 이미 허벅지와 배에 피를 철철 흘리며 뒤로 몰리고 있었다. 고진영이 상대하기에는 최우영이 너무 강했다. 그의 적수가 아님은 갈수록 명백해졌다. 온달과 최우영의 활약에 절노부 무사들도 사기가 올라 접전이 곧 마무리될 것처럼 보였다.

그러나 10여 필의 말이 달려와 고진영 측에 가세하면서 일각도 지나지 않아 다시 공주 일행이 위기에 처했다. 고건이 6영影과 흑풍대를 이끌고 현장에 뛰어들어 파죽지세로 절노부 무사들을 무찔렀다. 그 와중에 샛별이도 온달의 눈앞에서 난자를 당하면서 애절하게 울부짖었다. 온달은 달려드는 적을 뚫고 그녀를 구해보려 했지만 오히려 적의 공격에 손발이 어지러워지고 등과 어깨에 칼질을 당했다. 공주와 최우영도 지쳐서 헐떡였다.

피 흘리며 인간끼리 죽이고 죽는 살육의 현장을 온달은 처음 겪었다. 땅에 쓰러져 신음하는 사람들 너머로 위기에 처한 평강이 보였다. 온달은 정신없이 적을 차고 넘기면서 평강의 곁으로 달려갔다. 버려진 창대를 반으로 부러뜨려 양손에 쌍검처럼 잡고서 휘둘렀다. 그 위력에 온달을 막고 나선 살수들이 추풍낙엽처럼 나가떨어졌다.

온달은 평강을 자기 등 뒤로 숨기고 덤벼드는 적들을 쳐냈다. 온달의 몸에 칼을 맞은 상처가 늘어갔다. 이렇게 밀리면 혼자서는 평강을 지켜줄 수 없다.

"공주가 저기 있다."

고건이 손가락으로 평강을 가리켰다. 평강이 샛별이의 옷을 입고 공손부인 곁에 서 있는 것을 발견한 6영과 흑풍대원들이 그녀를 포위했다.

고건이 나섰다.

"오랜만입니다."

헝클어져 흘러내린 머리칼 사이로 평강의 두 눈이 빛났다.

"장군이 오실 줄은 몰랐습니다."

"동생의 목숨은 구해야 하지 않겠소? 하마터면 큰 변을 당할 뻔했습니다. 공주, 다음은 어떻게 할 셈이오? 이제 다 보여주신 겁니까?"

"장군은 저를 이길 수 없습니다."

"과연, 그럴지 봅시다. 공손부인이 나서줘야겠습니다."

고건이 부르는 소리에 공손부인이 단검을 빼들었다. 그러고는 공주를 지키는 온달의 팔을 그어버렸다. 온달이 그 서슬에 옆으로 밀리면서 공주의 앞이 훤히 드러났다. 놀라서 온달을 보는 공주의 목에 공손부인이 칼을 들이댔다.

"유, 유모, 갑자기 왜 이래?"

칼을 쥔 유모의 손이 덜덜 떨리고 있었다. 유모는 울음기 섞인 목소리로 말했다.

"미안합니다. 더 이상 모실 수가 없게 되었습니다."

"유모가 왜? 첩자가 설마…… 나를 해하려 했다면 얼마든지 기회가 있었을 텐데 지금 이러는 이유가 뭐야?"

"예전의 공주님은 저들에게 위협이 되지 않았습니다. 20년이 넘었습니다. 고추가께서 남편의 매질을 견디다 못해 살인하고 형장으로 끌려가는 저를 고추가께서 구해주셨습니다. 그분의 도움으로 저는 새 신분을 얻어 왕궁에 들어갔지요. 공주님을 기만한 죄는 저세상에서 갚도록 하겠습니다."

월광 대부는 늘 가까운 사람을 조심하라 일렀다. 모르는 사람은 경계를 하고 있으니 위험이 덜하다는 거였다. 공손부인이 첩자라는 사실은 공주에게 적잖은 충격을 주었다.

고건이 회심의 미소를 지었다.

"다 끝났습니다. 그만 항복하시지요."

"아직은 아닙니다. 제 상대가 누군지 저도 익히 잘 알고 있지 않겠습니까?"

"그렇다면 사정 볼 것 없다. 공주 외엔 다 죽여도 좋다. 공격해라!"

고건의 말이 떨어지기 무섭게 숲 속에서 쇠뇌를 쏘며 절노부의 철기병이 등장했다. 사노인이 말을 달려 대기 중이던 절노부 철기대에 알린 것이다. 완전 무장을 갖춘 철기병 1대는 100명이다. 그들의 전력은 보병 1천 명에 필적한다.

날아온 쇠뇌가 공손부인의 가슴을 꿰뚫었다. 유모가 공주의 품 안으로 쓰러졌다. 평강은 애타는 목소리로 유모를 불렀다.

"유모, 정신 차려!"

"고, 공주님 미안합니다. 살 만큼 살았으니 미련은 없습니다."

유모는 평강이 사랑하는 몇 안 되는 측근 중의 측근이다. 그녀는 유모와 셀 수 없이 많은 기억을 공유하고 있었다.

"유모, 죽으면 안 돼. 유모!"

"친딸처럼 여겼는데……."

공손부인은 말을 다 끝내지 못하고 스르르 눈을 감았다.

온달은 울부짖는 평강을 데리고 서둘러 현장을 벗어났다. 그들을 바라보는 고건의 눈에 진한 독기가 확 번졌다. 그에게 온달은 공주를 빼앗아간 연적이었다.

　고건은 검을 고쳐 잡고 온달을 목표로 달려갔다. 고건의 검은 정교
하고 빨랐다. 온달이 아무리 방어해도 요소요소를 파고드는 칼날의
날카로움이 간담을 서늘케 했다. 반격은 엄두도 못 냈다. 그의 공세
하나하나가 치명적인 신체 요혈을 노리고 있었다. 자상을 입은 온달
의 피부가 벌어지고 출혈이 심해졌다. 이러다가는 저절로 무너질 것
이다. 그토록 수련에 전념하고 땀을 흘렸건만 그 기간이 짧았고 기량
의 차이도 심했다.

　평강은 냉정한 눈으로 고건과 온달의 승부를 지켜보다가 뒤에 도
열한 철기병에게 명령을 내렸다.

　"더 이상의 승부는 무의미합니다. 고 장군을 막으십시오!"

　공주의 명을 받은 철기병들이 장창을 찌르며 달려드니 고건은 방
어를 하느라 온달을 더 이상 공격하지 못했다. 일영이 재빨리 고건의
말을 가지고 와서 피하라고 재촉하며 철기병을 상대했다. 그러는 사
이에 처절한 비명이 들려왔다. 고건이 돌아보니 동생 고진영의 복부
에 최우영의 창이 꽂혀 있었다. 고건은 눈이 뒤집혔다. 만약 미리 첩
보를 알았다면 이렇듯 허무하게 패하지 않았을 것이다.

　"장군, 위험합니다. 역부족입니다. 판세가 기울었습니다."

　"어떤 희생이 따르더라도 동생의 시신은 챙겨라."

　일영이 고건의 말 등을 때려 그를 멀리 보냈다.

　살수들은 어둠 속에서 숨어 싸우는 자객이다. 철기병과 정면으로
붙어서는 승산이 없다. 첩보부대는 거의 괴멸되는 피해를 입었고 살
아남은 자들도 육신이 멀쩡한 이를 찾아보기 어려웠다. 고건에게 탈
출구를 열어주던 그림자 무사 적어도 3명도 추가로 희생되었다.

첩보부대 제2대장 이가는 만신창이가 된 몸을 굴려서 간신히 개울가로 피신했다. 20여 년간 공들여 키운 조직이 순식간에 박살났다. 한 명의 자객을 훈련시키려면 3년은 잡아야 한다. 연고가 없는 자들 중에서 골라 은신술과 변장술, 수십 가지 인명 살상법을 가르치고 개인 감정까지 없애고 나서야 실전에 투입한다. 그런 조직이 전멸했다. 의욕이 앞서 판단 오류가 생긴 것이다. 얼음장 같은 개울물에 몸을 숨긴 채 추위에 벌벌 떨면서 이가는 이를 갈며 복수를 다짐했다.

이불란사 일주문은 양측이 흘린 피로 붉게 물들었다. 그 피비린내는 며칠이 가도 가시지 않았다. 치열한 싸움은 많은 희생자를 남기고 막을 내렸다. 그러나 미움과 원한은 줄어들지 않고 더욱 깊어졌을 따름이다.

고원표는 아들을 잃고 이성을 상실했다. 그러나 고진영이 선제공격을 감행했다고 하니 이를 문제 삼아 평원왕을 압박하기는 어려웠다.

함정에 빠진 못난 아들이지만 제 새끼였다. 아들의 시신을 앞에 놓고 고원표는 통한의 눈물을 삼켰다. 제대로 안아주지 못했고 칭찬마저 인색하게 굴었던 아들이기에 그 후회의 슬픔은 더욱 깊었다.

"네년을 죽여 그 살을 씹어 먹을 것이다."

왕궁을 나간 공주가 정면에서 칼을 겨누고 있다. 그러나 산전수전, 살아온 세월만큼 겪지 않은 것이 없고 그 모든 싸움을 이겨낸 고원표였다.

"네년이 가지고 있는 모든 것을 없애주마. 네 동생, 네 애비도 마찬가지다. 내 너를 죽이지 않고서는 같은 하늘을 이고 살지 않겠다!"

수련의 결

평원왕은 해가 바뀐 정월에 진나라로 조공사朝貢使를 보내고 필요한 물화物貨와 그 답례품을 받았다. 그는 조공외교를 통해 선진 문물을 수용했고 아울러 주변국의 정세 변화에도 촉각을 곤두세웠다.

한편 제가회의에서는 조정 대신들보다 지방 호족들의 발언권이 더 셌다. 호족들은 자신들의 기득권을 지키고 세력을 넓히는 것이 목적인지라 자주 이권에 따라 대립하고 충돌했다.

현 정치세력의 구도를 보면 계루부는 평원왕을 지지하는 인물이 많이 혼재되어 있어서 중립에 가까웠다. 소노부 족장 해지월은 고원표를 지지했다. 해지월은 제가회의 의장이며 고구려 내의 상업을 전담하는 대대로를 자기 사람으로 심어두고 있어 조정에 막강한 입김을 행사했다. 왕후의 아비인 관노부 대가 진필은 편제상으로는 태왕의 직속이나, 금과 곡물을 다루고 있어 상단을 보유한 소노부와 가까웠고 실제로 그들과 연합하기 일쑤였다. 순노부는 여태껏 정계 진출을 제한당하고 있어서 큰 영향력을 행사하지 못했다.

군권을 가진 절노부 연청기가 태왕을 편들고 있었지만, 연청기는 주로 북방 국경을 지키고 있어 중앙 정치와는 거리가 멀었다. 결국 제가회의의 실권을 고원표와 해지월이 가지고 있음은 자명했다.

활짝 펼친 열두 폭 병풍이 불꽃의 일렁임에 따라 살아 움직이며 타오르고 있었다. 책상에 앉은 온달은 글씨가 눈에 들어오지 않았다. 아직 부상이 낫지 않아 물 한 모금 마시려고 움직여도 온몸이 비명을 질러대며 고통이 뭔지 톡톡히 가르쳐주었다. 그러나 편히 누워 있을 수 없었다. 그 못지않게 다친 평강은 얼굴 한 번 찡그리지 않고 쉬려 하지 않았다. 무엇이 그녀를 저리 움직이게 하는지 몰라도 평강은 공손부인과 샛별이의 장례를 치른 뒤 절노부 군대가 주둔한 산성으로 올라가 전사한 병사들의 합동 위령제에 참가하고 돌아왔다.

평강은 섣부르고 미숙한 작전 실행에 대해 철저히 자기반성을 하는 중이었다. 적에게 지대한 타격을 입혔다 해도 고원표를 함정에 빠뜨리지는 못했다. 아군도 상당한 피해를 입어 많은 희생자가 생겼다. 믿었던 온달은 평강을 보호하지 못했을 뿐 아니라 자기 한 몸도 지키지 못했다.

비몽사몽간에 온달은 최우영이 평강에게 하는 말을 들었다.

"온달님은 끝까지 칼을 뽑지 않았습니다. 몽둥이를 들었으나 손에는 전혀 살기가 없었습니다. 그렇다면 적과의 싸움에서 어떻게 이기며 수련이 무슨 소용 있겠습니까?"

평강은 최우영에게 차분히 말했다.

"사람은 변합니다. 온달님에게는 시간이 필요할 뿐입니다."

전쟁터에서 혈전을 치르며 살아온 최우영으로서는 적을 대하는 온달의 불확실하고 미지근한 태도가 이해하기 어려운 게 당연했다. 그러나 공주는 누구보다 깊이 온달의 심성을 이해하기에 믿음만은 전혀 흔들리지 않았다.

온달은 미물이라도 무고한 생명은 해치지 말라고 어릴 적부터 어머니에게 회초리를 맞아가며 배웠다. 또한 남이 자기를 놀리고 괴롭히는 건 반응을 보이지 않으면 되니 아무렇지 않게 얼마든지 견디며 살아왔다. 그래서 그런 배경을 모르는 사람은 온달 특유의 행동을 이해하기 어려웠다.

온달은 사람을 해치거나 죽인다는 것을 상상조차 못하고 살았다. 무고하지 않은 생명이 어디 있겠는가? 내겐 적이라도 저들끼리는 아군이다. 온달은 혼란스러웠다. 싸움을 직접 겪으면서 본 피와 죽음들 때문에 육체적 상처보다 정신적 충격이 더 심했고 자신의 무력함에 화가 나기도 했다. 이대로는 아무것도 못 할 것이다.

온달은 수련의 길을 떠나기로 결심했다. 혼란스러운 마음을 정리하고 싶었다.

짐을 꾸리는 온달을 보고 평강이 양팔을 벌리며 만류하고 나섰다.

"다친 몸으로 어디를 가시려 합니까?"

"수련을 더 하고 싶습니다. 이대로는 아무 보탬이 되지 못합니다."

"심신을 단련하는 것은 좋으나 집을 두고 멀리 떠나시다니요?"

"어머니를 보살펴줄 사람이 있어 걱정을 덜었습니다."

"정녕 가셔야 하나요?"

"당당한 장부로서 살아야 한다고 당신이 말하지 않았습니까? 그런데 어찌 부끄러운 마음을 감추고 수치심을 견디며 살겠습니까? 내가 모자라다는 걸 알았으니 더욱 배우고 땀을 흘리려는 것입니다."

논리 정연한 온달의 설명에 평강은 할 말을 잃었다. 이미 온달은 결심을 굳혔다. 그녀가 뭐라 해도 그 결심을 꺾을 수는 없었다.

"남쪽으로 내려갈 생각입니다. 별동대가 있는 경당의 위치를 가르쳐주세요."

"그건 또 뭐 하시려고요?"

"날 믿지 못하십니까?"

"설마요? 서방님, 제 몸속에는 지금 서방님의 씨앗이 자라고 있습니다."

"그, 그게 정말입니까?"

"날 믿지 못하십니까?"

평강은 온달의 말투까지 흉내 내어 그대로 돌려줬다.

"그, 그렇군요. 으하하하. 고맙습니다. 어디를 가나 든든한 마음으로 수련에 열중할 수 있겠어요. 별동대원들은 대부분 실전무술의 달인입니다. 수행하는 틈틈이 대련을 하면서 시야를 넓혀보려는 겁니다."

온달의 대답을 들은 평강은 더 이상 긴말하지 않고 벽장에서 길쭉한 비단보를 꺼내 들고 왔다.

"잿더미 속에서 찾아낸 월광 대부님의 쌍검입니다. 이 검은 온달님과 인연이 닿았습니다. 대부께서는 온달님이 쌍검을 사용하면 그 적수가 없을 것이라 했지요. 어느 곳에 계시든지 부디 신체 보중하시고 원하는 성취를 이루시길 빌겠습니다."

온달은 월광 대부의 쌍검을 공손히 받들었다. 쌍검을 소중히 꾸린 뒤 온달은 두 손으로 평강의 얼굴을 부드럽게 감쌌다. 가슴이 뿌듯했다. 평강의 뱃속에서 자라는 생명이 그에게 알 수 없는 희열을 불러일으켰다. 그녀의 두 볼이 온달의 손바닥 안에서 발갛게 물들었다. 온달은 임신한 아내를 두고 간다는 점이 마음에 걸렸다. 그러나 한 번 결심한 이상 떠나야 한다. 훗날 태어날 아이를 위해서라도 원하는 성취를 이루고 돌아와야 한다.

온달은 건너편 별채에 머무는 어머니 사씨를 찾아가 작별 인사를 올린 후, 그리고 애마 질풍을 타고 정처 없는 길을 떠났다.

평강은 배가 부풀어오는 동안, 태교를 위해 몸과 마음을 정갈히 했다. 경당의 운영과 이진무의 상단 관리, 순노부의 세력화 작업은 최우영이 총책임을 맡았다.

경당의 전국 25개 지부는 김용철의 발상을 차용하여 북방 별동대라는 간판을 내걸고 순조롭게 운영되고 있었다. 이진무와 사노인은 소금, 곡물에 이어 배를 이용한 국제 무역으로까지 사업 영역을 확대하면서 재물을 차곡차곡 불려나갔다.

순노부를 복원하는 데는 생각보다 많은 시간이 걸렸다. 고구려 3대 성씨인 사씨는 상당수가 백제로 유입되면서 성씨를 다르게 바꾸었고 국내에 남은 이들은 농사꾼이 대부분이라 세력화 작업에 시일이 지체되었다. 이진무는 사씨 집성촌 젊은이들을 상단에 투입시켜 세상이 돌아가는 이치를 깨우치게 했다. 그리고 무예에 재능을 가진 이들은 경당으로 보냈다.

평강은 온달이 없는 집에서 태자가 보내준 왕궁 여의관의 도움으로 아들을 순산했다. 온달이 떠나기 전에 아들을 낳으면 지어주라 했던 이름이 있었다. 그 이름은 공교롭게도 '소문'이었다. 울보 공주와 바보 온달은 소문에 의해 유명해졌고 그 소문으로 만났다.

동남쪽 하늘 아래, 멀리 제비봉이 보이는 산기슭에서 온달은 여장을 풀었다. 이름 모를 동굴을 찾아 머물면서 그는 평강이 쌍검과 함께 내준 월광 대부의 쌍검무 비서秘書를 보며 수련을 시작했다.

쌍검을 쓴다는 것은 두 팔을 각기 다른 동작으로 자유자재로 사용한다는 말이다. 다른 두 방향에서 날아오는 공격을 막아야 하고, 한 손은 공격을 한 손은 수비를 해야 하며, 혹은 양손 모두 공격을 해야 하는 경우도 있다. 처음에는 양손으로 서로 다른 글자를 쓰는 연습을 시작했다. 문文과 무武라는 글자를 동시에 쓰는 식이었다. 단순한 글자에서 시작해서 나중에는 20획이 넘는 글자를 반듯하게 쓸 수 있도록 훈련을 거듭했다. 검으로 글을 쓸 때는 글자 획에 따라 손목과 어깨 힘의 강약이 달라야 했다. 밤낮 없이 검을 잡고 휘두르다 보니 양쪽 손바닥이 짓물러 터져서 검을 잡을 수조차 없을 때도 있었다. 온달은 돼지 심줄을 꼬아 만든 끈으로 칼자루를 손에 묶어 쉬지 않고 수련을 계속했다. 지치고 힘이 들어 맘이 약해지면 평강을 떠올렸다. 그녀는 결코 물러설 줄 모른다. 끈질긴 집념과 열정은 온달이 그녀에게서 얻은 가장 소중한 배움이었다.

글자를 쓰면 쓸수록 쌍검이 날카로워졌고 덤으로 글공부 실력도 늘어갔다. 온달은 달리면서 허공에 글씨를 썼고, 그것이 점점 발전하여 질풍을 타고 쌍검을 휘둘러 서로 다른 문장을 짓는 수준까지 다다랐다.

온달은 도끼로 나무를 패서 간이 침상을 만들었고 대나무를 줄로 엮어 탁자로 사용했다. 밤에는 불을 피워 추위를 이겨냈다. 닳아 해진 옷은 잡은 짐승의 가죽을 덧대어 입었고 신발은 돼지가죽을 말려 여러 장 겹쳐서 제법 그럴듯한 가죽신으로 기워 신었다.

산속에는 이야기를 나눌 상대가 질풍밖에 없었다. 그렇다 보니 온달은 정말 자신이 질풍과 상당히 수준 높은 대화를 나누고 있다고 여기게 되었다.

"오늘 뭐 먹었냐?"

"히히힝. 히힝."

"마른 풀하고 산삼을 캐먹었다고? 에이, 더덕이나 도라지겠지."

"히히힝, 히히힝."

"정말 산삼이면 내 것도 좀 챙겨 오지 그랬냐?"

"히히힝."

다음날 보면 어김없이 산삼 몇 뿌리가 탁자 위에 올려져 있었다. 상황이 이 지경에 이르니 온달은 질풍이 사람 말을 알아듣고 대화를 할 줄 안다고 간혹 착각하기도 했다. 잠도 같이 자고 밥도 같이 먹었다.

어느 날 온달이 혼자 수련을 하고 돌아오니 동굴 주변에 호랑이 발자국이 여러 군데 찍혀 있었다. 호랑이가 질풍의 냄새를 맡고 멀리서 찾아온 것이다. 그래서 온달이 질풍을 데리고 나가려 하자 질풍은 한사코 버티면서 싫다고 했다.

"질풍아, 원래 말은 호랑이 밥이란다. 넌 호랑이를 보면 무서워서 도망가야 돼. 그게 정상이야."

"히히힝, 힝, 힝, 힝."

"뭐, 너를 얕보지 말라고? 이런 건방진 말을 봤나?"

"히히히, 힝."

"뭐? 호랑이를 잡겠다고? 야, 네가 호랑이 밥 되는 건 괜찮은데 그럼 나는 뭘 타고 다니냐?"

"히히히, 힝."

"산돼지나 타라고? 모르겠다. 그럼 네 마음대로 해라."

그날 온달이 수련하러 나갔다가 저녁에 돌아와 보니 질풍과 몸집이 비슷한 호랑이가 동굴 앞에 턱이 깨지고 늑골이 부서진 채 죽어 있었다. 질풍이 거만하게 그 호랑이 배를 밟고 목을 빼고서 길게 울었다. 질풍 덕분에 온달은 한동안 호피 옷을 입고 다녔다. 아마 그 호랑이가 늙었거나 질풍을 얕봤다가 호되게 당했을 것이다.

온달은 밤이 되면 모닥불 빛을 받아 동굴 벽에 비친 자기 그림자를 상대로 쌍검을 겨루고 낮에는 질풍을 타고 경사진 언덕을 달리면서 활쏘기 연습을 했다. 과녁은 자연히 움직이는 멧돼지나 사슴이라서 그걸 잡아 요기를 대신했다. 정확히 급소를 맞혀야 고통이 덜하겠다 싶어 여러 발이 아니라 단 한 발에 즉사시키려고 신경을 곤두세웠다. 때로는 개울로 내려가 물고기를 잡는 것으로 창술 훈련을 대신했다. 오래지 않아 한 번의 창질에 물고기 두세 마리씩 창끝으로 꿰어 올리게 되었다.

그는 수련이 깊어질수록 어머니가 했던 말이 새록새록 살아나면서 미처 몰랐던 세계를 경험하게 되었다.

오감이 예민해져서 귀로는 한 번에 여러 가지 다른 소리를 구별할 수 있었다. 풀벌레 우는 소리와 나뭇가지 사이로 뛰어다니는 청솔모의 발짝 소리, 새소리, 바람 소리, 개울물 흐르는 소리…….

온달은 폭포에 앉아 튀는 물방울을 주시하면서 여러 개의 물방울을 동시에 눈으로 따라잡았다. 바람에 꽃잎이 날리면 그 꽃잎을 상대로, 눈발이 날리면 그 눈이 적의 창칼이라 생각하고 쌍검을 휘둘렀다. 나중에는 폭우 속에서도 칼바람의 힘을 이용하여 빗방울이 옷에 젖지 않을 정도의 경지에 도달했다. 동시에 화살 세 개를 날려 유영하는 물고기 세 마리를 한꺼번에 잡기도 했다. 창으로는 말 위에서 떨어지는 나뭇잎이 땅에 닿기 전에 실에 구슬을 끼우듯 그것을 창끝에 꿰었다.

온달이 깊은 산속에 들어와 수련에 전념하는 것은 혼란스러운 마음을 정리하기 위해서이기도 했지만 평강의 열정과 집념에 자극받은 바가 더 컸다. 자기 변신과 발전을 위해 일단 죽기 살기로 노력해보고 싶었다. 예전의 그는 자신을 강제하여 목표를 정하고 죽을 각오로 달려든 적이 없었다. 그는 무예의 고수가 되는 것보다 사랑하는 공주를 위해 부족한 자신을 채우고 싶었다. 자신을 믿고 전부를 내던진 공주에게 부끄럽지 않으려면 목숨을 걸고 도전하는 길밖에 없었다.

평강공주의 하늘은 고구려였고 온달의 하늘은 공주였다.

겨울에 집을 떠난 온달은 두 번째 겨울을 보내고 봄, 여름을 맞이했다. 남들은 산속이 외롭고 무섭지 않으냐고 할지 모르지만 온달은 별다른 어려움을 못 느꼈다. 산열매와 과일, 꿀통, 산나물, 약초가 지천으로 깔렸고 물고기에 꿩, 토끼, 돼지, 사슴 등 사냥감이 널렸다. 산을 아는 온달에게 산속은 식량의 보고나 다름없었다. 돼지나 사슴을 잡아 그 고기를 말려두면 한 달은 양식 걱정을 하지 않고 지낼 수 있었다.

호흡 수련이 깊어짐에 따라 온달의 실력은 일취월장했다. 그러면서도 늘 마음 한구석이 꺼림칙했다. 자신의 무술이 혹시 무고한 인명을 해치지나 않을까 하는 우려 때문이었다.

순산을 한 평강은 여러 사람의 관심과 보살핌으로 거뜬히 자리를 털고 일어났다. 그녀는 아기에게 초유를 먹인 후, 목표를 향한 활동을 재개했다.

평강이 첫 번째로 선택한 과업은 연비에게 청을 넣어 왕후를 만나는 것이었다. 그녀는 왕후에게 서신을 전해달라고 부탁하면서 작은 보석함 하나를 끼워 보냈다.

왕후는 공주가 아이를 낳았다는 소문을 듣긴 했지만 그녀가 자기를 만나고 싶어 하는 이유를 도무지 짐작할 수 없었다. 안학궁의 안주인이자 왕후가 된 그녀는 더 이상 눈치 볼 것이나 두려운 것이 없었다. 왕후의 거처는 태왕의 서각과 같은 금빛 기와를 올렸고 거대한 기둥은 온갖 조각과 채색으로 장식되었다. 진귀한 청옥과 백옥을 깎아 둥근 창문을 만들고 바닥에는 멀리 페르시아에서 들여온 푸른 물색이 도는 대리석을 깔아 호사를 더했다. 복도는 이중벽을 둘러 겨울 추위를 막고 처마는 길게 뽑아서 여름에 시원하도록 설계되었다.

평강이 보낸 글을 읽은 왕후는 코웃음을 쳤다. 이불란사에서 만나고 싶다는 내용이었다. 공주를 보고 싶지도 않고 만날 이유도 없다고 여긴 왕후는 같잖다는 눈매로 공주의 편지를 화롯불에 던져 태웠다. 공주가 보낸 보석함을 이 상궁으로부터 건네받고서도 왕후는 노골적인 경멸과 조소를 거두지 않았다.

"흥, 뭔지 열어나 보아라."

보석함에는 평범한 옥팔찌 하나가 들어 있었다.

"거 봐라, 겨우 그따위 물건을 징표라고 보내다니 궁 밖 생활이 아주 궁핍한 모양이구나. 호호호, 이 상궁이 이불란사를 통해 양식이나 좀 보내주려무나."

유심히 옥팔찌를 살피던 이 상궁의 얼굴이 파랗게 질리는 걸 보고 왕후가 의아해서 물었다.

"어찌 그러느냐?"

"마마, 이 옥팔찌는 선아라는 아이의 것입니다."

"선아라니? 누구냐, 그 아이가?"

"전에 연비마마를 모셨던 아이입니다."

왕후는 여전히 무슨 뜻인지 몰라 짜증을 내며 되물었다. 이 상궁은 간신히 말을 이었다.

"그 아이가 탕약에 몰래 독을 풀어 연비를 낙태시켰습니다."

연비의 용정을 지우라는 명을 내린 사람은 바로 왕후 자신이었다. 예사 반지가 아니라는 걸 깨달은 왕후의 얼굴도 하얗게 질렸다. 왕후는 다급히 물었다.

"그 아이는 지금 어디 있느냐?"

"옥에 갇힌 제 아비를 빼내주고 관노부 영지에 집을 마련해주었습니다."

"음, 뒤를 남기지 말 걸 그랬다."

"기별을 보내 확인해보겠습니다."

수백 리 길을 전령이 말을 달려 불과 사흘 만에 소식을 가져왔다. 전령은 선아와 그녀 아비가 감쪽같이 사라졌으며 그 행방을 아는 사람이 없었다고 고했다.

선아는 농사를 짓는 평범한 가정에서 태어난 아이였다. 가뭄으로 병든 아내를 잃고 굶주리다 못한 그 아비가 걸음마를 겨우 뗀 선아를 관부로 데려가 노비로 넘겼다. 밥이라도 굶지 말라고 그리 한 것이었다. 관에서는 아무리 흉년이 들어도 굶어죽는 일이 없으니까. 그런 선아가 이 상궁의 손에 뽑혀 왕궁으로 들어왔고 공손부인을 통해 절 노부로 보내졌다. 연비의 입궁을 미리 알게 된 진비의 술수였다. 팔에 맞지도 않는 헐렁한 옥팔찌는 선아 어미가 죽으면서 남겨준 유품으로 그녀가 늘 몸에 지니고 살았기에 이 상궁도 그 팔찌를 단번에 알아보았다. 만약 숨겨둔 선아를 공주가 찾아서 데리고 있다면 문제는 심각해진다. 왕후가 태왕의 씨앗을 고의로 없앴다는 사실이 밝혀진다면 절대 무사히 넘어가지 못하리라.

어쩔 수 없이 왕후는 불사佛事를 핑계 삼아 약속한 날에 이불란사를 찾아갔다.

의연스님은 이 상궁조차 왕후를 수행하지 못하게 막고 대웅전에서 꽤나 떨어진 암자 객당으로 왕후를 안내했다. 깎아지른 절벽 위에 자리 잡은 객당은 햇살이 거의 들어오지 않아 실내에 밝혀둔 촛불로 사물을 분간해야 했다. 향냄새가 코끝을 파고들었다. 불상 아래 머리를 깎은 스님 한 명이 무릎을 꿇고 있었는데, 체구가 가냘픈 것으로 보아 여자로 짐작되었다.

왕후의 눈이 어둠에 익숙해질 즈음, 기둥 뒤에서 평강공주가 몸을 드러냈다.

"왕후마마, 평강이 문안 인사 드립니다."

하얀 소복을 입은 공주가 깊이 허리 숙여 절을 올렸다.

"이게 무슨 짓이냐? 웬 소복을 입고서."

"마마, 저 여승을 알아보시겠는지요?"

무릎을 꿇고 있던 여승이 살며시 고개를 들었다. 왕후는 그녀가 누군지 도무지 알 수 없었다.

"예전에 연비의 곁에서 시중을 들었던 선아라는 아이입니다. 이름은 들어보셨겠지요?"

왕후는 시치미를 뚝 뗐다.

"나는 그런 이름은 전혀 아는 바 없다."

평강은 그럴 줄 알았다는 듯 왕후의 반응에는 아랑곳 않고 말을 이었다.

"관노부 영지에서 이름을 바꾸고 숨어 사는 저 아이를 어렵게 찾아냈습니다. 아마 이 상궁을 잡아 취조하면 무슨 짓을 했는지 실토하겠지요. 선아가 연비 곁에서 왜 도망을 쳤고 어떻게 관노부에서 살게 되었는지 분명히 밝혀질 것입니다. 선아의 아비도 이실직고를 하겠지요. 어차피 진실은 백일하에 샅샅이 드러나지 않겠습니까?"

아무리 태연한 척 가장해도 왕후의 목소리는 떨려 나왔다.

"공주가 몇 년 만에 만나자 한 것이 나를 핍박하기 위함이더냐?"

"제가 마마를 해치려 했다면 이 사실을 부왕께 먼저 알렸을 겁니다. 태왕의 용정에 위해를 가한 사실이 알려지면 비록 왕후가 되셨다 해도 무사하지 못하실 겁니다. 아니, 부왕께서 덮어두시려 해도 법도를 따지는 조정 대신들이 가만있지 않겠지요. 만일 마마의 죄가 밝혀진다면 왕자들도 안전하지 못합니다. 건무와 태양은 제게도 동생입니다. 하지만 그들이 죄인의 자식이라면 나라에서 중용하기 어렵습니다."

그것까지는 미처 생각을 못 했다. 죄인의 자식이라면 궁에서 쫓겨나고 관노부에도 그 피해가 미칠 것이다. 이제 높은 패는 평강이 쥐고 있었다. 왕후도 그 사실을 인정해야 했다.

"지금 공주의 말은 나를 협박함이 아니더냐?"

"왕후마마, 선아와 그 아비는 머리를 깎고 속세를 떠났으니 영원히 입을 다물 것입니다. 마마께선 내궁의 주인이시고 풀지 못한 앙금이 남았다 해도 제가 마마를 해쳐서 무슨 이득을 보겠습니까? 이리 나오시지요."

공주의 말에 객당 구석에 딸린 작은 쪽문이 열리면서 놀랍게도 태자가 건무 왕자를 데리고 걸어 나왔다. 그 뒤를 평양성 수비대장 을지해중과 임정수가 따랐다.

"건무야, 네가 여긴 어인 일이냐?"

건무 왕자는 창백한 얼굴로 어머니를 바라보았다. 그도 이미 그 사실을 알고 있었던 것이다. 왕후는 심사가 복잡했다. 아무리 모질고 독한 어미라 해도 자식 앞에서는 한없이 나약할 수밖에 없다. 평강은 왕후의 심정이 어떤지 잘 알았다. 그녀는 부드러운 목소리로 이처럼 만남을 주선한 이유를 설명했다.

"마마, 태자와 건무는 형제지간입니다. 저 둘이 우애롭다면 고구려의 미래는 분명 밝을 것입니다. 태자는 동생들을 보호하고 극진히 왕후를 모실 것입니다. 태자의 대부가 되시는 을지 장군은 그 성품이 강직하고 정의로운 분입니다. 장군이 이 자리의 증인이 되어 신명을 다해 태자와 건무 왕자를 보필해주실 겁니다."

왕후는 지그시 눈을 감았다. 그렇게만 된다면…… 아무 걱정이 없을 거라는 생각이 들었다. 얼마나 가슴을 졸이며 살았던가? 태자가 다음 대를 이어 태왕이 된다면 자신들의 생사를 장담할 수 없다. 아버지 진필은 세력이 약해 해지월과 고원표의 눈치를 보며 전전긍긍하고 있다. 그러나 평원왕과 태자가 자신들을 진심으로 받아들이고 보호해준다면 다시 따져볼 일이다. 을지해중의 인품은 그녀도 잘 알았다. 그는 정치에 흔들리지 않고 유불리를 계산하지 않으며 명예와 신의를 목숨처럼 여기는 장수였다.

"태자가 우리 건무를 끝까지 지켜주리라고 어찌 장담할 수 있겠느냐?"

태자가 한발 나서 왕후의 눈을 똑바로 응시하며 말했다.

"왕후마마, 건무와 태양은 부왕의 피를 나눠 받은 제 동생들입니다. 천지신명과 부처님 앞에 맹세하건대, 동생들을 성의를 다해 돌보며 남들이 부러워하는 사이좋은 형제로 지내겠습니다."

묵묵히 그 광경을 지켜보던 을지해중이 감격하여 입을 떼었다.

"이 얼마나 아름다운 광경입니까? 두 분 왕자님께서 힘을 합친다면 이 나라는 더욱 강성해지고 만백성이 그 홍복을 누리게 될 것입니다. 소장, 두 분 왕자님을 위해 진력을 다하겠습니다."

왕후의 눈가가 촉촉이 젖어들었다. 이미 국모가 된 마당에 무슨 욕심이 더 남아 있겠는가? 왕후는 고개를 끄덕이며 입을 열었다.

"내 친정의 부친을 뵙고 말씀 올리리다. 앞으로 관노부는 두 왕자의 양양한 전도를 위해 충심으로 보필을 다할 것이오."

시기와 갈등으로 점철됐던 부끄러운 과거를 털고자 왕후가 평강에게 다가가 손을 잡았다.

"공주야, 면목이 없고 미안하구나. 날 용서해줄 수 있겠느냐?"

"마마, 다음에는 제 아들을 데리고 함께 문안을 드리겠습니다."

"그래…… 꼭 그리 하자. 정말 고맙구나."

왕후도 그러했지만 공주도 적이 안심이 되었다. 제가회의에서 관노부의 한 표가 국정의 향배를 결정지을 수 있는 까닭에 공주는 심혈을 기울여 왕후와의 관계를 재정립하고자 했고, 이로써 어려운 큰 고비를 넘었다. 관노부는 더 이상 왕실의 적이 되지 않을 것이다.

공주와 태자는 왕후 일행을 배웅하고 따로 선방으로 자리를 옮겼다. 선방은 가구가 없어 정갈했으며 향냄새가 그윽하게 스며 있었다. 태자는 몇 년 만에 만난 누이에게 싱글벙글하며 다가와 슬쩍 키를 맞춰 보았다. 자기가 얼마나 자랐는지 자랑하려는 것이었다. 공주가 궁을 나올 때 마지막으로 보았던 모습과는 너무 달라져 있었다. 키가 공주보다 컸고 목소리도 굵어졌으며 어딘지 모르게 여유와 자신감을 갖추었다.

"태자님, 이렇게 헌앙한 모습을 보게 되니 이 누이, 놀랍고 기쁘기 그지없습니다."

"어, 저한테 경어를 쓰시면 어떻게 합니까? 누이를 만나면 어리광을 좀 부려볼까 했는데 헛물만 켰습니다."

"태자님, 헛물이라니요?"

"하하하. 김칫국을 들이켰다, 뭐 그런 뜻이지요. 을지 대부는 워낙 진지한 분이시라 이런 농담을 못 한답니다."

그러자 을지해중이 살짝 미소를 지으며 말했다.

"태자님, 저라고 다르겠습니까. 저도 병사들과 어울리면 욕도 하고 술주정도 부립니다."

"을지 대부님께는 여러모로 부담만 드렸습니다. 그 은혜가 너무 커서 몸 둘 바를 모르겠습니다."

"그런 말씀을 하시니 송구합니다. 공주님, 너무 오래 궁을 비우셨으니 하루빨리 환궁하시기 바랍니다."

"네. 그런데 태자님, 아바마마께서는 어찌 지내고 계십니까?"

"얼마 전 부왕께서 누이의 근황을 물으시기에 모른다고 시치미 뗐더니 오누이의 정이 뭐 그러냐며 무척이나 섭섭해하셨습니다."

태자의 말에 평강의 가슴속에서 울컥 뜨거운 것이 치밀어 올랐다. 오랜만에 동생과 임정수, 을지해중을 만나 회포를 푼 평강은 부왕에게 안부 편지를 전해달라고 부탁했다.

온달, 무절을 물리치다

머리를 싸매고 장고를 거듭하던 고원표는 일거에 공주의 추종 세력을 쓸어버릴 치밀한 책략을 구상했다. 공주의 팔다리를 자르면 혼자서 별수 있겠는가.

"평양성에서 사라졌던 별동대가 경당을 차리고 무사들을 양성한 지 오래되었다. 이런 계략을 짠 사람이 누구며, 누구를 겨냥해서 이런 일을 벌인 것 같으냐? 그 앙큼한 것이 왕궁을 나가자마자 꾸민 짓이다. 이번에야말로 본때를 보여줘야 한다. 별동대 놈들부터 뿌리째 그 씨를 말려놓을 것이다."

일세의 걸출한 영웅호걸이라고 여기는 아버지의 전략을 상세히 듣고 고건도 그에 적극 찬동했다.

"백제의 무절武節이라면 분산되어 있는 별동대를 능히 상대하고도 남을 것입니다."

개개인의 검술 실력만으로 보면 신라의 화랑과 고구려 선인을 통틀어서 백제 무절의 솜씨가 가장 절륜했다.

"헌데 한강 유역에서 백제군의 진격이 파죽지세라 그것이 심히 우려스럽습니다."

"저들이 얻을 수 있는 건 기껏해야 가라달이 수비하는 보루나 조그마한 산성에 불과하다."

"백제군의 침공으로 피난 행렬이 길어진다 합니다."

꽤나 심각하고 진지한 아들의 표정을 보고 고원표가 호기롭게 손을 저었다.

"하하하, 거기까지다. 백성들은 큰 성으로 대피시키고 있고, 고모리성과 오두산성에 이미 대군을 집결해두었다. 한 번씩 전운이 감돌게 하는 것도 통치의 수단으로 그리 나쁘지 않다. 두려움과 공포심을 잘만 자극하면 백성들은 이성을 잃게 마련이고 그것을 이용하면 뜻밖에 큰 성과를 거두기도 한다. 잘 새겨두어라!"

혹독한 겨울이 세 번 지나고 훈풍이 불자 온달은 정든 동굴 속의 짐을 정리했다. 하산해서 김용철의 얼굴도 볼 겸 그는 장안성으로 방향을 잡았다.

질풍의 고삐를 잡고 꽤 큰 마을로 터벅터벅 걸어서 들어가니 마을 입구에 수백 년은 되었을 거목이 세월의 흔적을 간직한 채 우람하게 버티고 서 있었다. 곳곳에 흐드러지게 핀 노란 개나리꽃은 눈빛마저 노랗게 물들여놓았다.

마을 장터로 들어선 온달은 왁자한 사람들의 분주함이 반가웠다. 버드나무 밑에 앉아 웃통을 벗어젖힌 사람, 윷놀이를 하는 사람, 수

숫대 껍질로 만든 작은 바구니에 벌레를 잡아놓고 흥정하는 사람, 징을 쳐서 사람들을 부르는 기름 장수, 땡땡이를 치는 청포青布 장수, 쇠망치를 두들기는 대장장이, 국밥을 말아주는 할머니…… 온달은 그간 정겹고 구수한 사람 냄새가 못내 그리웠었다.

질풍을 세워두고 국밥집 탁자 한 귀퉁이를 차지하고 앉은 온달은 지나치는 유랑객들을 유심히 살펴보았다. 먼 길을 떠나온 것처럼 피난 보따리를 든 사람들이 많았다. 온달은 그들이 나누는 대화에 귀를 기울였다.

"벌써 산성을 몇 개나 뺏겼대요."

"백제 장수가 어찌나 무섭고 용맹하던지 이름만 듣고도 우리 군사들은 도망가고 싸울 생각을 안 한답니다."

"세상에, 조의군이 도망을 쳐요?"

"아니, 어쩐 일인지 선인들은 코빼기도 안 보였대요."

국밥집 손님들의 화제에 궁금증이 생긴 온달은 귀동냥을 계속 했다. 지방군은 보병을 중심으로 전략 요충지마다 산성을 쌓고 적을 방어한다. 적이 침략하면 사전에 무장 보병인 조의군이 유격 지원을 하고 선봉에 서서 용감하게 싸운다. 그런데 이번에는 조의군이 투입되지 않고 있다는 것이다. 각 군에 배속되어 조의선인의 지휘를 받는 조의군이 군의 사기를 돋우고 특수전도 앞장서서 수행하는데, 그들이 한발 물러서 있다면 지방군은 전력이 형편없이 약화되고 싸울 의욕마저 잃을 수밖에 없다.

고구려는 부여, 예맥, 말갈, 거란 지역을 직접 지배하는 한 지역의 패자다. 군세가 약한 백제군이 먼저 군대를 일으켜 공격해 오는 일은 드물었다. 그런데 민간인 사상자가 수백 명으로 늘어나고 함락되는 산성이 많아져도 조의군이 움직이지 않는다고 하니 군대의 특성을 잘 모르는 온달조차 고개를 갸웃했다.

백제군의 침범으로 피난을 떠난 사람들의 행렬을 곳곳에서 목도하면서 북상한 온달은 패수 도선장에 도착한 뒤 북방 별동대를 찾아갔다. 장안성 최대의 경당으로 소문이 자자한 곳이라 정문 입구에서부터 장정들의 기합 소리가 높은 담을 넘어 우렁차게 들려왔다.

질풍을 데리고 쭈뼛거리며 문 안을 기웃거리는 온달의 뒤에서 누구냐고 묻는 꾀꼬리 같은 여자 목소리가 들렸다.

"저, 지나는 길손인데 혹시 아는 사람을 만날까 해서요."

홍일미는 온달보다 그의 말에 관심이 더 많았다.

"와, 말이 험상궂고 골격이 굉장하네요."

그러면서 의심스러운 눈초리로 온달의 행색을 아래위로 살폈다.

"네에, 질풍이라 부르는데 거만하고 잘난 척이 심하답니다. 하긴 얼마 전에 호랑이를 잡기도 했으니……."

"호랑이를 잡아요? 호호호, 농담도 잘하시네요."

"직접 물어보세요. 맞지? 엉?"

질풍은 아주 얄미운 놈이다. 너무 영리하다 보니 사람을 곧잘 궁지에 빠뜨린다.

"히히힝."

누가 보아도 알 수 있게 아니라고 마구 머리를 흔들었다.

"야, 네가 잡은 호랑이로 옷도 해 입고 고기도 먹었잖아."

"흥, 흥, 흥."

"아니라는데요."

"두고 보자. 당하고만 있을 거 같으냐?"

홍일미는 말과 대화를 하는 온달이 약간 이상해 보였지만 나쁜 사람은 아닌 것 같았다.

"아는 사람이 누구인데요?"

"아, 짝눈이, 아니 김용철이라고 혹 들어보셨는지요?"

"아, 근데 그분이랑 어떻게 되시는데요?"

"하하하, 내가 왔다고 하면 아마 맨발로 달려 나올 겁니다."

"아마 그렇게는 못 할걸요."

"네에? 정말 친하다니까요. 너도 알지?"

절풍은 머리를 꼿꼿이 세우고 한눈을 팔았다.

"저, 그분이 싸우다 좀 다쳤거든요."

김용철은 도를 들면 적수가 없고 수박치기의 달인이기도 하다. 그런 인간 병기가 누구와 싸워 다친단 말인가? 온달은 쉽게 상상이 가지 않았다.

침상에 누운 김용철은 고개를 돌리지도 못하고 눈동자만 굴려 신음소리를 내면서 온달을 맞았다.

"누가 그랬습니까? 혹시 그림자 무사들이 왔습니까?"

"여어기 어어떠케 와아아서요오오?"

입술은 터졌고 얼굴은 부어 알아보기 힘들 정도로 망가졌다. 김용철은 반가운 마음에 애써 일어나려고 버둥거리다가 홍일미가 가볍게 이마를 툭 치자 제자리에 얌전히 누웠다.

"아, 아프다아고오. 사알살 해."

움직이지 말고 몸조리나 잘하라며 입술을 샐쭉하던 홍일미가 온달을 돌아보고는 생글거렸다.

"이제 말은 제법 하네요."

온달이 왔다는 소식을 들은 홍적과 송덕일이 경당 무사들과 함께 달려왔다. 홍적과 송덕일은 온달에게 무릎을 꿇고 절했다.

"어어, 이러지 마십시오."

"아닙니다. 뵙고 싶었습니다, 온달님. 공주님은 잘 지내시는지요?"

"저도 못 본 지 3년이 다 됐습니다."

그제야 홍일미는 자기 앞에 앉은 사람이 그 유명한 온달이라는 걸 알았다. 말과 실랑이를 벌이던 것도 이해가 되었다. 사람의 정체를 분석하고 파악하는 취미를 가진 그녀지만 이번에는 도통 감을 못 잡고 헷갈렸다. 확실히 온달은 귀족들의 권위적인 분위기를 풍기지 않았다. 그런데 질풍하고 노는 걸 봐서 정상이라 하기엔 어딘가 허전한 구석이 있었다. 하긴 3년 동안 산속에서 질풍하고만 지냈다고 하니 그럴 만도 했다.

김용철의 설명에 따르면, 패수 지역만이 아니라 상당히 많은 곳의 별동대 지부가 괴한들에게 습격을 당했다. 김용철에게 부상을 입힌 자들은 무술의 달인들임에 틀림없었다. 고수들은 걸음걸이나 눈빛, 풍기는 기도가 다르다. 그런 사람들이 몇 명씩 한꺼번에 몰려다니면 분명 시선을 끌 것이다. 그래서 경당 무사들이 종일 도선장 주변을 뒤지며 범인을 물색했지만 그 행방이 묘연했다.

온달은 김용철과의 대련을 기대했으나 포기해야 했다. 아니, 더 좋은 기회를 잡았다고 위안했다. 김용철을 저렇게 만신창이로 만들었다면 그들이 더 강한 상대가 아니겠는가? 누군지는 모르지만 만난다면 좋은 수업이 될 것 같았다.

홍일미의 대접은 극진했다. 그녀는 끼니때마다 대동객점에서 요리를 가져다 날랐다. 온달이 홍적에게 물어보니 김용철과 그렇고 그런 사이라 했다. 곰 같은 짝눈하고 정말 안 어울린다 싶었지만, 온달 자신과 평강을 보면 남들도 평강이 아깝다며 한숨을 내쉴 것이 틀림없으니 피장파장이었다.

온달은 경당에 머물면서 소일거리로 수련생들의 자세와 동작을 살펴주며 지냈다. 개중에는 수준이 높아 당장에라도 하급 무장 정도는 감당할 실력자들이 많았다.

사나흘이 지나면서 온달의 눈길을 사로잡는 사람들이 있었다. 아마 며칠간 눈여겨보지 않았다면 온달도 몰랐을 것이다. 그만큼 그들의 움직임은 조심스럽고 실력을 숨기려는 태도가 역력했다. 특히 경당의 글 선생으로 들어왔다는 한익규는 체형이 마르고 얼굴이 갸름해 선비풍으로 보이지만, 온달이 보기에는 고도의 수련을 거친 자였다.

온달이 한익규에 대한 의구심을 털어놓자 홍일미가 발 벗고 나섰다. 다음날, 홍일미는 한익규가 백제의 첩자일지 모른다는 결론을 내렸다. 그 근거는 이러했다. 한익규는 유달리 쌀밥을 좋아하는데, 백제 사람들의 주식이 쌀밥이다. 또한 말씨를 꾸미고 있지만 가끔 자기도 모르게 '거시기' 라는 특정 단어를 사용한다. 그리고 온달이 실력을 숨기고 있다고 지적한 수련생들은 모두 한익규와 유달리 친하다는 것이다.

워낙에 신체가 튼튼한 김용철은 달포가 지나자 연무장에서 도를 들고 몸을 풀 정도로 완쾌되었다.

거사 날짜를 잡은 온달은 경당의 수업이 끝나자마자 수련생들을 연무장으로 모았다. 김용철, 한익규, 홍일미를 포함하여 무려 300여 명이나 되었다. 뒤늦게 송덕일이 의제義弟인 관부 무장과 병사들을 줄줄이 뒤에 달고 나타났다. 송덕일은 무장에게 은밀히 말했다.

"대문을 걸어 잠그고 동생은 그 앞을 지키도록 하게."

무장은 영문도 모르고 병사들을 일렬로 도열해 세웠다.

"지금부터 내가 호명하는 사람들은 연무장 중앙으로 나오도록."

홍적의 말에 한익규의 눈빛이 미미하게 흔들리는 걸 온달은 놓치지 않았다. 홍적은 온달이 넘겨준 명단 속 인물들을 불러 세워놓고 그들의 가슴을 콕콕 찔러 밀었다. 얼떨결에 불려 나온 수련생들은 안색이 바뀌고 어쩔 줄 몰라 하며 한익규를 쳐다보았다. 연단으로 돌아온 홍적은 이번에는 한익규에게 다가가서 여러 번 그의 가슴을 찔렀다. 한익규는 두말 않고 연무장에 비치해둔 검을 빼들더니 중앙으로 나가 버티고 섰다. 그러고는 칼바람을 일으켰다.

"자, 누가 나서시겠소? 무더기로 덤벼도 상관하지 않겠습니다. 홍선생이 나와보시겠습니까?"

한익규가 말을 마치자 불려 나온 수련생들도 달려가 자신에게 맞는 무기를 들고 방어 자세를 취했다.

"근데, 거시기 우리 정체는 어떻게 알았습니까?"

"방금도 거시기라고 하지 않습니까? 한번 들인 습관은 바꾸기가 어렵지요."

홍일미의 지적에 한익규가 머리를 주억거렸다.

"다른 사람들은 물러서시오."

사람들은 영문을 모르겠다는 표정으로 온달을 주목했다.

"당신들은 수련생답지 않게 상당한 실력을 갖춘 고수라 눈길을 끌었습니다. 수비와 공격의 전환이 매끄럽고 내딛는 발에 한 치의 흔들림이 없었습니다. 그건 수없이 반복 수련을 거쳤다는 뜻이지요."

"귀하가 날 상대할 생각이오?"

여유 만만하던 한익규의 얼굴이 상기되는 걸 보고 온달이 제안했다.

"한 가지 약속을 하면 어떻겠소? 나는 별로 피를 보고 싶지 않습니다. 혹시 당신들을 막지 못할지도 모릅니다. 그러니 만약 나를 이기면 당신들을 그냥 보내주겠소. 하지만 진다면 이곳에 온 목적을 솔직히 밝혀주십시오. 그후에 왔던 곳으로 되돌아가는 겁니다."

"우리를 혼자 상대하겠다는 말이오?"

온달의 말에 한익규는 적잖이 놀라는 눈치였다. 놀란 건 그들만이 아니었다. 김용철이 먼저 온달의 팔을 잡고 만류했다.

"저놈은 우리 대장도 감당하기 어려운 놈입니다."

온달이 허허 웃었다.

"천하의 짝눈이 호되게 당했나 봅니다."

홍적과 송덕일이 무기를 잡고 훌쩍 나섰다.

"저들은 여섯입니다."

"이번만은 제게 양보해주십시오."

온달은 긴 비단 보자기를 풀고 그 속에서 쌍검을 꺼내 들었다. 그러고는 연무장으로 나갔다. 온달이 간곡하게 당부했기에 다른 사람들은 그저 팔짱을 낀 채 구경만 할 수밖에 없었다.

처음에는 어리둥절해하던 한익규의 얼굴에 미소가 흘렀다. 잘하면 이곳을 무사히 벗어날 수 있으리라. 한익규는 온달의 다짐을 받아내고 싶었다.

"약속은 꼭 지킵시다."

"그러리다."

"우린 백제 사람들이 맞소. 너희들도 최선을 다해라. 보통 상대가 아니다."

그들은 백제의 무절이었다. 엄격하게 선발한 무사들이라 고건의 8영 못지않은 실력을 가졌으며 정확하고 매서운 공격력이 돋보였다. 방어를 도외시한 빠르고 간결한 합공 능력은 추측 이상이었다. 만약 한 자루의 검으로 싸웠다면 쓰러지는 건 온달이었을 것이다.

온달은 모험을 택했다. 정면에 하나, 양쪽 측면에 둘, 뒤에 하나, 각기 다른 부위를 찌르거나 베어 오는 그들을 보고 온달은 허공으로 도약했다. 시야에서 온달이 사라지자 저들끼리 엉켜서 당황하는 순간, 온달은 쌍검으로 좌우 적을 물리치고 연이어 무릎과 발로 적의 복부와 턱을 가격했다. 두 명이 나가떨어졌다.

한익규는 온달의 몸짓이 춤사위처럼 부드럽고 우아하다고 느꼈다. 일순 온달의 동작이 빨라지더니 어디를 당했는지 다른 부하들이 연이어 연무장 아래로 날아가 곤두박질쳤다.

"나한테는 전력을 다해야 할 거요."

간만에 한익규의 온몸에 피가 뜨겁게 요동쳤다. 검술로만 친다면 그는 백제에서 최상급 수준이다. 백제 무절의 무예사범으로 직계 제자만 해도 천 명이 넘는다. 이번에는 백제 위덕왕의 간곡한 부탁으로 고구려에 잠입했다. 그러나 그는 임무 수행보다 고구려 경당의 무예 수준에 더 호기심이 생겼다.

한익규는 거의 날아다녔다. 비월술飛越術을 배운 건지 땅을 한번 박차면 한동안 그 기운을 유지하면서 온달의 요혈을 공격했다. 그는 빠른 쾌검이 장기였다. 눈 깜박할 사이에 대여섯 차례 검의 방향을 틀면서 공격했다.

김용철은 한익규의 움직임을 하나도 놓치지 않고 지켜보면서, 자기가 당한 것은 당연하다는 생각이 들었다. 그러나 그보다 놀란 것은 눈부시게 성장한 온달의 실력이었다. 술에 취한 월광 장군이 달밤에 한번 보여줬던 쌍검무를 그는 기억하고 있었다. 그때는 검이 흐르는 길을 눈으로 얼추 따라잡았다. 허나 온달이 추는 쌍검무는 검이 자꾸 눈앞에서 흐릿하게 사라져 시야에서 놓치기 일쑤였다. 김용철은 자기도 모르게 피가 들끓었다. 칼과 칼이 부딪치며 나는 소리가 연무장을 울렸다. 그러다 한순간 길게 여운을 끌며 이질적인 금속음이 들렸다.

놀랍게도 한익규가 손을 부들부들 떨고 있었다. 그의 손바닥에서 피가 주르륵 흘렀다. 내력 싸움에서 승부가 난 것이다. 단순히 물리적인 힘으로는 검을 잡은 손바닥을 파열시킬 수 없다.

잠겨드는 목소리로 한익규가 차분히 말했다.

"더 이상 겨눌 필요가 없습니다. 제가 졌습니다."

"안으로 듭시다. 약상자를 가져다주시겠소?"

온달의 부탁에 홍일미가 퍼뜩 정신을 차렸다.

"네에? 아, 약상자요."

긴 탁자를 사이에 두고 온달과 별동대가 한편에 자리 잡고 한익규와 무절들이 마주보고 앉았다. 홍일미의 치료를 받는 동안 한익규가 웃는 얼굴로 그녀에게 사과했다.

"그동안 속여서 미안했습니다. 나를 의심한 건 순전히 말투 때문입니까?"

"젓갈도 유난히 좋아하시기에……."

"그랬군요. 놀라운 안목입니다."

"이 차는 벽라춘차라고 하는데 어렵게 구했습니다. 비취색이 곱고 향이 신비롭습니다. 천천히 음미하며 말씀들 나누세요."

홍일미가 눈치 빠르게 자리를 피해주자 한익규는 찻잔을 들어 목을 축인 뒤 말문을 열었다.

"군사 기밀은 내 입으로 밝히기 어려우니 개략적으로 알려드리겠습니다. 전국 각지의 경당이나 그 근처에 무절들이 잠입해 별동대를 노리고 있었습니다. 어차피 정체가 드러났으니 곧 우리는 철수할 것입니다. 막후에서 별동대를 제거해달라는 흥정과 밀약이 있었던 걸로 압니다. 백제군이 한강을 넘어 고구려 성을 점령한 일도 이와 무관하지 않을 것입니다."

"아니, 우릴 제거하는 조건으로 땅을 내주는 미친놈들이 있다는 말이오?"

김용철의 눈이 짝눈으로 변하면서 형형한 불길을 토해냈다.

"당신들의 내정 문제는 알 도리가 없습니다. 손속에 여지를 두지 않았다면 이 정도로 끝나지 않았을 텐데, 감사드립니다."

한익규가 자리에서 일어서며 온달을 향해 양손으로 예를 표했다. 다른 무절들도 일제히 인사를 마치고 한익규의 뒤를 따라 밖으로 나갔다. 김용철이 정말 보내줄 거냐는 표정으로 온달을 바라보았다.

온달이 그를 놀리듯 말했다.

"왜요? 직접 막아보시지요. 나는 지쳐서 손가락 하나도 까딱 못 하겠습니다."

김용철은 얼굴을 붉혔지만 다른 방법이 없었다.

온달은 인편으로 평강에게 전갈을 보냈다. 금번 한강 유역을 침범한 백제군은 고구려의 산성에 무혈 입성했다. 그들의 승리는 조의군의 방임이 가장 큰 원인이며 이에 흑풍대가 개입한 것으로 보인다. 그들은 한강 유역의 성을 내주는 조건으로 백제의 무절로 하여금 별동대를 말살시킬 것을 요구했다. 이는 북방 별동대를 경원하는 무리의 술책이며 고원표가 그 중심에 있다는 내용이었다.

낙랑대회의 음모

고원표는 백제군과 무절들이 고구려 땅에서 철수하고 있다는 밀서를 받아 보고 그 원인을 몰라 속으로 끙끙 앓았다. 빈틈없이 감시하고 있던 공주는 분명 어떤 이상한 움직임도 보이지 않았다. 그런데도 심혈을 기울인 계략이 물거품이 되고 만 것이다.

남부 한강 유역으로는 태왕의 한성 친위부대가 투입되어 백제군을 몰아냈다. 백제군에게 산성을 빼앗기고도 맞서 싸우려 하지 않았던 한강 지역 조의군 최고책임자는 거열형車裂刑을 받고 온몸이 찢겨 죽었고 조의선인 3명은 참형에 처해졌다. 또한 전방의 위급한 전황을 제대로 조정에 알리지 않은 지방관은 장을 맞고 파직을 당했다. 절노부 연청기가 제가회의를 소집하여 군법에 의거해 중죄로 다스린 결과였다. 엄격한 고구려의 군법은 전장에서 물러서는 자는 용서하지 않고 중형으로 처벌했다.

연이은 작전 실패에 대로한 고원표는 고건에게 특명을 내렸다. 고건이 전면에 나서서 작전을 지휘하고 모든 수단과 방법을 동원해 공주와 그 주변 인물을 제거하라는 엄명이었다.

이에 고건은 먼저 을지해중과 온달을 희생 제물로 삼았다. 매년 3월 3일에 열리는 낙랑대회를 기점으로 두 사람을 제거하기로 계획을 세웠다.

고구려는 나라의 인재를 구하기 위해 매년 봄 낙랑 언덕에서 수렵대회를 개최한다. 이는 군권을 가진 절노부가 심혈을 기울여 준비하는 행사다. 고건은 낙랑대회를 무산시킨 후, 그 책임을 을지해중에게 떠넘기기로 했다.

새해가 되면서 평양성의 사정이 긴박하게 돌아갔다.

각 부족이 파견한 무사들과 무예를 익혀 선인이 되겠다는 꿈을 가진 청년들이 전국 각지에서 평양성으로 모여들었다. 그에 발맞춰 평양성 일대에서 연일 살인 사건이 발생했다. 피해자들 대부분은 낙랑대회에 참가하러 온 무사들이었다. 살해당한 자들 중에는 이미 선인이 된 자까지 있어 가해자가 상당한 무예 실력자임을 반증해주었다. 피살 현장을 검시하고 목격자의 진술을 취합한 검시관은 가해자가 복면을 했고 쌍검을 사용한다고 밝혔다.

대회가 점점 다가오는데도 범인은 여전히 활개 치며 살인을 자행했다. 두세 명씩 짝을 이룬 무사들조차 공격을 받아 희생되었다. 상황이 이 지경까지 되다 보니 요행을 바라고 왔거나 실력이 일천한 자들, 심약한 자들이 대회를 포기하고 낙향하는 사태가 벌어졌다. 게다가 온갖 괴이한 소문이 나도는 와중에 성내에서 연쇄 방화 사건까지 겹쳤다.

처음 화재가 일어난 지점은 내성의 주요 국가시설 중 하나인 왕실 종묘로, 다행히 야간 순찰 병사들이 일찍 발견하여 화재를 진압했다. 방화는 장소를 옮겨 가면서 하루가 멀다 하고 발생했다. 외성 밖, 민가 밀집지역에서 치솟은 불길은 가옥 수십 채를 잿더미로 만들었고 대규모 인명 피해까지 가져왔다. 화마로 집을 잃은 사람들은 세간과 가족을 잃은 슬픔보다 엄동설한의 찬바람에 대한 걱정이 더 컸다.

밤을 틈타 불을 지르는 방화범들은 떼강도로 변신하여 물건을 훔치거나 도처로 몰려다니면서 강간까지 저질렀다. 대낮에도 거리를 왕래하는 사람들이 줄어들었고 백성들은 문단속을 하고도 공포에 떨어야 했다.

평양성 수비대장을 겸직하고 있는 을지해중은 사건의 배후를 밝혀 민심을 안정시키고 낙랑대회가 무사히 치러지도록 치안을 강화할 직접적인 책임을 지고 있었다. 을지 장군은 순찰을 늘리고 해가 지면 평양성 성내의 통행금지를 실시했다. 한편 평원왕은 친위부대 병력을 지원하면서 살인범과 방화범 검거에 만전을 기하라고 을지해중에게 신신당부했다.

을지해중은 막다른 골목으로 몰리는 기분이었다. 그는 부하 장수들을 모아놓고 마치 자신의 몸이 불타는 듯한 참담한 심정을 토로했다.

"근일의 방화 사건을 보면 치가 떨리는 분노를 금할 수 없다. 방화범들은 군사들이 순찰을 도는 지역과 시각을 교묘하게 피해 불을 지르고 도적질도 서슴지 않는다. 내부에 불만을 품은 자들의 소행으로 보인다. 방화범들은 민간에서는 결코 구하기 어려운 화약을 사용했는데, 이는 군에 내통자가 있다는 뜻이다. 평양성이 무법천지가 되기

전에 기필코 방화범을 잡아들여라."

고구려의 법은 고의로 방화를 한 자는 극형에 처한다. 방화범들은 교형絞刑이나 참형斬刑을 피할 길이 없을 것이다.

사건 소식을 들은 평강공주는 혹 민심을 교란할 목적으로 흑풍대가 저지르는 범죄가 아닌지 의심했다. 그러나 흑풍대도 공격을 받아 피살자가 생겼다는 말을 듣고 의혹의 눈초리를 접어야 했다. 그녀는 머리가 지끈거리고 혼란스러워졌다. 연쇄 살인과 방화는 사고가 아닌 치밀하게 계획된 범행이다. 낙랑대회 개최를 저지하려는 의도임이 분명하다. 과연 누가 이런 짓을 벌이는가? 낙랑대회가 무산되면 어떤 이해득실이 따르는가?

평강공주는 머릿속에서 예상되는 그림을 한 가지씩 짚어보았다. 낙랑대회가 연쇄 살인이나 방화 사건으로 무산된다면 일차적인 책임은 군권을 가진 연청기가 진다. 허나 그것은 군 내부의 병력 운용에 심각한 차질을 가져오거나 전력 약화로 이어지지 않을 것이다. 그렇다면 혹시, 평양성의 치안을 문제 삼는다면? 살인과 방화를 막지 못한 책임은 당연히 평양성 수비대장 을지해중의 것이다. 여기까지 생각이 미치자 평강공주의 심장은 큰북을 두드리듯이 두근거렸다. 을지해중을 치는 것은 공주의 진영과 군부 세력의 핵심적인 연결고리를 끊는 가장 확실하고 치명적인 타격이 될 것이다.

만약 누군가 고의로 방화와 살인 사건을 일으키고 그 사태 수습에 대한 책임을 묻는다면 을지해중은 파직을 면할 수 없다. 이는 극히 자연스러운 정적 제거 수법이다. 그후 만약 고원표가 자파 인물을 평양성 수비대장에 앉힌다면 평원왕과 태자의 입지가 좁아지고 고립된 형국을 면치 못하리라.

적이 노리는 최종 과녁이 을지해중이라는 심증이 굳어지자 평강공주는 즉시 행동에 나섰다. 온달에게는 낙랑대회에 참가하여 적의 의도를 분쇄하고 을지해중을 지원하라는 급전急傳을 띄웠다. 또한 최우영에게는 전국의 북방 별동대 경당에서 그동안 공들여 키운 정예를 뽑아 그들을 낙랑대회에 참가시키라고 명했다.

평양성에 철통같은 경비가 펼쳐지자 화재는 줄어드는 기미를 보였다. 그러나 이번에는 출처를 알 수 없는 괴담이 성안 곳곳에 떠돌아다녔다. 머지않아 대규모 화재가 일어나고 그 불로 수천의 인명이 희생당할 것이라는 불길한 예고였다.

새해를 맞은 정월 초, 오늘은 3년여 만에 온달이 집으로 돌아오는 날이다. 미리 기별을 받은 평강은 고운 비단옷을 차려입고 날씨가 차가운데도 최우영과 함께 동구 밖에 나와 그를 기다렸다.

이윽고 온달이 저만치 앞에 모습을 드러냈다. 자고로 사람의 버릇이나 습성은 좀처럼 변하지 않는가 보다. 위풍당당한 질풍이 없었다면 온달의 몰골은 숫제 상거지와 다름없이 보였을 것이다.

집 뒤에 증축한 별채에서 사씨는 온소문을 안고 어르다가 벌떡 일어났다. 몸종은 노인네가 왜 이러나 싶어 엉거주춤 같이 일어나 아기를 받아 들었다.

"왜 그러세요?"

"우리 아들이 왔다."

"아직 안 오셨어요. 도착하면 기별이 오겠지요."

"아니다. 어서 나가자."

"바람이 찹니다. 아기가 감기 들면 어쩌시려고요?"

몸종이 사씨를 말리고 있는 사이에 왁자한 소리가 들리더니 온달과 평강이 별채로 들어섰다. 몸종은 혀를 내둘렀다.

온달은 어머니 사씨에게 큰절을 올리자마자 세 살이 된 온소문을 번쩍 안아 들었다.

"얘가 내 아들이란 말입니까? 이렇게 피부가 야들야들하고 귀여울 수가…… 애가 나를 보고 웃고 있습니다."

"아기를 이리 내놓으세요."

"아니, 왜 그러시오?"

"아이한테 해롭습니다. 서방님은 냄새가 고약하고 옷도 더럽습니다."

"몸은 자주 씻었습니다."

온달은 온소문을 등 뒤로 감추었다. 평강은 온달과의 대화 방법을 잘 깨치고 있는지라 전혀 흔들림이 없었다.

"그 자주가 얼마 전이죠?"

"지난 섣달그믐날 얼음을 깨서 목욕재계하고 나라와 가정의 안녕을 빌었지요."

"그러고는 어태 목욕을 안 하신 건가요?"

자기 자식 일이라 미안한지 사씨가 헛기침을 했다. 놀라 입이 딱 벌어진 평강을 보고 온달은 급히 대답을 수정했다.

"아, 세수와 양치는 날마다 했고 머리도 열흘에 한 번은 꼭 감았지요."

평강은 기어코 온달의 손에서 아기를 뺏었다.

"집에서는 매일 씻지 않으면 아기를 만질 생각일랑 아예 꿈도 꾸지 마세요."

제 아들을 안아볼 욕심으로 온달은 뜨거운 나무욕통에서 물을 몇 동이나 갈아가며 한참 몸을 불렸다. 그런 중에 평강이 욕실 안으로 들어왔다. 그로부터 한 시진時辰: 2시간 동안 온달은 비명을 질러댔다.

"좀 살살 하시오."

"이게 사람 피부입니까? 뱀 허물입니까?"

"어허, 남들이 듣겠습니다."

"부끄러운 건 아시니 다행입니다. 언제는 남들 신경 쓰고 사셨습니까?"

"따갑습니다."

"까마귀가 친구 하자고 하겠습니다. 때가 한 그릇은 족히 나옵니다. 기념으로 어디 그릇에 담아서 드리리까?"

"앞으로 자주 씻는다지 않았소."

"글쎄, 그 자주라는 말이 원체 애매해서요."

"음, 목욕은 보름에 한 번. 아악, 그럼 열흘에…… 아아악."

평강공주는 정갈히 몸을 씻고 머리를 말린 후, 부부가 함께 쓰는 침상에 올라가 단정하게 앉았다. 그녀의 몸에서는 항상 좋은 향기가 났다. 허리에 찬 향낭에서는 가슴을 설레게 하는 은은한 향취가 풍겨나왔다.

온달은 방에 들어가자마자 아들부터 찾았다. 평강이 눈을 흘겼다.

"지금은 저와의 대면이 먼저입니다."

온달은 싱긋 웃었다.

"하하하, 참으로 보고 싶었습니다. 수련 중에 가장 견디기 힘든 일이 당신을 보지 못하는 거였지요."

"저도 더하면 더했지, 어찌 서방님이 보고 싶지 않았겠어요?"

"당신 얼굴이 떠오르면 지칠 때까지 쌍검을 휘둘렀소. 그것도 안되면 질풍을 타고 밤새 온 산을 헤매고 다녔지요."

평강의 두 볼이 발그레 상기되었다.

"서방님, 3월이면 낙랑대회가 열립니다. 그때 서방님께서는 그동안 갈고 닦은 무위를 펼쳐주셔야 합니다. 구경하는 백성들에게 왕후장상의 씨가 따로 있는 게 아님을 보여주세요. 사람은 누구나 평등하며 가진 재능을 갈고 닦으면 꿈을 이룰 수 있다는 걸 증명해주셔야 합니다."

"하라면 뭔들 못 하겠소. 당신이 바라는 일이라면 하늘에 올라 별이라도 따 오리다."

"말솜씨가 제법 느셨네요. 서방님은 조의선인이 되시고 나아가 대장군이 되실 분입니다. 매사 행동거지를 조심하지 않으면 남들의 입방아에 오르내릴 것입니다."

"어서 잠자리에 듭시다. 침상에서는 어울리지 않는 말입니다."

등을 끄려고 일어나는 평강의 손을 온달이 잡아끌었다. 온달은 직접 평강의 옷을 하나씩 벗겼다. 마지막 남은 한 꺼풀 가리개마저 벗기니 태어난 그대로의 알몸이 드러났다. 봉긋한 가슴은 조금 더 커진 것 같고 아랫배를 타고 흐르는 곡선은 둥글고 요염했다. 평강 역시 더는 참지 않고 온달을 껴안았다.

온달은 온갖 정성을 다해 소중한 아내의 몸을 만지고 더듬었다. 평강의 몸은 활짝 열릴 대로 열려 입에서는 단내가 나고 앓는 소리를 냈다. 평강은 온달의 몸을 받아들이려고 다리를 감았다. 온달은 그녀의 몸에 입맞춤하며 뜨거운 숨을 토해냈다. 평강은 더 이상 못 참겠다는 듯 몸을 비틀다가 허리를 활처럼 휘었다. 그만큼 온달의 몸을 기다리고 갈구해온 것이다.

"아아아, 여보 이제 그만……."

달뜬 평강의 입에서 자기도 모르게 '여보' 소리가 새어나왔다.

꽃잎이 촉촉해지고 충분히 젖어들자 온달은 그녀 몸속에 자기의 일부를 조금씩 밀어 넣었다. 평강은 온달의 몸 아래에서 한 마리 작은 새처럼 바들바들 떨면서도 남김없이 그를 빨아들였다. 뜨거운 열기가 온몸을 태우고 파도처럼 절정이 밀려왔다. 평강은 허벅지를 힘껏 조이며 온달의 몸을 칭칭 감았다. 그녀는 몇 번이나 흥분의 끝에 다다랐고 바깥 눈치는 아랑곳하지 않고 마음껏 신음을 뱉어냈다.

새벽 동이 훤히 터서야 평강과 온달은 떨어졌다. 그녀는 흥건히 젖은 온달의 땀을 닦아주고 간만에 달콤한 잠에 깊이 빠져들었다.

여자는 여러 가지 얼굴을 가지고 있다고 온달은 생각했다. 사씨 앞에서의 평강은 효심이 지극한 며느리고, 아들 온소문을 품었을 때는 자애로운 엄마가 된다. 그런가 하면 별동대원들 앞에서는 얼음장같이 서늘한 공주로서의 위엄을 잃지 않는다. 엄하게 글공부를 시키던 평강과 밤새 몸부림치며 신음을 뱉어내던 여자가 정말 같은 사람인지 궁금할 정도였다. 여자는 꼬리가 아홉 달린 여우라는 말이 실감났다. 평강은, 아니 우리 모두는 이렇게 각기 다른 여러 얼굴을 가지고 살아가는 것이리라.

꽃샘추위가 기승을 부리지만 산과 들에는 파릇한 새싹이 올라오고 꽃망울은 터질 날을 기다리며 속에서 힘을 기르고 있었다.

온달과 최우영은 첫 화재가 일어난 종묘를 기점으로 각 사건들의 발화 지점을 지도에 표기하고 그 현장을 둘러보기로 했다. 을지해중 장군에게서 받은 감찰패를 최우영이 내보이면 병사들은 묻지 않은 말까지 줄줄 토설했다. 종묘 화재의 경우, 방화범들이 담장 밖에서 불화살을 쏘았고 그 화살에 부착된 화약이 폭발하는 소리를 듣고 당직 병사들이 달려와 불을 껐다고 했다. 화약은 귀물이다. 민가에서 손쉽게 만들거나 구할 수 없는 물건이니, 분명 군軍이나 군에 관련된 자들이 개입되었다는 증거다.

북문 근처 민가에서 일어난 대화재 현장에는 여태 치우지 못한 건물 잔해들이 을씨년스럽게 그을음을 덮어쓰고 있었다. 참혹한 현장을 직접 눈으로 보니 얼마나 화재가 크게 일어났고 어째서 그토록 희생자가 많았는지 실감이 되었다. 온달은 마음이 숙연해졌다. 집을 잃은 사람들이 시꺼먼 잔해를 뒤지며 그나마 건질 수 있는 살림살이를 찾고 있었다. 저들이 무슨 잘못이 있겠는가? 잠자다 영문도 모르고 집과 가족을 잃은 사람들이다.

주변 동리 사람들 말로는 불이 순식간에 번졌다고 했다. 화마가 일자 물을 뿌리며 불길을 잡으려 안간힘 썼지만, 기름을 흠뻑 먹은 목재와 초가지붕은 때마침 불어온 북풍을 타고 걷잡을 수 없이 불타올랐다는 것이다.

"기름을 먹다니요?"

"그러니 방화라고 하지 않소. 온 마을에 기름 냄새가 진동을 했다오. 어느 육시랄 놈들이 작정하고 불을 지른 거지."

"혹시 방화범들 얼굴이나 의복 같은 걸 보지 못했습니까?"

"봤으면 내가 잡아도 잡지 그냥 뒀겠소?"

멀거니 옆에서 듣고 있던 아낙이 끼어들며 한마디 했다.

"혹시 그놈들일지도 모르지……."

"어허, 쓸데없는 말을 하다 경을 치려고?"

"뭐든 기억나는 게 있으면 알려주시오."

곁에서 말리는 사람의 눈치를 보다가 아낙은 작심한 듯이 입을 열었다.

"한창 불을 끄고 있는데 뒷짐 지고 구경하는 패거리가 있었다우. 도통 모르는 얼굴들이라 이상했지만, 그때는 경황이 없어서 별 관심을 안 가졌지."

"그놈들 인상착의가 어땠습니까?"

"거 말 한 마디 잘못하면 괜한 고생이야."

이웃이 걱정스레 핀잔을 주자 아낙이 뚱한 표정으로 최우영의 아래위를 흘겨봤다. 최우영은 감찰패를 꺼내 보이며 최대한 점잖고 부드러운 표정을 지었다.

"저, 이런 사람입니다."

"그게 뭔데? 난 도통 글씨 같은 건 몰라. 뭐 방귀깨나 뀌는가 보지?"

이런 경우는 당해보지 않았다. 최우영은 패를 거두고 최대한 저자세를 취했다.

"아주머니, 저는 최우영이라고 합니다. 인상이 좀 험해서 그렇지 착한 사람이올시다. 그리고 여긴 온달이라 부릅니다."

"온달이라니? 혹시 그 바보 온달 말이우?"

"네에, 이제 그 바보라는 말은 조금 빼주시면 좋겠습니다. 하하하."

아낙은 가식적인 웃음을 날리는 최우영을 밀어제치고 온달의 손을 잡으며 반가움을 표시했다.

"반갑구면. 소문만 들었지 얼굴은 처음 보네."

온달이 나타났다는 말에 어느새 수십 명의 사람들이 몰려들었다.

"사지가 멀쩡하구면. 공주님은 잘 계시지요?"

"온달은 우리 백성들의 자랑 아닌가. 애도 낳았다 하던데 누굴 닮 았소?"

"여기들 보라요. 이 사람이 온달이라네."

사람들은 온달의 얼굴을 어루만지기도 하고 몸을 더듬기도 했다. 그러면서 한결같이 감탄했다.

"아니, 그럼 그렇지. 우리 공주님이 설마 바보랑 결혼을 했겠어."

"어이구, 저 몸 좀 봐. 인물도 뭐 봐줄 만하구면."

"자네보다는 낫네그려."

"아, 네에. 요즘 제가 세수를 자주 하다 보니. 하하하."

정신이 얼떨떨해진 최우영도 놀라고 온달 자신도 놀랐다. 온달은 몰려든 성안 사람들로부터 열렬한 환영을 받았다. 이름이야 옛날부 터 날렸다지만 공주와 혼사를 했다는 소문이 퍼져도 긴가민가했던 사람들이 공주가 온달의 아들까지 낳았다는 소식을 듣고는 의혹의 눈길을 거두고 진정으로 그들의 결합을 반겼다. 어느새 온달은 고단 한 평민들에게 삶의 희망이요, 등불이 되어 있었다.

"그 구경하던 패거리 말이우. 그중 한 놈은 뺨에 이렇게 칼자국이 나 있었어. 제법 한 뼘은 됐지? 인상도 험악했어."

"입고 있던 옷은요?"

최우영이 다급히 끼어들며 묻자 아낙이 짜증스럽게 핀잔을 줬다.

"아, 일없다니까. 왜 그쪽이 끼어들어 자꾸 앞에서 얼쩡거리고 그 런대?"

"저는 온달님과 아주 친하고 잠도 같은 집에서 자는 그런 관계올시다."

최우영은 온달에게 열등감을 느껴본 적이 없었지만 오늘은 개밥에 도토리고 엄동설한에 찬밥 신세였다.

"어허, 누가 물어봤남? 옷은 어두워서 못 봤지만 발에 각반을 한 것이 무슨 장사꾼들 같긴 했지."

최우영은 온달 덕분에 듣고 싶은 이야기를 충분히 들었다. 두 사람은 간신히 사람들 속에서 빠져나와 다른 현장을 찾아 떠났다.

며칠 후, 온달과 최우영이 기름 시장에 나타났다.

최근 대량으로 기름을 구매하거나 거래한 사람들을 알아보던 중, 최우영은 어디선가 본 듯한 젊은이가 화려한 이두마차를 타고 지나는 것을 보았다. 마차 뒤로는 개인 호위병 몇 명이 말을 타고 따랐다. 비단옷을 걸쳤지만 관복은 아니었다. 이두마차에 개인 호위를 거느릴 정도면 지방 호족쯤 될 것이다. 만약 호족이라면 낯이 익을 리 없었다. 그런 사람을 알지 못하기 때문이다. 그러나 분명 낯이 익었다.

흔히 기억이 날 듯 말 듯 가물가물한 경우가 있다. 그때의 답답하고 안타까운 심정은 겪어본 사람만이 안다. 미간을 좁히며 안절부절 못하는 최우영을 보고 온달이 다가오더니 친절을 베푼답시고 한마디 했다.

"뒷간, 저어기 있던데요."

"뭔 소립니까?"

"걱정 말고 갔다 오세요. 난 여기서 기다리지요, 뭐."

"그게 아니라니까요."

"뭘 그런 걸 갖고 부끄러워하시나? 오래 참으면 건강에 해롭답니다. 껄껄껄."

너그러운 표정을 지으며 웃는 온달의 얼굴을 맘 같아서는 한 대 쥐어박고 싶었다. 그 순간 최우영의 머릿속에 한 사람이 떠올랐다. 비록 복장이 다르고 관록이 더 들어 보이긴 해도 장백약초점에서 보았던 서생이 분명했다. 장백약초점은 흑풍대의 소굴이다. 변장을 한 건지도 모른다. 수염을 길렀으니 말이다. 여기까지 생각이 미친 최우영은 온달에게 말했다.

"아까 이두마차가 저기서 나왔죠?"

최우영은 온달의 대답도 듣지 않고 골목으로 달려갔다. 영문도 모른 채 온달 역시 그를 쫓아 달렸다.

골목을 돌아가니 제법 넓은 공터가 나왔다. 험상궂은 사내 대여섯 명이 장작불을 피워놓고 곁불을 쬐며 손바닥을 비비고 있었다. 그들 중 얼굴 오른쪽 뺨에 길게 칼자국이 난 장정이 금화 몇 개를 손에 들고 이빨로 깨물고 있는 것이 보였다. 다른 장정은 은화 주머니를 흔들고 있었다. 은화는 일정액을 잘라서 쓸 수 있는 절은切銀으로, 큰 덩어리 하나면 삼베 백 포 또는 미곡 서른 섬과 교환할 수 있다. 시장 바닥에서 흔히 볼 수 없는 거금이다.

속셈을 끝낸 최우영이 그들에게 다가갔다.

"거기, 나 좀 봅시다. 킁킁, 여기 장작에서도 기름 냄새가 나네? 이거 고래 기름 맞죠?"

최우영은 코를 벌렁거리며 시비를 걸었다.

"방화범들이 고래 기름을 쓴다던데……."

장정들이 안색을 싹 바꾸면서 품에서 소도를 꺼내 들었다. 최우영은 그들을 노려보며 웃었다.

"호, 서툰 놈들이군. 말 몇 마디에 바로 칼을 뽑다니……."

"무, 무슨 소리냐?"

"네놈들이 북문 마을에 방화를 한 놈들이지?"

"우린 그런 거 모른다. 썩 꺼지거라!"

"불을 지른 놈이 불구경은 왜 했어? 칼자국, 너는 목격한 사람이 있어. 대질하면 알겠지."

"죽고 싶어 환장했구나."

방화해서 인명을 해친 자는 무조건 사형이다. 자기 죽을 줄은 모르고 떠드는 하루살이 꼴이라니. 최우영은 속으로 비웃었다.

"누가 시키더냐? 돈을 받았으니 시킨 놈이 있을 게 아니냐?"

"흐흐흐. 돈만 받으면 그뿐이지. 너는 여기서 살아나가지 못한다."

얼굴에 흉터가 난 사내가 길게 휘파람을 불자 건너편 집 안에서 후다닥거리며 여러 명이 떼 지어 나왔다. 일반 장사꾼이라기보다는 시장을 배경으로 노름방을 여는 무뢰배에 가까워 보였다. 모두 합쳐서 열댓 명은 되어 보였다. 최우영은 어이가 없었다.

"내가 혼자라 만만해 보이냐? 저기도 우리 편이다."

상대도 안 되는 녀석들이었지만, 최우영은 혼자만 수고하고 싶지 않아서 온달을 끌어들였다. 때마침 주위를 순찰하던 관병까지 합세하여 무뢰배들은 손쉽게 일망타진되었다. 집 안을 수색해보니 고래 기름이 열 섬 넘게 쌓여 있었다.

무뢰배들은 관부로 끌려가서 한 명씩 따로 심문받았다. 그들은 방화를 사주한 자들의 신원을 모른다고 진술했다. 불을 지르고 나면 그

사례로 집 안마당에 돈주머니가 떨어져 있었다는 것이다.

"처음에 일을 맡긴 사람이 있었을 것 아니냐?"

그러나 그들은 여전히 모르쇠로 일관했다. 상당한 액수의 선금과 편지를 받고 그 내용대로 장난삼아 해보니 틀림없이 잔금까지 치르기에 거래를 했고, 화약 같은 것은 그들이 준비해 주었다고 했다. 집 안에 쌓아둔 기름은 낙랑대회가 열리기 전 성 곳곳에 불을 놓으려고 준비한 것이고, 금화와 은전은 그 대가로 받은 것이라 했다. 배후에 있는 사주범들은 용의주도한 자들이었다.

은전과 화약은 민간에서 유통되지 않는다. 평양성에서 멀지 않은 노령산맥의 한 골짜기에 유명한 은광이 있는데 그곳이라면 화약이나 은전을 어렵지 않게 구할 수 있을 거라고 지방관이 설명했다. 그곳에서 은을 캐며 사는 가구가 약 500채인데, 한 집에 일하는 사람을 다섯으로 보면 2,500명에 달하는 사람들이 은광에 매달려 사는 셈이라고 했다. 중요한 것은 흑풍대 고위 간부인 박부길이 그 은광을 운영했고 지금은 김성집이라는 새로운 인물이 그곳 주인이라는 점이었다. 이것으로 사건의 전말이 드러난 셈이나 마찬가지였다. 흩어진 쪼가리 정보가 모여 하나의 지도가 완성되었다.

은광은 나라의 주요 산물이므로 개인이 독점하지 못한다. 당연히 뒤를 봐주는 세력이 있을 것이다. 그곳을 파면 감춰진 광맥이 모습을 드러내듯이 음모가 밝혀질 것이다.

온달은 이미 기가 꺾인 흉터 사내를 일으켜 세우고는 똑바로 눈을 보며 달랬다.

"방화를 했으니 극형을 피할 수 없을 거요. 하지만 이 사람들 중에 방화에는 가담하지 않은 자들이 있지 않겠소? 더 늦기 전에 말하시오. 아까운 목숨은 살려야 하지 않겠소?"

온달의 말뜻을 알아차린 흉터 사내의 눈시울이 벌겋게 변했다. 다른 무뢰배들은 오랏줄에 묶인 채 관부 돌바닥 위에 꿇어앉아 어리둥절해하고 있었다. 흉터 사내는 눈물을 흘리며 그들 사이로 걸으면서 그중 일곱 명의 몸을 툭 건드리고 지나갔다. 그렇게 뽑힌 사람들은 병사들에 의해 다른 곳으로 이감되었다. 이감된 자들은 나중에 흉터 사내를 비롯한 방화범들의 목이 잘린 뒤에야 그날 밤 흉터 사내가 흘린 눈물의 의미를 알게 되었다.

방화범들의 처형 날짜와 장소가 성안 곳곳에 방으로 붙었고 이례적으로 시간을 끌지 않고 즉각 공개 처형이 이루어졌다. 민심을 수습하는 것이 무엇보다 급했기 때문이다. 불탄 민가에서 멀지 않은 북문 앞 사거리 공터에서 주범 셋이 참형에 처해졌고 나머지 종범從犯들은 교형을 받았다.

한바탕 돌풍이 지나간 뒤, 전국의 북방 별동대 경당에서는 각기 제자들을 이끌고 낙랑대회에 참가하기 위해 속속 평양성에 도착했다. 그들은 인근 강가에 장막을 치고 야숙을 했다.

방화범들과 달리 낙랑대회 참가자들을 살해한 흉수는 아직 잡히지 않았지만 성안 민심은 신속하게 안정되어갔다. 무절을 동원하여 별동대를 말살하려던 계책과 방화 사건으로 을지해중을 제거하려던 음모는 그렇게 실패로 끝났다. 전혀 의외의 인물이 등장했기 때문이다. 백제 무절의 항복을 받아내고 방화범을 찾아낸 수훈갑은 바로 온달이었다.

고원표와 고건에게 평강공주 외의 인물은 그리 대수롭지 않은 존재들이었다. 그래서 온달은 셈에도 넣지 않았고 평강공주의 움직임에만 촉각을 곤두세웠다. 능구렁이 같은 고원표조차 사람은 변하고 발전할 수 있다는 사실을 간과했다.

온달은 공주처럼 지혜로운 사람은 아니었다. 굼뜨고 답답한 면이 많았다. 그러나 그에게는 끈기가 있었다. 공주에게 배운 악착같음이 더해져 한번 마음을 정하면 우직하게 앞만 보고 나아갔다.

어떤 사람은 성곽을 쌓을 때 백 개의 돌을 옮기고는 열심히 했다며 땀을 닦는다. 다른 사람은 천 개의 돌을 옮기고 만족해한다. 그러다 비가 오면 하늘을 탓하며 성 쌓기를 그만둔다. 그렇다면 온달은 어떤가? 천 개의 돌을 옮기고 나서도 비가 오면 땀이 씻겨 시원하니 이럴 때 더 많이 쌓아두자는 사람이다. 온달을 미련하다고 놀리는 사람들이 많았다. 그러나 미련함이 끈기와 열정으로 나타날 때 그것은 무엇보다 탁월한 장점이 된다.

"그따위 바보 놈 때문에……"

불끈 쥔 고건의 주먹이 부들부들 떨렸다. 앞에 아버지 고원표가 없었다면 찻잔이 산산조각 났을 것이다.

고원표는 아들을 준엄하게 타일렀다.

"너답지 않게 누구 탓을 하느냐? 감정이 앞서면 일을 그르친다. 잘못된 것이 있다면 그 원인을 찾아내어 고치면 된다. 남이 아닌 나 자신의 허물부터 먼저 살피는 눈을 기르거라. 그래야 같은 실수를 저지르지 않는다. 평강공주가 너를 마다하고 온달을 택한 건 그놈이 남다른 뭔가를 가졌기 때문이다. 그놈이 방해된다면 지워버려라. 그럼 그만이다."

날카롭게 쳐다보는 아버지의 시선에 고건은 고개를 들지 못했다.

"그리 하겠습니다. 공주도 용서하지 않겠습니다. 이제 남아 있던 일말의 주저도 사라졌습니다. 기필코 두 사람의 목을 제 손으로 치겠습니다."

"네 동생이 어떻게 당했는지 보지 않았느냐? 적이 나를 무시하는 건 괜찮아도 내가 적을 무시하면 안 된다. 이 애비의 말을 명심하거라."

온갖 세파를 이겨낸 노련한 고원표의 눈빛이 자애롭게 변했다. 그는 말없이 아들의 어깨를 두드려주었다. 고건에게는 한없이 자상한 아버지였다.

목마른 사람이 물을 찾듯이 민심은 끊임없이 새로운 화젯거리를 원했다. 낙랑대회가 매년 열리는 행사이다 보니 사람들은 행사 자체보다는 특이한 참가자에게 주목했고 그것이 온 나라의 관심사가 되었다.

이번에는 평강공주와 결혼한 바보 온달이 그 주인공이었다. 사람들은 두 패로 나뉘어 내기를 벌이고 말다툼을 했다. 온달은 바보다, 아니다. 내가 봤다, 나도 봤다. 소문을 들어서는 온달이 바보인지 아닌지 정말 구분이 가지 않았다. 온달은 이미 누구 못지않은 학식과 절정의 무예 실력을 갖추었건만, 사람들은 지나간 과거의 온달에만 관심을 집중했다.

3월 3일.

드디어 고대하던 날이 밝았다. 수많은 사람들이 모여들어 낙랑 언덕은 물론 그 아래 강변 모래밭까지 발 디딜 틈 없이 꽉 찼다. 낙랑대회에 참가하기 위해 온 무사들이 천 명이라면 운집한 구경꾼은 그 열 배에 달했다.

행세깨나 하는 대신들과 호족들이 등장하면서 요란한 각적 소리가 울리고 그에 사람들의 함성이 보태져 앞산에 저렁저렁 메아리가 울렸다. 강바람을 맞고 펄럭거리는 각 부족의 깃발 아래 모인 무사들의 위세가 단연 눈에 띄었다. 지방 호족들의 자제와 각 경당에서 파견한 무사들도 만만치 않은 투지를 내보였다. 그 속에는 평소 사냥을 하며 갈고 닦은 실력을 보이려고 참가한 일반 평민들도 일부 있었다.

무사들은 흥분한 말을 달래려고 애썼다. 천여 필의 말이 모여 투레질을 해대며 시합이 열리기를 기다리는 모습은 한마디로 장관이었다.

계루부가 가장 먼저 등장했다. 고건을 필두로 그림자들과 수하 무사들이 질서정연하게 열을 지어 나타나자 군중 속에서 탄성들이 터져 나왔다. 100여 명에 달하는 계루부 무사들의 얼굴에는 비장한 각오가 서려 있었다.

별안간 강변 모래밭 쪽에서 천둥이 우르릉 밀려오듯이 사람들의 환호성이 하늘을 찔렀다. 북방 별동대 경당 출신 무사들이 등장한 것이다.

선두에 선 김용철은 양손을 흔들며 신이 나 입을 다물지 못했고 그 뒤를 따르는 무사들에게선 열이나 질서를 찾아볼 수 없었다. 구경꾼들도 합세하여 무질서하게 그들이 아는 사람을 부르고 반기며 와자지껄했다. 북방 별동대는 대부분 평민 출신으로 순노부 사씨촌 청년들이 상당수 포함되어 있었다.

그 행렬의 꼬리에서 온달이 질풍을 끌고 입장했다. 온달은 이처럼 많은 사람이 모인 자리는 처음이었다.

그는 질풍과 대화를 나누었다.

"우아, 무지 많이 모였구나."

"히히힝."

"질풍아, 한눈팔지 마라. 어째 너무 머리를 쳐들고 뽐내는 것 같다?"

"힝, 힝, 힝, 히힝."

"뭐? 여기서 색시를 구하겠다고?"

"히히히, 힝."

"야, 창피하다. 흉측하게 그게 뭐냐?"

그러거나 말거나 질풍은 거대한 물건을 있는 대로 늘어뜨리고 덜렁덜렁 과시하면서 암말들을 둘러보며 침을 흘렸다.

입장을 마친 무사들은 각종 무구를 점검했다. 그사이 남장을 한 평강공주가 인파 속에서 빠져나와 온달에게 다가갔다. 평강이 헐렁해진 절풍의 끈을 당겨 묶어주려는데 그 끈이 뚝 떨어졌다. 불길한 징조라는 생각이 번쩍 그녀의 머리를 스치고 지나갔다. 온달은 분위기를 바꿔보려고 각궁에 활을 걸어 몇 번 튕겨보았다. 그런데 멀쩡하던 활줄이 뚝 끊어졌다. 평강의 안색이 하얗게 변했다.

"하하하, 오늘 일등이 누군지는 이미 정해졌습니다. 보세요. 얼마나 연습을 했던지 활줄이 다 삭았습니다."

온달은 평강을 염려하여 흰소리를 늘어놓았다. 그러나 건너편 사람들 틈에서 고건과 그가 이끄는 무사들을 보면서 공주는 최우영에게 나지막이 속삭였다.

"고건 장군은 내성 수비대장이 된 이후 낙랑대회에 참가한 적이 없습니다. 그는 이미 조의선인 중에서도 선배로 불리니, 대회에 참가한 데는 필시 다른 목적이 숨어 있을 것입니다. 다들 조심하라고 일러주세요."

최우영은 고개를 끄덕였다.

"공주님, 너무 심려치 마십시오. 온달님의 호위는 저희가 맡겠습니다."

공주의 불안한 마음을 읽은 홍적도 자신의 자랑인 칼을 번쩍 흔들어 보였다.

"다들 연마한 기량을 마음껏 펼쳐주세요."

임시로 마련된 단 위로 대회를 진행하는 벼슬아치가 올라가는 걸 보고 공주는 뒤로 빠져나갔다.

"올해 수렵대회는 사냥한 짐승의 수와 크기, 무게로 채점을 한다. 이를 통과하여 무예 시합에 참가하는 자는 기마와 기창, 기검, 기사 시험을 거쳐야 하며 그 네 가지 관문을 모두 통과한 자만이 선인으로 선발된다. 그중 점수가 우수한 열 명은 상방 무예를 겨루고 그 최종 승자는 조의선인으로 불리게 될 것이다."

와 하는 사람들의 함성이 사그라지자 궁중 악대의 취주가 울리면서 평원왕을 따라 군장들과 대신들이 줄줄이 등장했다. 태왕을 반기는 군중의 환호가 하늘을 찔렀다.

출궁한 지 햇수로 5년. 평강의 눈에 평원왕은 어딘지 모르게 쇠약해 보였다.

추위를 타는지 두꺼운 가죽으로 짠 옷을 걸친 평원왕은 단상에 오르자 백성들을 향해 손을 흔들었다. 그의 뒤로는 왕후와 태자, 건무 왕자, 연청기, 을지해중 등이 나란히 섰다.

평강이 주위를 살피니 고건의 그림자 무사들은 수렵대회나 태왕의 행차에는 관심이 없고 단 한 사람, 온달만 노려보고 있었다. 그녀의 머릿속에서 걱정이 지워지지 않았다.

"아무래도 심상치 않습니다. 제 말을 가져다주세요."

공주의 부탁에 최우영이 살며시 몸을 빼고 대회장 밖으로 나갔다.

원한에 가득 찬 적이라 할지라도 그것을 내색하며 떠드는 상대는 그리 두렵지 않다. 방비나 선제공격으로 대응할 수 있기 때문이다. 그러나 고원표는 자신과 거리를 두고 있거나 적대적인 사람일수록 더 밝고 겸손한 태도를 취한다. 그것이 가식적임을 알아도 상대는 은연중에 우월감을 갖거나 방심하여 허점을 드러내곤 한다. 그러면 바로 뒤통수를 맞게 되는 것이다.

고원표가 공손하게 양손을 모으고 예를 올리자 평원왕도 그에 못지않게 정중한 자세로 예를 갖춰 답례했다.

"폐하, 날씨가 화창하고 봄볕이 따뜻합니다. 하온데 어디 몸이라도 불편하십니까?"

"하하하, 고추가께서는 항상 기운이 넘쳐서 좋으시겠습니다."

형식적인 인사를 나눈 평원왕이 울절에게 턱짓으로 출발 신호를 하자 북소리가 울렸다.

둥, 둥, 둥, 둥, 둥.

큰 북소리에 맞추어 삼족오 깃발이 하늘을 향해 곧추세워지고 대성산 기슭을 향해 말들이 대형을 이루며 길게 도열했다. 멀리 산 너머에서 몰이꾼들이 치는 꽹과리 소리가 희미하게 들렸다. 북소리가 잦아들다가 갑자기 뚝 끊기자, 그것을 신호로 무사들이 물밀듯이 숲속으로 준마를 몰아갔다. 말발굽 소리가 천지를 진동하고 그 아래서 피어난 먼지가 운무처럼 무사들을 자욱이 가렸다. 말 위에서 박차를 가하는 무사들의 기합 소리와 군중의 함성으로 대회장이 뜨겁게 달아올랐다.

천지개벽이라도 일어난 양 놀라 달아나는 산짐승들을 쫓으며 무사들이 활시위를 당겼다. 사슴, 멧돼지, 토끼, 꿩, 그리고 늑대도 있었다. 그러나 놀라 쫓기는 와중에도 짐승들에게는 그들만의 길이 있었다. 온달은 산속에서 자라 동물이 다니는 길목에 대해서는 누구보다 밝았다. 그 속을 모르는 홍적이 답답해하며 김용철에게 서두르자고 재촉했다. 그 말을 온달이 듣고 한 마디 했다.

"바쁘면 먼저들 가세요. 서두른다고 사냥이 됩니까?"

김용철은 불안한 표정으로 두리번거리다가 다른 별동대 무사들에게 각자 흩어져서 사냥할 것을 명령했다. 그의 말이 떨어지자마자 숲속을 향해 무사들이 속속 떠나갔다.

김용철과 홍적을 보며 온달이 말했다.

"그런데 두 분은 안 가고 예서 뭐 합니까?"

"우린 온달님을 지켜야 합니다."

"두 분이 곁에 있으면 짐승들이 가까이 안 옵니다. 그렇게 험상궂게 노려보는데 짐승들이라도 겁을 먹지 않겠습니까."

온달의 놀림에 홍적과 김용철이 서로를 탓했다.

"그러게 얼굴 좀 펴고 다니라고 그랬잖아."

"넌 웃는 줄 아냐? 밤길 가다 네 상판을 보면 남자도 비명을 지르겠다. 어쨌거나 오늘은 온달님을 거머리처럼 붙어 다닐 겁니다."

온달은 두 사람에게 고백하듯 말했다.

"나는 일등을 못 하면 쫓겨날지도 모릅니다."

그 말에 김용철과 홍적이 한바탕 웃었다.

"내 말 맞지? 확실히 꽉 쥐어 살 거라고 했잖아."

온달의 얼굴이 부끄러움으로 화끈 달아올랐다. 그는 헛기침을 한 뒤 먼 산봉우리를 바라보며 말했다.

"주작봉에서는 멧돼지가 가장 크고 무거우니 그놈만 잡으면 안심입니다."

온달은 질풍의 고삐를 확 당겨 산비탈을 치고 올라갔다. 김용철과 홍적도 놓칠세라 그 뒤를 바짝 따랐다. 온달을 태운 질풍은 마치 평지처럼 껑충껑충 쉽게도 비탈길을 올랐다. 그런데 김용철과 홍적의 말은 미끄러지면서 그 자리를 빙빙 돌다가 오르기를 거부했다. 채찍질을 해도 울기만 했다. 하는 수 없이 산길을 돌아가면서 김용철과 홍적은 마음이 다급해졌다.

덤불 속에서 바람의 흐름을 확인하고 방향을 잡은 후, 온달은 천천히 질풍을 움직여 땅바닥에 파인 짐승의 발자국을 살폈다.

"고라니다."

질풍은 사람의 말을 알아듣는 영물임에 틀림없었다. 고삐를 채거나 박차를 가하지 않았는데도 온달의 말을 알아듣고 발자국을 따라 달렸다. 겹겹이 홍수에 떠내려 온 고목을 뛰어넘으며 질풍이 달리자 풀을 뜯다 놀란 고라니가 훌쩍 날아가듯이 도망갔다. 온달은 전통에서 화살을 뽑아 겨냥했다. 그가 시위를 당기면 질풍은 달리면서도 흔들림을 최대한 줄여 호흡을 맞춰주었다. 온달이 시위를 놓자 화살이 날아가 고라니의 급소에 깊숙이 꽂혔다. 고라니는 그대로 고꾸라져 언덕을 굴렀다.

온달은 도끼날 활촉과 끝이 뾰족한 활촉을 번갈아 사용했다. 도끼날 활촉은 평면이 날개와 같은 역할을 하여 거의 수평을 이룬 상태에서 날아가므로 일반 화살보다 세 배 정도 더 멀리 날아간다. 그러나 끝이 뾰족한 활촉에 비해 상처를 깊이 낼 수 없으며 명중률 또한 끝이 뾰족한 활촉보다 못하다. 그래서 먼 거리에서 사냥을 할 때는 도끼날 활촉을 사용하고, 명중률을 높이기 위해서는 끝이 뾰족한 활촉을 사용했다.

김용철과 홍적은 온달이 사라진 방향을 가늠해보고 무작정 숲을 헤치고 나아갔다. 그런 그들의 앞길에 일영과 이영이 몸을 드러냈다. 김용철은 그림자 무사들이 괜히 나타난 게 아님을 알기 때문에 마음이 급해졌다. 그는 홍적에게 말했다.

"온달님이 위험해."

홍적은 어깨를 으쓱하더니 그림자 무사들을 둘러보았다. 그러고는 김용철의 어깨를 툭 쳤다.

"먼저 가라. 내가 상대하지."

"안 돼. 한 명도 버거운 상대야."

"봐서 적당히 도망갈 테니 어서 가. 온달님부터 지켜야지!"

홍적은 우겨서 김용철을 샛길로 보내고 검을 꺼냈다. 홍적은 검술 실력보다 검을 감정하는 일에 조예가 더 깊었다. 명검은 밤에 은은한 빛이 흘러나오고 검갑에서 뺄 때 맑고 부드러운 소리가 나야 하며 차돌을 베어도 날에 흠집이 없어야 한다. 또한 휘어지거나 부러지지 않는 적당한 탄력에다 사람을 베어도 잘 무디어지지 않는 예리함을 갖춰야 한다.

홍적은 일영과 이영의 공격을 번갈아 쳐내고는 그 탄력을 이용하여 나뭇가지 위로 날아올랐다. 일영은 숨 돌릴 틈을 주지 않고 홍적의 뒤를 따라붙어 싸릿대로 만든 회초리를 휘두르듯이 얇은 검으로 십여 차례 칼질을 해댔다. 일영의 세찬 공격에 홍적은 이영을 경계하고 쳐다볼 겨를도 없었다.

날카로운 칼날이 가슴을 지나는 싸늘한 촉감이 느껴졌다. 뜨거운 피가 흘렀다. 수세에 몰려 정신없이 물러서다 보니 홍적의 몸에 상처가 자꾸 늘어났다. 야수처럼 재빠르고 잔인한 녀석들이었다. 홍적은 급소만 가까스로 막아내면서 뒷걸음질 쳤다. 이대로 가면 승패는 자명했다.

홍적은 나뭇가지의 탄력을 이용해 일영을 노리고 일도양단의 기세로 날아갔다. 순간 홍적의 시야에서 일영이 사라졌다. 홍적은 간신히 말안장을 딛고 땅 위로 안전하게 착지했다. 그때 일영이 밑에서 솟아오르면서 홍적의 옆구리를 푹 찔렀다. 홍적의 입에서 비명이 새어나왔다. 상처 부위가 화끈거리고 바로 움직임이 둔해졌다.

일영과 이영의 검은 사정이 없었다. 그들은 도망칠 틈조차 주지 않았다. 홍적은 쿨럭쿨럭 기침을 했다. 옆구리를 찔렸는데 기침은 왜 나오나 싶었다. 그림자 무사들은 마치 고양이가 쥐를 가지고 노는 것처럼 그렇게 홍적을 상대했다. 몸에 성한 곳보다 칼자국이 더 많아졌지만 홍적은 최대한 버티면서 시간을 끌기로 했다.

김용철이 그림자 무사들의 시야에서 완전히 벗어났을 즈음 홍적은 마음을 가다듬었다. 어쨌든 생각한 대로 된 것이다.

하지만 부상이 심했다. 홍적은 깊이 숨을 들이마시고 일영을 향해 돌진했다. 일영이 가볍게 홍적의 검을 막는 순간 이영의 검이 홍적의 가슴을 찔렀다. 그걸로 그만이었다. 홍적은 그 자리에서 절명하고 말았다.

축 늘어진 고라니를 질풍의 엉덩이 위에 올려놓은 뒤 온달은 전통에서 끝이 뾰족한 활촉을 골라냈다. 대성산 전역에 무사들이 깔려 있어 그들의 목소리가 간간이 메아리로 들렸다.

온달은 덤불숲에서 멧돼지 길목을 찾아내고 그 발을 떴다. '발을 뜬다'는 것은 발자국을 보고 동물의 종류와 크기, 언제 지나갔는지를 알아낸다는 뜻이다. '묵발'은 묵은 발자국으로 며칠 지났다는 뜻이며, '새발'은 엊저녁부터 방금 전까지의 발자국으로 근방에 멧돼지가 있다는 증거다. 잠자리로 들어갈 때 흔적을 남기지 않기 위해 발끝을 세우고 간다는 뜻의 '찍은 발'이 땅바닥에 남아 있으면 근처에 반드시 멧돼지가 있다. 온달은 배설물과 찍은 발, 나뭇가지에 붙은 털을 보고 근처에 멧돼지가 있다는 것을 알아차렸다. 분명 큰 놈이다. 발자국이 찍힌 깊이를 보아 능히 500근은 나갈 것이다. 온달은 마른 풀잎을 날려보고 바람의 반대 방향으로 가서 자리를 잡았다. 저돌猪突이란 말이 있듯이 멧돼지는 기민하고 빠르다. 전신이 길고 뻣뻣한 털에다 두꺼운 지방층을 가지고 있다. 단검과 같은 송곳니에 근육덩이인 강한 어깨가 있어 그 어깨에서 나오는 힘을 이용해 송곳니로 찍으면 사냥꾼들은 뼈가 부서지고 내장이 터져 여차하면 오히려 사냥을 당하고 만다. 그래서 살인 멧돼지로 악명을 떨치는 놈들도 있었다.

아나나 다를까, 예상대로 저 앞에서 멧돼지가 나타났다. 멧돼지가 쿵쿵 콧김을 내뿜자 역한 냄새가 코끝을 자극했다. 작은 송아지만 한 체구였다. 온달이 일어나 화살을 겨눠도 제 덩치만 믿고 피하려는 기색 없이 노려보았다.

온달은 시위를 놓자마자 연사를 했다. 멧돼지가 멱따는 괴성을 지르며 쿵 하고 옆으로 쓰러졌다. 화살 첫발은 멧돼지 머리와 빗장뼈 사이에 꽂혔고 두 번째 화살은 등뼈에, 세 번째는 어깨뼈 쇠악가리 급소에 깊이 박혀 활촉이 보이지 않았다. 이 정도 크기의 멧돼지라면 집 밖으로 쫓겨나는 구박은 면할 수 있을 것 같았다. 득의에 찬 온달이 멧돼지를 어깨 위로 짊어지려고 용을 썼으나 멧돼지는 꿈쩍도 안 했다. 그러나 다른 건 몰라도 힘이라면 자신 있었다. 온달은 괜스레 손바닥을 탁탁 털고서 멧돼지 다리를 잡고 끌어 올렸다. 끙 하고 힘을 쓰자 반쯤 들렸다. 그것만으로도 괴력이었다.

그때 화살 하나가 날아와 멧돼지 옆구리에 퍽 꽂혔다. 사태 파악을 못 하고 온달은 주위를 두리번거렸다. 다시 화살이 그의 얼굴을 향해 똑바로 날아왔다. 본능적으로 몸을 돌리자 화살이 그의 뺨을 스치고 뒤에 있는 나무에 꽂혔다.

온달은 멧돼지를 던져놓고 몸을 숙인 뒤 기어서 나무 뒤로 숨었다. 화살 두 대가 거의 시차를 두지 않고 온달이 숨은 나무로 날아와 박혔다. 누가 공격을 하는지 알아보려고 살그머니 고개를 내밀면 재차 바로 코앞에 화살이 꽂혔다.

말을 탄 채 좌우로 왔다 갔다 하면서 화살을 쏘아대는 자는 바로 고건이었다. 설상가상, 뒤에서 확 풍겨 오는 살기에 온달이 고개를 돌려 보니 삼영의 검이 바로 코앞에 떨어져 내렸다. 절체절명의 순간이었다. 온달은 왼팔을 들어 삼영의 검을 최대한 품으로 끌어당겨 막았다. 만약 두꺼운 가죽 토시가 없었다면 손목이 뎅강 날아갔을 것이다. 삼영의 칼이 토시 가죽과 살을 베고 뼈에 박혔다. 삼영이 검을 뽑는 순간 온달은 앉은 자세로 발검하여 그의 허리를 베었다. 섬뜩한 기운을 느낀 삼영이 뒤로 한발 뺐지만 이미 아랫배가 갈라지면서 주르륵 피가 흘렀다. 그는 온달의 검을 간격을 두고 잘 피했다 여겼지만 결과는 치명적이었다. 검기劍氣, 쉬운 말로 칼바람의 위력이었다.

온달이 삼영과 검을 부딪치려는 찰나, 고건이 온달의 뒤를 노리고 시위를 당겼다. 손만 놓으면 등을 보인 온달을 꿰뚫을 수 있다. 잠시 고건은 갈등했다. 명색이 당당한 장부요, 조의선인 중에서도 으뜸인 자신이 누군가를 등 뒤에서 쏘아 죽인다는 사실이 께름칙했다. 저놈은 장애물이다, 죽여야 한다. 결국 증오심이 이성을 눌렀다. 고건이 시위를 놓으려는 순간, 누군가 크게 외쳤다.

"안 돼. 피해요!"

고건의 목을 아슬아슬하게 스치고 지나간 화살이 고목나무에 박혀 깃털이 부르르 떨렸다. 고개를 돌려 보니 자신에게 활시위를 겨누는 사람이 있었다.

"당장 활을 거둬요. 어서!"

그러면서 머리를 흔들어 풀어내리니 공주의 모습이 나타났다. 평강은 고건의 심장을 단박에 꿰뚫을 기세였다. 그녀의 목소리를 듣고 온달이 나무 뒤에서 머리를 내밀었다. 평강의 얼굴은 여전히 굳은 채였다.

"서방님, 괜찮으세요?"

"네, 멀쩡합니다."

공주가 온달을 서방님이라고 부르는 것을 듣자 고건의 팔에 힘이 스르르 풀렸다. 둘은 부부다. 그 틈에 자신이 끼어들 자리는 없다. 여태 포기하지 않고 있었던가? 고건은 외려 마음이 편해졌다. 이제 아무 사심 없이 공주를 대할 수 있을 것 같았다.

그때 김용철이 말을 몰고 와서 넋을 잃고 망연히 서 있는 삼영을 단칼에 베어버렸다. 김용철까지 가세하자 고건은 하는 수 없이 말고삐를 당기며 천천히 몸을 돌렸다. 그는 마지막으로 평강을 돌아보았다. 예전에 평강을 보던 것과는 사뭇 다른 눈빛이었다.

"언제까지 저놈을 지켜줄 수 있을 것 같소? 두고 봅시다."

"다음에는 저도 나무를 겨냥해 쏘지는 않을 것입니다."

수렵대회의 일등은 온달이었다. 사나운 늑대를 잡은 무사도 있었지만 상처 부위를 살핀 결과, 멧돼지와 고라니의 급소를 정확히 맞힌 온달의 기사騎射 능력이 더 높은 점수를 받았다.

그동안의 수렵대회에서는 5부족 출신 무사가 거의 일등을 휩쓸었고 간혹 지방 호족의 자제가 두각을 나타내기도 했다. 그러나 이번에는 평민이, 그것도 바보라고 손가락질을 받던 온달이 일등에 올랐으니 온 나라가 떠들썩할 정도로 큰 화제가 되었다.

그를 가르치고 내조한 평강공주에 대한 칭송이 자자했고, 그때부터 사람들은 공주를 현모양처의 표상으로 여기게 되었다.

다음날 아침, 소문을 듣고 무예 시합을 구경하러 나온 인파가 전날보다 많아졌다. 대회 집행에 차질을 우려한 조정에서 인원을 통제하고 출입을 제한하고서야 간신히 시합을 진행시킬 수 있었다. 기마, 기사, 기검, 기창 시험이 치러졌고, 이 네 가지 관문을 모두 통과한 선인들의 명단이 발표되었다.

200여 명의 선인 명단에 평민이 무려 150여 명이나 뽑혔다. 평양성 인근 백성들은 춤추고 노래 부르며 잔치를 벌였다. 마치 자신들이 무과에 급제하여 선인이 된 것처럼 기뻐하며 들떴다.

전국에 산재한 북방 별동대의 경당은 미리 입수한 무예교본에 따라 수련하고 태학에서 파견된 학사들에게서 맞춤식 교육을 받은 결과 수많은 선인을 배출했다. 그동안 고구려는 기회 균등의 법칙이 무시된 인재 선발 제도를 가지고 있었다. 겉으로는 누구나 수렵대회와 무예 시합에 참가하여 벼슬을 얻을 수 있었다. 그러나 고구려 무장의 기본은 말이다. 말을 갖는다는 것은 가난한 일반 백성들에겐 불가능에 가까웠다. 또 몇 년씩 일하지 않고 경당에서 무예를 배운다는 것도 사실상 불가능했다. 북방 별동대가 운영하는 경당이 그 일을 가능케 한 것이다.

백성들의 관심은 이틀 후에 있을, 조의선인을 뽑는 결선에 집중되었다.

북방 별동대가 머무는 강변 장막에서는 대규모 술판이 벌어졌다. 이번 선발시험에서 뽑힌 선인들을 축하하기 위해 평강과 온달, 최우영, 김용철, 이진무, 참가자들을 인솔하고 온 별동대원들, 사노인과 집성촌 촌로들이 모두 모였다.

그것은 살해당한 홍적을 추모하는 자리이기도 했다. 홍적의 시신은 모두가 보는 앞에서 화장되었다. 별동대에는 그들만의 의식이 있었다. 한 날 한 시에 죽기로 하늘에 맹세한 형제들이라 칼로 약지를 찔러 피를 내고 그 피를 시신 위에 뿌렸다. 온달도 최우영의 권유로 그 의식에 동참했다. 온달이 별동대와 결의형제가 되었다는 무언의 약속이었다.

온달의 부상당한 손목은 조금이라도 힘을 주면 피가 배어 나왔다. 열 명이 겨루는 결선에서는 쌍검을 사용하지 못할 것이다. 이래저래 심란한 기분을 지우려고 온달은 술잔을 잡았다.

"다친 상처가 가볍지 않습니다."

만류하는 평강의 손을 떼어놓고 그는 단숨에 잔을 비웠다.

"나를 지켜주려다 홍적이 당했소. 그를 기리는 술입니다."

"저기를 보세요. 저 사람들 눈에는 기쁨이 넘쳐나고 내일을 향한 열망으로 가득 차 있습니다. 기운을 내세요. 서방님은 저들 모두의 희망입니다."

갑자기 장막 구석진 곳에서 한바탕 소란이 일면서 일순 검을 뽑는 소리가 들렸다.

"감히 어사대의 앞길을 막을 셈이냐?"

"어사대면 다냐? 유세가 대단하셔."

"증거가 있고 증인이 있는 사건이다."

"뭐? 온달님을 체포한다고? 죽여버려!"

왁자지껄 다툼이 벌어지자 멀리 불가에 모여 있던 무사들까지 검을 빼들고 달려갔다.

평강은 김용철을 보내 어사대를 데리고 오게 했다. 병사 십여 명을 대동하고 나타난 어사대 소사자는 온달을 잡으러 왔다고 말했다. 평강은 그들에게 차분한 목소리로 물었다.

"어사대라면 신분패를 보이십시오."

태왕의 직속기관인 어사대의 권한은 막강하다. 이름만 듣고도 사람들이 벌벌 떠는데, 여기서는 아무도 그들을 겁내지 않는다. 오히려 여차하면 공격해 올 모양새다. 어사대 소사자는 그 점이 불쾌하고 아니꼬웠다. 그는 퉁명스런 목소리로 공주의 신분을 따졌다.

"댁은 누구시오?"

"댁이라니? 죽고 싶어 환장한 게로구나!"

최우영의 날카로운 창끝이 소사자의 목젖 아래에 와서 멈췄다. 놀란 어사대 병사들이 칼자루에 손을 댔지만 이미 수십 개의 칼날이 그들의 급소를 겨누고 있었다. 여차하면 달려들어 난도질을 가할 기세였다.

"패를 꺼내 보여라!"

최우영의 호령에 소사자는 하는 수 없이 품에서 신분패를 꺼내 보였다. 공주는 별로 개의치 않았고 확인하려고도 안 했다. 최우영이 창끝으로 그 패를 낚아챘다. 공주는 힐끔 본 뒤 다시 소사자에게 물었다.

"지금 어사대 대장이 누굽니까?"

차가운 목소리로 묻는 평강에게 소사자가 눈치를 살피며 답했다.

"해부루님이오만."

"온달님은 왜 찾으십니까?"

"지난밤에 살인 사건이 있었는데 피해자가 죽기 전에 자기를 해친 범인이 온달이라 했소. 죽어가는 자가 거짓말을 할 리 있겠소? 피살자는 결선까지 오른 소노부 군장의 조카요."

금시초문이었다. 평강은 이 사건에 음모가 숨어 있음을 알 수 있었다. 살인 사건에 온달이 휘말리면 무예 시합 결선에 참가하지 못할 게 뻔하다. 평강이 무언가 고민하는 눈치를 보이자 기세를 잡았다고 여겼는지 소사자가 한 걸음 앞으로 나섰다. 평강은 사건 장소가 어디냐고 다시 물었다.

"남문에서 멀지 않은 객점이오."

"목격한 자가 몇이나 된답니까?"

"아니, 내가 왜 젊은 처자에게 꼬박꼬박 말대답을 해야 하는 거요?"

자존심이 상한 소사자가 반발했다. 최우영이 머리를 숙여 공주에게 허락을 구한 후, 그를 꾸짖었다.

"네 이놈, 무뢰하다. 이분은 평강공주님이시다."

"네에? 어이구, 소장 몰라 뵙고 죽을죄를 저질렀습니다."

소사자는 그제야 온달이 평강공주와 살고 있다는 시중의 소문을 기억해냈다.

"사건을 목격한 자들은 이구동성 온달을 살해범으로 지목했습니다. 하여 사건의 진상을 밝히기 위해서라도 일단 연행해 가야 합니다."

온달은 계속 평강과 같이 있었으니 범인일 리 없다. 어차피 목격자가 있다 하니 대질을 시키면 되지 않겠나 싶었다.

"가서 해부루님께 전하세요. 내일 진시辰時: 오전 7~9시경에 온달님을 모시고 어사대를 찾아가겠습니다."

"하오나 저희는 명을 받은 몸이라 그냥 돌아갈 수 없습니다."

"공주님의 말씀이 너희 대장의 명보다 가볍단 말이냐? 목숨이라도 부지하고 싶다면 그만 물러가라!"

김용철이 큰 도를 흔들면서 짝눈을 치켜떴다. 소사자는 김용철의 살기에 기가 질려 쩔쩔맸다.

홍일미가 어떻게 저런 김용철을 겁내지 않고 손안의 공깃돌같이 가지고 노는지 평강은 그저 신기하기만 했다. 다 제 짝이 있는가 보다 싶었다.

"그, 그럼 소장은 공주님만 믿고 물러가겠습니다."

평강의 이마에 깊은 주름살이 잡혔다. 이건 그녀도 예측하지 못한 변수였다.

최우영과 김용철의 호위를 양쪽에서 받으면서 평강과 온달은 마차를 타고 어사대에 도착했다. 사건의 중대성에 비추어 어사대에서는 대사자 해부루와 을지해중이 나와 있었다. 최우영과 김용철은 입구에서 무기를 맡기고 공주와 온달의 뒤를 따랐다. 공주가 들어서자 해부루와 을지해중이 자리에서 일어나 예를 표했다.

"이런 사건으로 공주님을 뵙게 되다니 송구합니다."

"사건이 명쾌히 해결되길 바랄 뿐입니다."

을지해중이 곁에 놓인 의자를 가리키며 공주에게 권했다.

"공주님께선 이리로 앉으십시오."

공주는 사양하지 않고 단 위로 올라가 을지해중의 곁에 놓인 의자에 앉았다. 해부루가 을지해중과 공주에게 몸을 틀고 설명했다.

"먼저 말씀드리겠습니다. 이번에 변을 당한 자는 소노부 해지월님의 조카이자 제 사촌입니다. 그래서 공정을 기하고자 그동안 사건을 조사해오신 을지 장군님을 모셨습니다. 피살자가 벌써 일곱 명이나 됩니다. 공교롭게도 사건을 목격한 자들은 하나같이 살인자가 쌍검을 썼고 거구의 몸집을 가졌다 했습니다. 또한 이번 피해자는 죽기 직전에 범인의 이름이 온달이라고 분명히 말했다고 합니다. 곁에서 그 말을 듣고 고변해 온 자가 여럿입니다."

사건에 대한 설명을 들으면서 평강은 미간을 찡그렸다. 그녀는 잠시 생각에 잠겼다가 이윽고 입을 열었다.

"대장님, 의문이 드는 점이 있다면 여쭈어봐도 되겠는지요?"

"마땅히 그렇게 하셔야지요. 본관도 그리 하시길 바랍니다."

다른 사람이라면 어림도 없다. 이 정도의 정황 증거를 갖고 있다면 매를 치고 자백부터 받아낼 것이다. 그러나 소문에 의하면 온달이 공주와 결혼해 아이까지 두었다고 하니, 뒤탈이 없으려면 조심스러울 수밖에 없었다. 게다가 온달은 최근 백성들 사이에서 영웅 대접을 받고 있었다.

앉은 자리에서 공주가 또박또박 짚어나갔다.

"복면을 하고 암습하는 살인자가 자기 이름을 밝히는 경우가 있습니까? 온달님은 수렵대회 때 손목을 크게 다쳐 쌍검을 사용하지 못합니다. 의원을 불러 상처를 확인해보십시오. 그리고 평양성 근교에서 연쇄 살인 사건이 벌어진 것은 올해 정월 초부터로 알고 있습니다. 그때 온달님은 장안성에 계셨고 그것을 증명해줄 사람이 수백 명이 넘을 것입니다. 또한 백성들을 공포에 떨게 했던 방화범을 잡아들인 사람도 온달님이십니다."

원래 시비를 가리는 일이란 게 그렇다. 한쪽 말을 들어보면 그 말이 맞는 말 같고 다른 쪽 말을 들으면 또 그쪽 말이 맞는 것 같다.

소사자를 향해 해부루가 하명했다.

"사건을 목격한 자들을 데려오너라."

목격자는 세 명이었다. 그들은 서로 모르는 사이라고 했다. 그런데 온달을 정확히 지적하며 그가 살인하는 것을 보았다고 증언하니 당사자인 온달은 기가 막혔다. 이런 누명을 덮어쓸 줄은 몰랐다. 목격자들은 정말 온달이 범인이라고 철석같이 믿는 눈치였다. 그렇다면 누군가 온달로 변장을 했다는 말인가?

해부루와 을지해중은 온달의 손목에 감긴 붕대를 풀고 상처를 살펴보았다. 아직 핏기가 있고 뼈가 허옇게 보이니 이 상태로 쌍검을 휘두르며 싸우기란 불가능할 듯했다.

"과연 부상이 심하여 쌍검을 들고 싸우기는 어렵겠습니다. 허나 목격자들의 진술이 한결같아 더 세밀한 조사가 필요하니 시일이 상당히 걸릴 것 같습니다."

그러자 공주가 한발 나서서 반대 의사를 밝혔다.

"온달님은 무예 시합의 결선을 앞두고 있습니다. 만일 이곳에 머문다면 대회에 참가할 수 없습니다. 온달님은 사는 곳이 분명하고 중요한 대사를 앞두고 있으니 나중에 다시 불러 조사하는 것이 타당할 줄로 압니다."

"그렇게는 곤란합니다. 아무리 공주님의 요청이라 해도 살인 사건의 용의자를 풀어준 전례가 없습니다. 본관이 어사대 책임자로 있는 이상, 법의 형평성에도 어긋나는 일이라 그냥 보내줄 수 없습니다."

해부루가 자기주장을 굽히지 않으니 평강으로서도 더 이상 어찌해볼 도리가 없었다. 온달의 무예 시합 참가가 무산되려는 순간이었다. 그때 계속 침묵을 지키고 있던 을지해중이 목격자들에게 질문을 던졌다.

"어젯밤 사건이 일어난 시각이 어찌 된다고 했느냐?"

"저녁식사를 막 했으니 초경쯤이라 여겨집니다."

"다들 틀림이 없으렷다?"

"네에."

"사건이 워낙 중차대한지라 이 자리에 태자님이 나와 계십니다."

을지해중이 자리에서 일어나 휘장을 걷자 태자가 미소를 머금고 걸어 나왔다. 해부루는 벌떡 자리에서 일어나 태자를 향해 예를 올리며 당황한 기색을 감추지 못했다.

"공무를 집행하는 자리에 내가 나오게 된 것은 증언을 하기 위함이니 번거로운 예는 차릴 것 없습니다."

"태자님께서 직접 증언을 하신다는 말입니까?"

"그렇습니다. 어젯밤, 초경을 전후해서 온달님은 나와 같이 저녁식사를 했습니다. 내 누이를 본 적이 하도 오래고 하여 누이의 집을 찾아가 귀여운 조카 얼굴도 보았지요."

태자가 직접 온달의 현장 부재를 주장하고 나서니 그것을 뒤집기란 불가능했다. 감히 누가 태자의 말을 거짓 증언이라고 반박하겠는가?

을지해중이 목격자들을 노려보며 준엄하게 꾸짖었다.

"너희들은 하나같이 온달님을 살인자라 지목했다. 허나 좀 전에 들었듯이 그 시각에 온달님은 태자님과 함께 계셨다. 너희 셋은 이 사건의 조사가 끝날 때까지 연금될 것이다. 주거지를 살펴보니 동문과 서문에 연고가 있는데 어찌 일행도 없이 남문 객점을 찾아갔는지, 어찌하여 평소에 만난 적이 없는 온달님의 얼굴을 소상히 아는지, 수상한 점이 한두 가지가 아니다. 분명 너희들의 집을 뒤져보면 뭔가 나올 것이다. 최근 행적을 조사하고 이웃들의 말을 들어보면 너희들이 과연 평범한 농사꾼인지도 밝혀질 것이다. 추호의 거짓 없이 고하라. 만약 남을 무고했다면 살아남기 어려우리라. 먼저 죄를 이실직고하는 자는 정상을 참작하여 벌을 가볍게 해주겠다. 혹여 숨겨둔 재물이라도 나타난다면 극형에 처해질 것이다."

을지해중의 말을 들은 목격자들은 얼굴이 샛노래졌다. 우물쭈물하다가는 목이 날아갈 판이다. 목격자 중 한 명은 이미 수레를 구해 가족과 함께 멀리 도망갈 계획을 잡아두었고, 다른 자는 장독대 단지 안에 은전을 숨겨두었다. 발각되는 건 시간문제였다.

그들은 고건의 명을 받은 김성집의 부하에게서 각기 상당한 재물을 받은 뒤 그가 시키는 대로 남문 객점으로 가서 살인 사건을 목격하고 위증을 했다. 아니, 분명 살해범이 자기 이름을 온달이라 밝혔으니 그들의 주장이 아주 틀린 것만은 아니었다. 그러나 실제로 온달을 보니 인상착의가 달랐다. 혼자라면 계속 우겨보겠지만 세 명이나 되니 누가 앞서 토설할지 몰라 그들은 눈치를 보며 불안에 떨었다.

이윽고 얼굴이 길고 약삭빠르게 생긴 한 명이 더듬거리며 말문을 열었다.

"저, 자세히 보니 그때는 어두워서 뚜렷하지 않았는데 인상이 좀 다른 듯합니다."

그러자 다른 목격자들도 맞장구를 쳤다.

"네, 그렇습니다. 체구도 더 큰 것 같고요."

"하긴 사람을 해치면서 자기 이름을 밝히는 바보가 어디 있겠습니까."

살인 사건의 범인은 밝혀내지 못했지만 그로써 온달은 누명을 벗을 수 있었다. 만약 태자가 나와서 온달에 대한 현장 부재 증명을 해주지 않았다면 어떻게 되었을까. 평강은 남몰래 한숨 쉬며 가슴을 쓸어내렸다. 태자를 개입시켜 문제를 해결한 을지해중의 선견지명에 새삼 그녀는 감탄했다.

무예 시합 결선은 내성 안에 마련된 연무장에서 벌어졌다.

관람객은 대회 관계자로 한정되어 백성들의 출입이 엄격히 제한되었다. 일반 백성들의 소요와 난동 사태를 우려해 행해진 조치라고 하나, 실상은 이번에 선인으로 선발된 인원의 대다수가 평민인 것에 간담이 서늘해진 조정 중신들이 시합장에 백성들이 대거 몰려드는 꼴을 보고 싶지 않아서였다.

결선 진출자는 습격당해 결장한 소노부 무사 외에 9명이었다. 각기 대진표를 뽑아 상대를 정했고 북방 별동대 경당 출신 1명은 운 좋게 부전승으로 준결승에 올랐다.

온달은 한쪽 손을 사용하지 못하는데도 가볍게 준결승에 진출했다. 관노부 무사와 계루부 무사의 대결에서는 관노부 무사가 한 팔을 잃고 들것에 실려 나갔다. 다음 시합에서 온달은 북방 별동대 경당 출신 무사를 일 검에 꺾고 결승에 올랐다.

이제 마지막 결선 시합만이 남았다.

계루부 무사가 연무장에 먼저 올라와서 온달을 기다렸다. 사람들은 의아하게 여겼다. 계루부 무사의 무기가 도에서 쌍검으로 바뀌었기 때문이다. 그의 정체는 바로 이불란사에서 전멸한 첩보2대의 대장 이가였다. 그동안 성안에서 행해진 살인 사건들은 고건의 명을 받은 이가가 온달을 모함하기 위해 자행한 짓이었다. 그런데 실패하자 숨겨둔 최후의 수를 꺼낸 것이다. 이가는 공개적인 자리에서 온달을 죽여 부하들의 원혼을 달래고 싶었다. 무예 시합에서 상대를 죽이는 건 살인이 아니다. 인명을 해치는 건 금지되지만 고의가 아니라면 그 책임을 물을 수 없다.

온달은 이가의 쌍검을 보고 자신도 쌍검을 택했다. 왼쪽 손목이 욱

신거려서 검을 쥐기 힘들었지만 그는 평강에게 검을 손에 묶어달라고 했다. 평강은 온달의 왼쪽 팔목에 가죽으로 부목을 대고 천으로 동여 감았다. 칼자루는 둥근 고리에 가죽 끈을 걸어 손바닥에 칭칭 감아주면서 그녀는 조심스럽게 우려를 나타냈다.

"상대는 나이가 마흔에 가깝고 사람을 살상하는 일에 익숙한 자로 보입니다. 눈빛이 음침하고 살기가 넘치는 걸 보니, 조의선인이 아니라 온달님의 목숨이 목표인 것 같습니다."

온달도 고개를 끄덕였다.

"이불란사에서 본 적이 있는 자입니다."

그의 말에 평강의 안색이 급변했다.

"그렇다면 시합을 중지시켜야겠습니다."

벌떡 일어서는 평강의 팔을 잡고 온달이 고개를 저었다.

"대부님의 쌍검이 지켜줄 겁니다."

온달이 전혀 흔들림 없이 차분하게 말하는 걸 보니 그를 믿어도 좋겠다는 생각이 들었다.

"정 그러시다면, 아무쪼록 무명武名을 떨쳐주세요."

쌍검끼리의 대결이었다. 고구려에는 전통적으로 쌍검을 수련하는 자들이 많았다. 이가가 도 대신 쌍검을 택했다고 해서 이상할 건 없었다.

시합을 알리는 징소리가 울리자, 이가가 한 번에 사람 키 두 길을 날아와 온달에게 칼질을 했다. 부상을 당한 탓에 온달은 그의 일방적인 연속 공격을 피하기에 급급했다. 살기를 품고 날아오는 검을 막을라치면 가차 없이 손목에서 찌릿하게 생살이 찢어지는 아픔이 전해졌다. 욱신거리는 통증과 화끈한 열기에 온달의 앙 다문 입술 사이로 신음이 새어나왔다.

이가의 칼날에 온달의 머리카락이 한 움큼 잘려나가자 관객들이 흥분하기 시작했다. 위기라고 생각한 최우영이 긴박하게 소리쳤다.

"막아야 돼! 저놈은 살수만 펼치고 있어."

이가의 검이 온달의 가슴팍을 찔렀다. 금방 뻘건 선혈이 온달의 상의를 붉게 물들였다. 이가의 검은 빠르고 냉혹했다. 간발의 차이로 아슬아슬하게 이가의 공격을 피하면서 온달은 평강 쪽을 힐끗 쳐다보았다. 긴 머리카락이 바람에 날리면서 걱정과 슬픔으로 얼룩진 그녀의 얼굴이 보였다.

온달은 검을 든 자세와 동작을 바꾸었다. 김용철은 온달의 그와 같은 움직임을 본 적이 있었다. 백제 무절 한익규와 대결할 때였다. 그때 그의 검술은 마치 학이 춤을 추는 것 같았다.

이가가 포효하며 온달을 향해 돌진했다. 온달은 부드럽게 이가의 공격을 흘려보내고 그를 향해 사선으로 베었다. 이가는 별 어려움 없이 온달의 공격을 막았다.

다시 온달의 오른손이 하늘 높이 번쩍 솟구쳤다. 이가는 상단 공격을 예측하고 머리를 방어했다. 분명 이가는 온달의 검을 읽고 막았다. 그런데 칼날 부러지는 소리가 났다. 강하게 부딪친 것도 아닌데 이가의 검이 동강났다. 이어 온달의 다른 검이 이가의 가슴을 노리고 비스듬히 날아갔다. 이가는 급히 남은 검을 세워 막았다. 놀랍게도 그 검마저 반 토막으로 부러졌다. 숨죽이며 시합을 지켜보던 사람들이 탄성을 쏟아냈다.

이가는 믿기지 않았다. 온달의 검이 보검이라 자기 검이 동강난 게 아니었다. 부드러운 칼에 온달의 내력이 실려 있었던 것이다.

온달은 손목을 살짝 뒤집어 검의 흐름을 그대로 이어갔다. 이가는 눈을 부릅뜬 채 온달의 검이 턱 아래로 지나는 걸 보고만 있었다. 이가의 목에 실선이 그어지고 금 간 부위가 벌어지면서 피가 퍽 터져 나왔다. 그의 몸이 천천히 넘어가는 모습이 온달의 눈에 비쳤다. 감격해하는 별동대 식구와 평강의 얼굴, 차갑게 굳은 고건의 모습도 한 번에 다 잡혔다. 그러나 온달의 귀에는 아무 소리도 들리지 않았다. 망연자실했다. 어쨌든 살인을 한 것이다.

온달은 대회장을 빠져나가는 고건을 보며 털썩 주저앉았다. 다리에 힘이 빠져 한 걸음도 움직일 수 없을 것 같았다.

비단옷에 묻은 피

동이 트자마자 안학궁에서 태자가 평강과 온달을 데리러 왔다.

"누님, 부왕께서 안절부절못하고 기다리십니다. 낙랑대회에서 일 등을 한 온달님도 친히 보고 싶어 하시고요."

평강은 눈시울이 뜨거워졌다. 궁을 떠난 지가 장장 몇 해던가.

"태자님을 뵙습니다. 전날의 도움에 대한 감사가 늦었습니다."

온달이 의젓하게 인사했다. 그는 평강에게 걱정을 끼치기 싫어 애 써 밝은 표정을 짓고 있었다.

태자가 온달에게 다가가 손을 잡으며 반겼다.

"온달님을 뵈니 십만 강병을 얻은 듯 든든해집니다. 자, 왕궁으로 가시지요."

온달의 집 주위로는 소식을 듣고 몰려든 사람들로 인산인해를 이 루었다.

"공주님이 온달을 가르쳤대."

"출생이 무슨 상관이냐."

"평강공주 만세!"

"온달 장군 만세!"

"와아, 길을 비켜라."

"장군님이 나가신다."

근위병들 사이로 백성들이 앞서거니 뒤서거니 따라가면서 온달 일행의 길을 터주었다.

태자는 의외의 인파와 환호성에 놀랐다. 백성들이 저렇게 열렬히 환영하고 즐거워하는 모습을 일찍이 본 적이 없었다. 평강과 온달을 향한 백성들의 아낌없는 성원에, 태자는 부러운 기분마저 들었다.

평원왕은 왕궁의 문을 활짝 개방하여 공주를 태운 마차가 서각 앞까지 들어오게 안배했다. 그는 왕후와 연비가 보든 말든 벌써 한 식경을 서성거리면서 공주를 기다렸다. 5년 만의 만남이니 어찌 딸이 그립고 마음이 들뜨지 않겠는가?

돌계단 아래에 마차가 멈추어 서는 것을 보자 평원왕은 채신없이 뛰어 내려갔다.

"폐하께서는 제자리에서 접견을 받으셔야 하옵니다."

태감이 조르르 뒤를 따르며 말려도 소용없었다. 평원왕은 딸을 만나는 데 무슨 격식이 필요하랴 싶어 태감의 말을 귀담아 듣지 않았다.

평강은 부왕을 보자마자 돌바닥에 꿇어 대례를 올렸다.

"불초여식, 아바마마를 뵙습니다."

걸음을 멈춘 평원왕의 눈가가 촉촉이 젖어들었다. 공주도 마찬가지였다. 그는 공주를 안아 일으켰다.

"보자. 어서 고개를 들라. 그래, 내 딸이 맞구나. 얼마나 고생이 많았더냐? 자, 어서 안으로 들어가자."

"아바마마, 이이가 온달이옵니다."

"오냐, 소식 들었다. 조의선인이 되었다니 장하도다. 이 아니 기쁠쏘냐."

평원왕은 서각의 집무용 책상에 좌정하고 울절에게 명을 내렸다.

"여기 온달은 평양성에서 횡행하던 방화범들을 추포했고 이번에 조의선인이 되었소. 게다가 일찍이 백제에서 잠입한 무절을 격퇴하는 수훈을 더했으니 그 공이 참으로 지대하지 않을 수 없소. 과인은 온달을 발위사자로 임명하여 안학궁 수비대를 맡겨볼까 하오."

조의선인으로 뽑힌 자는 소형小兄이나 상위사자上位使者로 관직을 시작하는 게 보통이다. 발위사자는 그 두 단계를 뛰어넘는 승급인 데다 왕궁 수비대장의 보직도 파격적이라 울절은 다른 대신들의 눈치를 살피며 전전긍긍했다. 태대형 고상철 역시 전례가 없던 일이라 시선을 아래로 깐 채 묵묵부답이었다. 이에 대대로 김평지가 손사래를 치며 나섰다.

"폐하, 대대로가 아룁니다. 발위사자에 왕궁 수비대장의 보임이라면 이는 군문의 사기 저하가 우려되는 난감한 처사이옵니다. 다들 왕궁의 정실 인사로 여길 게 뻔하지 않겠사옵니까?"

평원왕이 여유 있는 미소를 지었다.

"과인이 아무런 복안 없이 온달을 수비대장에 보하려는 줄 아시오?"

"폐하께서는 무슨 묘안이라도 가지고 계시온지요?"

"과인은 온달 장군을 통해 백성들의 꿈을 현실에서 이루어줄 작정이오. 그 출신이야 어찌 되었건 일신의 능력만 갖춘다면 문호를 활짝 열어야 하오. 관작의 세습은 고쳐야 할 병폐요."

을지해중이 기다렸다는 듯이 태왕에게 고했다.

"폐하, 지극히 타당한 처사이옵니다. 인재를 등용함에 있어 출신이나 조상의 후광이 아니라 나라에 대한 군공軍功과 그 능력으로 합당한 직위를 받도록 하옵소서."

이에 태자도 가세했다.

"설사 왕실의 종친이라도 공이 없는 자는 작위를 폐하고 봉지封地를 거둬들여야 하옵니다. 최근 북주의 동태가 심상치 않습니다. 북주가 고구려로 향하는 길목마다 쌓아놓은 군량미가 산을 이루고 있다 합니다. 하오니 전쟁에 나가 큰 공을 세운 자는 농토와 집을 주고 부역을 면제하여, 백성들이 앞 다투어 나라에 충성을 다하도록 하소서."

입을 맞춘 듯 간언하는 두 사람을 비웃으며 대대로 김평지가 물고 늘어졌다. 그는 평소 문제점을 끄집어내고 비판하길 즐겨 하며 그것을 은근히 자랑으로 여기는 인물이다.

"폐하께서는 온달의 관직 수여를 재고하심이 마땅한 줄 아룁니다. 어제까지 평민에 불과했던 온달이 왕궁 수비대장을 맡는다면 제가회의와 일선 무장들의 반발이 잇따를 것이옵니다."

을지 장군이 김평지에게 따져 물었다.

"왕궁 수비대장의 임명은 폐하의 고유 권한이 아니오이까?"

"왕궁 수비대장은 공신의 자손도 등용되기 어려운 직위인지라 온달의 출생을 트집 잡는 무리가 분란을 일으키지 않을까, 그 점이 염려될 뿐이옵니다. 통촉하여주옵소서."

김평지가 한 발 뒤로 빠지자 조정 대신들의 연이은 탄원이 앵무새처럼 이어졌다.

"폐하, 통촉하여주옵소서!"

"통촉하여주옵소서!"

평강공주는 태왕의 요청으로 벌써 여러 날을 왕궁에 머물렀다. 그녀는 부왕과 거의 매일 밀담을 나누느라 바빴다. 그동안 온달은 내관을 통해 소소한 궁중 법도를 배웠다.

"실내에 들어가려 한다면 안에 누가 있는지 물어야 하며, 태왕이 계신 서각에서는 눈을 아래로 두고 입실해야 합니다. 또한 부부지간이라 해도 방에 들어갈 때는 소리를 내어 아내가 남편을 맞이할 시간을 주어야 합니다. 그리 하지 않는다면 이는 예의에 위배되며 부부간이라 해도 무례하다 하지 않을 수 없습니다."

화려한 비단옷을 걸치고 훌륭히 치장된 방에 앉았지만, 온달은 자기에게 어울리지 않는 옷을 입고 어울리지 않는 자리에 앉았다는 느낌을 지울 수 없었다. 어쩐지 왕궁이 불편했다. 혼자 계시는 어머니도 걱정되었다. 그래서 몰래 궁을 빠져나가면 안 될까 싶어 이런저런 궁리를 하기 시작했다.

연청기는 낙랑대회를 무사히 치르고 북방으로 떠나기 전에 태왕을 방문했다. 평원왕은 그의 귀환이 아쉬웠지만 북방 국경을 비워두기 어려운지라 한사코 붙잡지는 못했다.

"오신 김에 푹 더 쉬다가 가시지요."

"아무래도 북주의 침공이 염려되어 마음이 놓이지 않습니다. 하온데 손자를 얻은 기분이 어떠십니까?"

"손자라니요? 갑자기 무슨 뚱딴지같은 말씀입니까?"

"허허, 그렇게 시치미를 떼신다면 그 아이를 절노부로 데려가야겠습니다. 아이 키우는 거야 폐하보다 제가 훨씬 나을 테니 딴소리 없을 겁니다."

"무슨 소리입니까? 아리송한 말씀 그만 하세요."

"대체 어찌하여 공주가 가출을 하게 두셨습니까? 그 어린것이 무슨 잘못이 있다고요?"

태왕을 노려보는 연청기의 눈이 매서워졌다. 평원왕이 한숨을 쉬었다.

"다 지난 일을 왜 또 끄집어냅니까? 그리고 무사히 궁으로 돌아왔잖습니까. 딸자식 키우기가 그리 쉬운 줄 아시오? 그보다 아까 손자 이야기는 무슨 말입니까?"

"온소문이라고, 모르셨습니까? 외손주가 있다는 걸?"

"벌써 공주가 아들을 낳았습니까?"

그 보란 듯이 연청기는 손으로 뒷짐을 지고 어이없어했다.

"허허, 혼자 귀 막고 지내셨습니다. 두고 보십시오. 폐하께서 내쫓은 딸이 이 나라를 구할 것입니다."

평원왕은 남들이 들을까 싶어 주변을 살피고는 목소리를 낮추어 항변했다.

"어허, 아니라니까요. 공주는 제 발로 걸어 나갔습니다. 얼마나 내 속이 탔는지 아시기나 합니까?"

"여하튼 애는 제가 데려갑니다. 그리 아십시오."

연청기가 재차 다짐을 했다.

"무슨 소리요. 남의 손자를 왜 고추가께서 그 삭막한 곳으로 데려 갑니까?"

"그렇다면 애 엄마의 혼사를 제대로 시켜야 하지 않겠습니까?"

"그, 그래야지요."

연청기가 보기에, 평원왕은 우유부단하고 답답하기 그지없었다. 사실 평원왕이 생각하기에도 공주와 온달 사이에 아이까지 있으니 격에 맞는 공식 혼례를 올려주는 것이 당연했다.

그러나 평원왕은 머리가 지끈거렸다. 툭하면 법도를 따지고 시비를 가리려 드는 왕족과 조정 대신들 입에서 무슨 말이 나올지 뻔하기 때문이었다. 뭔가 특단의 조치가 따라야 그들의 입을, 반발을 잠재울 수 있을 것 같았다.

햇볕이 따뜻하게 내리쬐는 바위 위에 앉아 꼬박꼬박 졸던 온달이 인기척에 눈을 떠보니, 공주가 환하게 웃으며 앞에 서 있었다. 공주는 온달이 궁에서의 생활을 지겨워한다는 걸 알고 있었다. 이처럼 홀로 목련당에 나와 있는 것만 보아도 알 수 있었다. 온달은 천성적으로 격식이나 위선과는 거리가 먼 사람이었다.

온달이 은근한 눈빛으로 평강에게 말했다.

"왕궁 일이 무척 많아 보입니다. 혹시 나 먼저 집으로 돌아가면 안 되겠습니까?"

"가긴 어딜 간다고 그러세요. 여기 안학궁은 제가 태어나고 자란 집입니다. 지금은 온달님의 집이기도 하고요."

평강은 온달 곁으로 다가와 앉으면서 살며시 그의 어깨에 머리를 기대었다.

"온달님, 고사를 하나 들려드릴까요? 옛날 중국 연나라에 소진蘇秦과 이왕易王이 있었습니다. 어느 날 소진이 이왕에게 물었습니다. '여기 증삼曾參과 같은 효자가 있고 백이伯夷와 같이 청렴결백한 자가 있어 그들이 왕을 섬긴다면 대왕은 만족하시겠습니까?' 왕은 고개를 끄덕이며 '그들이라면 만족하고도 남지'라고 했습니다. 소진은 이에 이왕에게 조심스럽게 말했습니다. '증삼과 같이 효성이 지극한 인물이 대왕을 섬긴다면 부모님을 모시는 그가 천 리 밖 다른 나라에 가서 곤경에 빠진 나라를 구하기 위해 몇 년씩 집을 비울 수 있겠습니까? 설혹 집을 떠난다 해도 고국에 두고 온 부모님을 염려하느라 일을 제대로 처리하지 못할 게 분명합니다. 또한 백이와 같이 청렴결백한 인물이 대왕을 모신다면 그는 자신의 절개를 지키기 위해 산에서 고사리를 뜯어먹다 죽을지언정 세상과 타협하지 않을 것입니다. 어찌 그런 자가 온갖 거짓과 모략이 난무하는 국제 정세와 전쟁터에서 책략을 써가며 자국 백성을 위한 과업을 이루겠습니까? 그는 끊임없이 양심의 가책에 시달리다가 결국 산으로 도피할 수밖에 없을 것입니다. 서로의 약속을 헌신짝처럼 버리고도 눈 하나 깜짝하지 않는 세상에서 어찌 그들이 나라를 위한 책략을 짜낼 수 있겠습니까? 번번이 다른 나라에 이용만 당하다가 아무 일도 이루지 못할 것입니다. 정치와 전쟁에는 적당한 융통성이 있어야 합니다. 증삼과 백이는 개인적으로 훌륭하겠지만 나라와 전쟁터의 무장으로는 오히려 걸림돌이 많은 인물입니다.' 그렇게 말했대요."

평강은 소진과 이왕의 고사를 빌려, 온달이 나라를 위해 더 큰 시야를 가져달라는 바람을 완곡하게 표현했다. 그러나 온달은 무예 시합에서 이가를 죽인 후 한동안 침식을 잊고 괴로워했다. 죽어가는 이가의 공포에 질린 눈빛을 지우려고 병사들과 어울려 씨름하고 활을 쏘고 검을 부딪치다가 온몸이 지쳐 쓰러져야 잠이 들었다. 평강은 병사들과 맨땅에서 뒹구는 온달을 모른 척 대하면서 그가 스스로 극복하기를 기다렸다. 가녀린 개나리 줄기조차 세찬 겨울 추위와 삭풍을 견뎌내야 봄을 맞이하고 눈이 시린 노란 꽃망울을 터트릴 수 있는 법이다.

온달은 안학궁 수비대 소속 발위사자로 임명되었다. 평원왕의 배려로 온달은 외성 안에 노모를 모셔와 가끔 뵙고 만날 수 있게 되었다. 한편 최우영을 비롯한 별동대원들은 온달의 수하 무장으로 편입되었으며 나머지는 경당으로 귀환했다.

같은 평민 출신인 온달이 장수가 되었다 해서 화려한 비단옷에 황금 띠를 두르고 거드름을 피운다면 어찌 병사들이 결사의 각오로 그를 따르겠는가? 온달은 훈련이 있으면 병사들과 숙식을 같이하고 행군을 할 때는 함께 걸었다. 병사들과 똑같이 발이 부르트도록 걷고 식량도 똑같이 짊어졌다. 질풍의 안장에는 부상당한 병사를 대신 태웠다. 그러다 보니 병사들의 사기가 높아지고 온달에 대한 병사들의 믿음이 갈수록 굳건해졌다.

공주 역시 온달에게 맞춰 꽃문양에 금박을 입힌 화려한 마차는 일절 타지 않았고 옷도 최대한 간소하게 차려입었다. 온달과 같이 성곽 구석구석을 돌아보며 병사들을 격려하고 그들이 먹을 음식이 충분한지, 잠자리가 편안한지 세심히 보살폈다.

최우영과 별동대도 훈련에 최선을 다했다. 전쟁터에서 죽지 않고 살아남아야 한다는 월광 장군의 가르침대로, 병사들에게 온갖 위기

상황을 부여하고 그것을 뚫고 생존하는 훈련을 시켰다. 시체 더미 속에 파묻혀 밤을 새우게 하고 대동강을 헤엄쳐서 도강하게 하거나 병사들을 군막에 가두고 불을 지른 후 야습을 감행하기도 했다. 낙오한 병사들은 수비대에서 지방군으로 편입시키면서 강군 만들기에 박차를 가했다. 훈련이 극한에 치달을수록 소속 병사들의 사기와 자긍심은 더욱 높아만 갔다.

온달은 태왕이 내린 음식을 나눠 먹고, 받은 녹봉으로는 필요한 무구와 무기를 구입했다. 온달이 다른 장수들처럼 집 안 창고에 황금과 비단을 쌓아놓거나 전답을 늘리지 않고 자기들을 형제처럼 아끼고 위해주니, 병사들은 온달의 수비대로 배속되어 생사를 같이하기를 원했다.

온달이 직접 북채를 잡고 병사들의 훈련을 지휘하는 날도 있었다. 첫 북이 울리면 병기를 챙겨 출발하고, 두 번째 북이 울리면 진법을 펼치고, 세 번째 북이 울리면 적진을 향해 돌진한다. 네 번째 북이 울리면 공격을 멈추고 대오를 정렬하여 철군한다.

부대의 편제는 가급적 친하고 동향인 사람들을 한 대오에 속하게 하여 서로 힘을 보태게 했다. 취사나 병참 지원은 별도의 조직을 두었으며 순노부 사씨의 상단에서 그 군수품을 공급하도록 조치를 취해놓았다.

평원왕 19년, 선비족 우문씨가 세운 북주의 무제가 강북을 통일했다. 무제는 그 여세를 몰아 파죽지세로 요동을 침략했다.

평원왕은 산서성 중심부로 들어가 배산拜山 들에서 북주의 대군과 대치했다. 평원왕을 필두로 연청기, 해지월, 사노인, 을지해중 등 3부 군장과 군사령관들이 군막에 모여 전략 수립을 위해 머리를 맞대었다.

"우리가 전력투구한다면 북주의 동진東進을 능히 저지할 수 있소. 그러나 싸움이 장기전으로 치달아 소모전이 된다면 그 다음 방책이 어렵습니다. 남쪽의 신라와 백제는 우리가 싸우다 지쳐 피폐해지기를 기다릴 것이오."

해지월이 평원왕의 말에 동의를 나타내며 말했다.

"그렇다면 돌궐과 고구려가 연합하여 북주에 맞서야 하지 않겠습니까?"

해지월의 말에 군 전력과 정세 분석에 정통한 연청기가 자신의 견해를 밝혔다.

"현재 돌궐의 군사력은 북주보다 우위에 있다고 보아야 합니다. 이는 대다수 야전군 수뇌들의 판단입니다. 그러나 돌궐 각 부족의 통합은 지지부진합니다. 북주가 북제를 멸한 것은 돌궐의 공주를 황후로 얻으려다 벌어진 충돌입니다. 또한 돌궐 이쉬바라 카간沙鉢略可汗의 왕후는 북주의 공주였으니 고구려와의 연맹을 방해할 게 분명합니다. 두 마리 호랑이에게 노림을 당하는 것보다 한 마리를 먼저 잡고 남은 한 마리에 대비하는 것이 낫지 않겠습니까?"

연청기의 말에 평원왕이 부연 설명을 했다.

"동진을 목적으로 장기 출정을 준비한 북주는 화북 지방을 얻었소. 무제는 돌궐로 향하는 길을 열어달라고 통고했지만 이는 우리의 굴복을 전제로 한 거요. 무제의 주력은 돌궐과의 전쟁에 대비한 기마 훈련에 주력해왔소. 저들의 최종 목표가 고구려였다면 무제는 성을 깨기 위한 공성전을 준비해왔을 거요. 이번 싸움에서 북주의 예봉만 꺾는다면 무제는 선회하여 군대를 돌궐로 돌릴 것이라 생각하오."

전황의 분석과 판단은 하루아침에 이루어지는 것이 아니다. 평원 왕은 조공 외교를 빌미로 첩자들을 침투시켜 오랜 시간 방대한 첩보를 수집하고 정세를 분석해왔다. 한때에 불과한 허세를 버리고 호기를 기다려왔으니, 지혜로운 군왕이 아닐 수 없었다.

북주가 군사를 일으키고 고구려가 이에 맞서 출병하자, 신라는 약속이라도 한 듯이 한강 유역에 군대를 집결시켰다. 평원왕은 고원표의 계루부와 진필의 관노부로 하여금 이를 저지하게 했다. 신라의 외교는 고구려를 분열시키는 것에 주력했다. 그들은 북주와 돌궐을 왕래하면서 화친과 교역을 통해 접경국인 고구려를 견제해왔다.

좌중 장수들의 이목이 작전을 하달하는 연청기에게 쏠렸다.

"이번 전쟁은 속전속결, 단기전으로 끝내야 합니다."

온달과 최우영은 전쟁에 출정하기 위하여 태왕의 친위부대에 배속되었다. 두 사람은 대장군들의 뒤에 서서 연평기의 작전 계획에 귀를 기울였다.

"이번 전쟁의 승패는 선봉대에 달려 있습니다. 선봉대가 적의 사기를 꺾는다면 무제는 우리와의 정면충돌을 회피할 것이라 여겨집니다."

선뜻 나서길 꺼려하는 선봉대가 화두로 등장하자 다들 어두운 기색이 역력해졌다. 선봉대로 나서면 많은 피해와 희생을 감수해야 하기 때문이다.

"북주는 높은 지형을 이용하여 우리 군사들의 공격을 맹렬하게 저지하고 있습니다. 저들의 토성 후진에는 식량창고가 있습니다. 저 토성을 점령하지 않고는 이 싸움에서 이길 수 없습니다. 선봉대가 식량창고에 불을 지르면 저들은 하는 수 없이 배산 들에서 물러설 것입니다."

온달의 직속 부대는 북방 별동대 출신의 보강으로 1천 명이 넘었다. 그들은 출신 성분이 대부분 평민인 만큼 공을 세워 고향으로 금의환향하려는 의지가 누구보다 강했다. 평강은 출정 전날 밤, 성안 아녀자들로 하여금 고깃국을 끓여 군사들에게 먹이고 그들과 어울려 밤새 춤추고 노래 부르게 했다. 평강은 온달과 최우영에게 조언하기를, 온달님의 친위부대는 사기가 높으나 아직 공을 세운 것이 없으니 이번 전쟁에서는 과감하게 선봉에 나서는 것이 좋겠다고 건의했다.

피할 수 없는 싸움이라면 용감히 맞서야 한다. 온달은 최우영과 김용철을 좌우에 거느리고 태왕 앞에 나아가 선봉을 자청했다. 평원왕은 크게 반기며 이를 윤허했다.

최우영이 별동대를 위시한 친위부대 병사들을 모아놓고 외쳤다.

"피갑을 입은 적의 목을 치는 자는 은 열 냥을 준다. 적장을 베는 자는 집이 한 채다. 또한 공을 세운 자는 그의 집 대문에 공적을 적은 현판을 걸어 대를 이어 자랑하도록 하겠다."

"와아."

병사들의 함성이 푸른 하늘에 메아리 쳤다. 최우영은 마음이 착잡했다. 저들 중 상당수는 죽을 것이다. 병사들도 그 사실을 잊으려고 더욱 악에 바쳐 소리치는 것이리라. 그는 스스로 각오를 다졌다.

"나는 저기 배산 들을 내 무덤으로 삼겠다. 죽음을 불사하고 싸움에 임할 결사대를 뽑겠다. 같이 나갈 자는 이 앞으로 나서라."

비장한 결심을 한 최우영의 뒤를 별동대가 따르고 그들에게서 배운 경당 선인들도 줄을 이었다. 온달이 그들을 둘러보며 말했다.

"이중에 홀어머니를 둔 사람은 뒤로 물러서라. 아버지와 아들 혹은 형제가 같이 전쟁에 나온 자도 그중 한 명은 뒤로 빠져라!"

그러나 한 사람도 물러서지 않았다. 그들을 바라보는 온달의 가슴
이 뜨거워졌다.

"우리는 이긴다. 죽고자 사력을 다한다면 반드시 이길 것이다. 다
함께 살아서 고향으로 돌아가자. 목숨을 헛되이 버리지 말고 끝까지
살아남아라!"

"와아아아."

사기충천한 병사들의 함성이 하늘을 찔렀다.

둥, 둥, 둥.

첫 북이 울리고 선봉대가 돌격 준비를 했다. 결사대는 철기병 200
에 보병 300명으로 대형을 갖추었다. 평원왕을 비롯한 본진 군사들은
언덕 위로 우뚝 솟은 토성을 바라보며 숨을 죽였다. 한편 북주 병사
들은 무슨 수작을 벌이나 싶어 의아한 시선으로 방어선 뒤에서 웅성
거리며 구경했다.

둥 둥, 둥 둥, 둥 둥 둥.

북소리가 짧게 세 번 울렸다 끊어졌다. 온달이 호령했다.

"보병, 구보하라!"

2만이 넘게 운집한 병력 앞에 300명의 보병이 진격해 오다니. 북주
군영에서는 가소롭다는 듯이 웃음이 나오고 손가락질하는 병사까지
보였다. 북주 장수는 궁수부대를 전진 배치시켰다. 그들의 움직임을
보고 보병 대열의 선두에 있던 김용철이 소리 질렀다.

"집결! 방패 들어!"

메마른 여름 하늘에 갑자기 소나기가 쏟아졌다. 하늘을 까맣게 메
우며 화살비가 날아들자 요란하게 방패 두들기는 소리와 함께 선봉

대의 주변 땅이 고슴도치로 변했다. 보병들이 방패를 겹쳐 화살비를 막는 사이, 온달과 최우영은 좌우에 대기한 철기병들에게 돌격 명령을 내렸다. 두 갈래 방향으로 치닫는 철기병을 보고 북주 지휘관이 재차 궁수부대에 화살 공격을 지시했다. 그러나 별 효력 없이 무위에 그쳤다. 화살은 말과 기병이 입은 철갑을 뚫지 못했다.

북주 군사들이 철기병으로 시선을 돌리자 김용철의 보병이 달리던 방향을 바꿔서 토성을 향해 돌진했다. 온달과 최우영의 철기병도 말고삐를 잡아채며 토성으로 방향을 돌려 돌진했다. 단 500명의 결사대가 우왕좌왕 넓게 퍼진 북주 군대의 중앙 진을 뾰족한 송곳처럼 뚫고 들어갔다. 벌 떼의 공격 대형을 닮은 이른바 봉시진鋒矢陣이었다. 봉시진은 대규모의 적군을 단번에 꿰뚫는 위력 있는 진법이다.

철기병의 장창이 위력을 발휘하여 적의 가슴과 등판을 찔렀다. 장창은 웬만한 피갑을 한 뼘씩 뚫고 들어가 적에게 치명상을 입혔다. 김용철의 보병도 늑대처럼 용감했다. 서슴없이 적의 방어진으로 몸을 날려 적군을 난도질하고 악귀처럼 창과 검을 휘둘렀다. 별동대원들이 몸에 화살을 맞고도 주춤거림 없이 닥치는 대로 칼질을 해대니 그들의 용맹에 놀란 북주 군사들이 뒤로 물러섰다. 온달의 선봉대는 평소 죽음을 눈앞에 둔 극한의 훈련을 받아왔다. 벌집을 쑤셔대듯 파고드는 결사대를 향해 부랴부랴 북주 군사들이 몰려가면서 방어진의 축이 흔들렸다.

이를 본 연청기는 을지해중에게 총공세를 하달하라고 명했다.

질풍은 철갑을 두른 몸통과 발굽으로 적을 차며 공격했다. 온달은 질풍의 등에서 뛰어내려 토성을 향해 달렸다. 그를 막는 적병들의 피가 튀고 살점이 떨어져나갔다. 서로 살기 위해 본능적으로 찌르고 베어 죽였다. 최우영은 목이 터져라 병사들을 독려하며 파죽지세로 결사대를 이끌었다. 온달과 최우영, 김용철의 결사대는 세 겹, 네 겹씩 둘러싼 적들에게 포위를 당해도 필살의 정신으로 적을 베며 헤치고 나아갔다. 본진의 총공세가 늦어진다면 그들은 전멸당할 것이다.

바람을 가르는 파열음에 온달은 무작정 몸을 굴렸다. 적군의 쇠뇌 공격을 피하고 일어서면서 적병의 목을 쳤다. 난전이 벌어지면서 비명과 고함 소리가 범벅이 되어 피아간 구별을 할 수 없었다. 최우영이 좁은 틈새로 길을 열고 온달을 불렀다.

"이쪽입니다. 이리로, 어서요!"

온달의 쌍검이 허공에서 너울거리며 최우영을 향해 나아갔다. 결사대가 보여주는 압도적 무위에 적병들은 전의를 상실하고 걸음아 나 살려라 하며 도망쳤다.

최우영의 창은 근접전에서는 불리했다. 혼자였다면 실수할 리 없었겠지만, 온달을 경호하면서 잠시 한눈을 파는 사이에 최우영은 허벅지가 찢기는 부상을 입고 비틀거렸다. 먹이를 노리는 이리 떼처럼 적들이 그에게 집중적으로 몰려들었다. 온달이 위기에 빠진 그를 구하려 했지만 적병이 떼로 덮쳐왔다. 온달의 눈앞에서 그가 난도질을 당했다. 온달의 눈이 뒤집혔다. 무념무상의 상태로 온달의 쌍검이 춤을 췄다. 살인귀가 따로 없었다. 적병은 공포에 질려 온달의 근처에는 가려 하지 않았다.

저 멀리 평원왕의 눈에도 성난 야수가 포효하며 적진을 초토화시키는 광경이 보였다. 온달의 주위로 쓰러진 적군의 시체가 쌓였다. 그 시체를 밟고 몸을 날려 부딪치는 온달의 처절한 몸부림에 적들의 기세가 한풀 꺾였다.

온달은 핏물로 첨벙거리는 땅을 박차고 후진의 식량창고로 돌진했다. 온달이 달려드는 것을 본 적들은 혼비백산 도망갔다. 그사이 진입에 성공한 김용철의 보병이 식량창고에 불을 질렀다. 이를 신호로 고구려군 본진에서 병차와 철기병이 투입되었다. 고구려군의 총공격에 북주의 방어선은 초토화되었고 후퇴하는 적병은 도륙되었다.

태양의 열기를 간직한 모래바람이 불었다. 따끔따끔, 그 바람이 온달의 얼굴을 때리며 튕겨나갔다. 온달은 주변을 둘러보았다. 적들은 대오도 없이 사방으로 줄행랑쳤고 고구려 병사들은 한 명의 적이라도 더 죽이려고 그 뒤를 쫓고 있었다.

눈앞에 더 이상 적이 보이지 않자 온달은 휘청거리는 몸을 이끌고 최우영이 쓰러진 곳을 찾았다. 겹겹이 쌓인 시체 더미 곁에 주인 잃은 최우영의 장창이 덩그러니 꽂혀 있었다.

"최 장군!"

온달은 쌍검을 땅에 꽂고 피비린내가 진동하는 시체 더미를 파헤쳤다. 그의 손이 사시나무 떨듯 떨리고 있었다. 그는 산발한 머리에 늘어진 최우영의 몸통을 끌어안고 온몸을 와들와들 떨었다.

김용철에 이어 살아남은 별동대원들이 속속 모여들어 슬픔을 함께했다. 장렬한 죽음이었다. 최우영은 평소 월광 장군의 곁으로 가길 원했고, 그의 원대로 전쟁터에서 최후를 맞이했다. 정말 배산 들이 그의 무덤이 되고 말았다.

온달을 선봉장으로 삼은 평원왕은 북주와의 싸움에서 대승을 거두었다.

그 전공으로 평원왕은 온달에게 대형의 벼슬을 하사하고, 평강공주와의 공식 결혼식을 성대히 거행하도록 성지를 내렸다. 온달이 고구려국의 부마도위駙馬都尉가 됐음을 온 천하에 공포한 것이다. 이로써 평원왕은 연청기와의 약속을 지켰고, 백성들에게 더욱 돈독한 신임을 얻게 되었다.

다음해인 서기 578년, 돌궐 정벌에 나섰던 무제가 중도에 병을 얻어 수도 장안으로 돌아가다가 죽었다. 뒤를 이어 태자 우문윤이 20세의 나이로 북주 황제에 즉위했다. 그러나 그는 재위 1년도 안 되어 그 자리를 어린 태자 우문천에게 물려주고 스스로를 천원황제天元皇帝라 일컬었다. 첩자의 보고에 따르면, 군주의 책무를 회피하고 향락에 전념하기 위해서라 했다. 그로 인해 북주의 정치적 실권은 우문윤의 장인인 외척 양견이 장악하게 되었다. 평원왕은 지속적으로 첩자를 보내 북주의 내정을 염탐하게 했다.

온달 장군의 등장과 대활약으로 북주의 동진이 저지되고 한동안 동북지역에 평화가 찾아들었다. 온달 장군은 일약 고구려 군대와 백성의 자랑으로 떠올랐다.

제가회의를 무력화시켜라

　다시 한 번 온달을 안학궁 수비대장에 임명하려는 평원왕의 시도
는 이번에도 귀족들의 격렬한 반대에 부딪혀 무산되고 말았다. 이유
는 오직 그 출신이 비천하다는 것이었다. 이는 평강공주를 무시하고
우회적으로 태왕의 권위에 도전하는 행위이기도 했다. 또한 조정 중
신과 공신 들은 제가회의를 통해 이번 북주와의 전쟁에 참전한 평민
출신 무장들의 전공을 일괄적으로 한 등급씩 낮추었다. 그들이 세를
얻어 군대 요직을 두루 차지한다면 자신들의 기득권에 위협이 될 것
이기 때문이었다.

　친위부대 지휘관인 온달에 대한 견제가 흑풍대를 중심으로 노골화
하자 평강공주는 더 이상 물러서지 않고 반격을 준비했다.

　평강이 급박한 정국의 흐름에 쫓기는 동안, 목련당의 온달은 날이
갈수록 말수가 줄어들고 악몽에 시달렸다. 잠자리에서 버둥거리다

고함을 치고 일어나 앉기 일쑤였다. 그럴 때면 온몸이 식은땀에 젖어 축축해져 있었다. 머리맡에 쌍검을 놓아두고 뜬눈으로 밤을 밝히다가 잠시 졸면 산발한 이가 웃으며 다가와 무슨 말인지 모를 말을 걸었다. 최우영은 손을 내밀면서 어디론가 가자고 했다. 자신의 쌍검에 스러져간 원혼들의 얼굴이 보이고 그들의 통곡이 환청으로 들렸다. 대낮에도 귀에서 윙윙거리는 울음소리가 사라지질 않았다.

온달은 평상에 앉아 넋을 잃은 채 바람에 날리는 휘장을 멍하니 쳐다보곤 했다. 그의 눈빛에서는 아무런 감정을 찾을 수 없었다. 평강이 곁에 있으면 과장하여 웃고 활달하게 행동했지만 어딘지 모르게 어색했다. 온달이 전쟁 후유증을 겪는 것이라 여긴 평강은 의관을 불러 약을 짓고 그가 정양하도록 정성을 다해 보살폈다.

단신으로 수백의 적을 물리치고 대승의 불씨를 지핀 온달 장군에 대한 영웅담이 민가로 퍼지는 동안, 정작 그 자신은 망자의 원혼에 시달리며 고통 받고 있었다.

열린 팔각 창을 통해 목련꽃이 바람에 날려 방 안으로 떨어져 쌓였다. 목간통에 몸을 담근 온달을 평강이 손수 씻겨주었다. 감겨서 말린 머리에 빗질을 해주는 내내, 온달은 말문을 닫고 있었다. 공주의 눈에 눈물이 고였다. 어수룩하고 착하기만 한 남자의 마음이 병들었다. 비단옷 도포에 권세를 얻고 남들이 오가며 절해도 그것이 좋은 줄 모르는 남자, 멀리서 평강을 보기만 해도 큰 덩치를 흔들며 달려와서 헤픈 웃음을 보여주던 남자가 웃음을 잃고 말았다.

"탕약은 드셨습니까?"

온달은 바람에 날리는 꽃잎의 궤적이 신기한지 눈을 떼지 않고 고개만 끄덕였다. 평강은 온달의 머리를 묶어 올려 깔끔하게 상투를 지어주었다.

"혹 드시고 싶은 음식은 없으신지요?"

반응이 없었다. 평강이 겉옷을 입히려니 온달이 손을 뺐다.

"의관을 제대로 갖추어야지요."

그 말에 온달이 평강을 가만히 들여다보았다.

"내 옷을 주면 안 되겠소? 정말 그게 더 편합니다."

"이 옷도 서방님 옷입니다."

"그 옷은 피 냄새가 납니다. 내가 입던 옷을 주시오."

깨끗이 씻어 말리고 말끔히 다림질한 옷에서 피 냄새가 날 리 없었다. 평강은 온달의 가슴에 머리를 묻고 엉엉 소리 내어 울었다. 모든 게 자기 탓인 것 같았다. 서라면 서고 가라면 가던 임이다.

한참 동안 울고 난 뒤 평강은 정색을 하고는 온달을 정면으로 끌어당겼다.

"서방님, 아직은 아닙니다. 저를 지켜주겠다 하시지 않았나요? 이 대로 멈춰서는 안 됩니다."

"암만 씻어도 피 냄새가 지워지지 않소. 죽어가는 병사들의 비명이 자꾸 들려서 벽에다 귀를 대면 이번에는 담장 너머에서 소리가 들립니다. 그래서 부리나케 달려 나가면 고요하니 아무것도 없지요."

"온달님, 이번 전쟁으로 많은 군사들이 죽었습니다. 그들은 앞 다투어 결사대에 자원했고 목숨을 바쳤습니다. 최우영 장군 역시 전사했습니다. 정녕 그들의 죽음을 헛되게 하시렵니까? 약해지시면 안 됩니다. 저들은 죽는 순간까지 서방님을 믿고 따랐습니다. 기운을 차리셔야 해요. 서방님은 혼자가 아닙니다. 더욱 강해져서 저들의 죽음에 보답해야 합니다. 이 나라를 백성들이 살기 좋은 곳으로 만들어주세요. 그리 된다면 후일, 우리 함께 떠나요. 아무도 찾지 못하는 곳으로 말이에요. 첩첩산중 골짜기도 좋고 이름 모를 외딴 섬이라도 기꺼이 따르겠습니다."

"정말 그런 날이 오겠소?"

온달이 눈빛에 희망을 담고 물었다.

"와야지요. 분명 올 겁니다."

"그나저나 어머니께서 잘 계신지 궁금합니다."

"어머님도 서방님을 보고 싶다 하셨습니다."

"어머니를 뵈러 가도 되겠소?"

"되고말고요. 서방님은 부마도위십니다. 어딘들 못 가시겠습니까? 마음을 굳건히 하시고 건강만 회복하세요."

궁중 악대의 탄주와 뿔피리 소리를 듣고 동네 강아지까지 달려 나와 행렬을 따라갔다. 인파로 길이 막히는 바람에 온달과 평강이 탄 마차는 느릿느릿 앞으로 나아갔다.

"온달 장군이래."

"만세."

"평강공주님이다!"

"와아."

백성들은 마치 자기 일처럼 온달의 출세를 환영하고 기뻐해주었다. 평민인 온달이 태왕의 사위가 되고 대형의 관직에 올랐다는 사실은 백성들에게는 일대 쾌거였다.

온달의 집은 대문 입구를 못 찾을 만큼 사람들로 빼곡했다. 목 좋고 실한 나뭇가지마다 장정들이 서너 명씩 자리를 잡았다. 남의 집 담벼락, 지붕 위에도 사람들이 몰려 고개를 빼고 구경했다.

온달과 평강이 마당으로 들어서자, 몸종의 손을 잡고 걸어오던 사씨가 걸음을 멈췄다. 반가움이 앞서 이 사람, 저 사람 더듬거리던 사씨가 온달을 찾지 못하고 당황해서 주춤거렸다. 복잡한 장터에서도 냄새를 맡고 귀신같이 아들을 찾아내던 사씨가 아들이 어디 서 있는지 모르고 지나쳤다. 이런 적이 없었다.

온달이 몸을 감추어도 눈뜬 사람보다 더 정확하게 찾아내던 어머니다. 얼마나 변했기에, 무엇이 달라졌기에 어머니가 못 찾는단 말인가? 경호무장으로 따라온 김용철과 송덕일도 아연 긴장했다. 그러자 평강이 차분히 사씨에게 다가가 살그머니 그녀의 팔을 잡고 이끌었다. 사씨는 몇 번이나 아들의 손을 만져보고서야 안심하고 웃는 낯을 보였다. 멋모르는 구경꾼들만 좋다며 손뼉 치고 웃음을 터뜨렸다.

둥근 탁자 위에 금은보화와 진기한 도자기, 화려한 비단이 가득 쌓였다. 사씨는 평강이 내민 질 좋은 비단의 매끈한 감촉을 느끼면서도 한쪽 손으로는 아들의 손을 놓칠세라 꼭 쥐고 있었다. 그런 모정을 보는 평강의 마음이 찡해졌다.

"어머니, 이제 혼자 살지 마시고 같이 왕궁으로 들어가세요."

사씨는 온화한 미소를 지으며 고개를 저었다.

"다 늙은 노인네가 궁에서 살면 뭐 하겠느냐? 여기는 말동무도 있고 누구 눈치 볼 일도 없다. 아무 걱정 말거라."

"서방님께서 걱정을 많이 하십니다."

평강의 말을 무지르며 온달이 끼어들었다. 어린아이처럼 어리광을 부리듯이.

"저도 앞으로 이 집에서 어머니와 살 겁니다."

사씨가 싫지 않은 얼굴로 역정을 냈다.

"못난 소리 마라. 장부가 나선 길이다. 늙은 어미 때문에 주저앉는다면 남들이 손가락질을 할 게다. 사람들에게 희망을 심어주는 건 아무나 하는 일이 아니다. 부디 백성들을 위하고 맡은 일에 최선을 다해야 한다."

사씨는 마음이 아팠다. 그러나 이미 다짐했던 일이 아닌가. 오래전 평강에게, 그리고 스스로에게 약속하지 않았던가. 이제 온달은 품안의 자식이 아니었다. 사씨는 그런 심정을 감추고 온달을 타일러서 돌려보냈다. 자식을 떠나보내는 모든 어미들과 마찬가지로 슬픈 앙금이 사씨의 가슴에 흔적으로 남았다.

평강공주는 절노부 대가 연청기에게 전령을 보내 10월 동맹에 참가해주길 당부하면서 그동안 사육한 북방 천리마를 가져다달라고 부탁했다.

사씨 일족은 평강공주를 남으로 여기지 않았다. 그녀의 도움으로 염전을 얻고 박부길의 상권을 접수했다. 또한 가뭄 때 백성들을 구제한 공으로 사노인의 아들은 처려근지가 되었고 직계, 방계 자손들도 경당을 통해 군문에 진출해 있었다.

평강공주는 사씨 일족을 만난 자리에서 차분하게 하문했다.

"예전에 비해 생활 형편들이 어떠십니까?"

"전에는 자식이 굶어도 땅이 없어 어쩔 수 없었으나 지금은 아이를 더 낳고 싶어 합니다. 이 모두가 공주마마의 은공이옵니다."

"여러분이 운이 좋아 약간의 재물을 얻었지만, 만약 집에 강도가 들고 마을에 비적이 침입한다면 어찌하시겠습니까?"

"마땅히 낫과 곡괭이를 들고서라도 막아야지요."

"그 적이 병차를 가졌고 장창으로 무장을 했다면요?"

그제야 사노인은 공주의 말뜻을 이해하고 대답했다.

"힘없이 쌓은 재물이 얼마나 가겠습니까. 저희도 군마와 철갑을 사들이고 병차를 만들어 죽기로 싸운다면 가족은 지켜낼 수 있지 않겠습니까? 성씨를 바꾸고 백제로 가서 숨어살던 일족들이 다시 모여들고 있습니다. 나라의 차별 정책이 풀린다면 더 강한 힘을 키울 것입니다."

질문을 하면서 평강은 그녀가 듣고 싶은 대답을 모두 들었다. 점차 군장으로서 풍모를 갖추어가는 사노인이 공주에게 건의를 올렸다.

"고구려의 강철은 그 질이 우수해 물량이 딸립니다. 저희가 군수 시설을 확장하고 나라에서 필요한 무구를 공급하면서 저희도 사용한다면 크게 도움이 되리라 여겨지옵니다."

공주의 얼굴에 희미한 미소가 감돌았다. 사씨 집성촌 사람들은 이제 더 이상 힘없는 약자가 아니었다.

"우선 절노부와 순노부에서 필요한 무기를 자체 생산하도록 하십시오. 군수 장비를 납품하는 소노부와의 정면충돌은 아직 이릅니다."

평강은 북주와 왜, 신라로 사람을 보내 각 나라의 도검과 창, 철갑을 모으고 그 성능을 시험하여 더 뛰어난 무구의 제작에 힘쓰라고 사노인에게 일렀다.

사씨 일족은 반년이 되지 않아 지방군을 창설하고 공주가 공급하는 북방 명마를 사들여 순노부의 전력을 키워나갔다. 순노부의 세력이 일정 수준 이상으로 갖추어지자, 공주는 수년간 차곡차곡 가슴에 품어왔던 계획을 평원왕에게 아뢰었다.

"아바마마, 비록 땅덩어리가 크다 해도 백성들의 마음을 얻지 못한다면 어찌 나라의 뿌리가 튼튼하다 하겠습니까? 지난번 북주와의 싸움에서 전공을 세운 무장들은 대부분 평민의 자식입니다. 부왕께서는 반드시 이들을 곁에 두고 중용하셔야 합니다."

평원왕도 수긍하며 고개를 끄덕였다. 그러나 하루아침에 오랜 풍속을 바꿀 수 없듯이 관료들의 기득권 역시 쉽게 바꿀 수 있는 성질의 것이 아니었다.

"공주야, 내 어찌 그 뜻을 모르겠느냐? 허나 나라의 벼슬을 하고 남 앞에 선다는 것은 그만한 공부와 기량을 갖춰야 하는 일이다."

"부마도위는 남들이 손가락질하며 바보라 놀리던 사람입니다. 허나 그의 학문은 저에 못지않고 무예는 정면에서 맞서 상대할 자가 없습니다. 백성들에게 조정의 문호를 더욱 넓히고 많은 기회를 줘야 합니다. 먼저 순노부에 대한 차별을 철폐해주십시오. 그러면 그들은 고구려의 든든한 초석이 되어 아바마마께 충성을 다할 것입니다. 순노부의 상단은 소노부의 상권을 견제할 것이고 제가회의에서도 그 힘을 보탤 것입니다. 그리만 된다면 더 이상 반대 세력이나 외세를 염려하지 않으셔도 될 것입니다."

평원왕은 공주를 보면서 만약 그녀가 태자였다면 어땠을까 생각해보았다.

"사씨들이 제가회의에 나와서 다른 부족들을 견제하고 자웅을 겨룰 만한 세력을 키울 수 있겠더냐?"

"소노부가 강한 것은 수많은 상단을 거느리고 그 이익으로 군대를 무장했기 때문입니다. 그 소노부의 상권을 서서히 순노부가 잠식해가는 중입니다."

"과인은 이 안학궁의 수비대조차 부마에게 맡기지 못했다. 고원표와 해지월이 호족들과 연합하여 사사건건 반기를 들었기 때문이다."

"아바마마, 제가회의의 단합은 따져보면 장사치들의 이해와 크게 다르지 않습니다. 만일 그들 앞에 다른 이익을 던져준다면 그 연결고리가 느슨해지고 결국은 갈라서고 말 것입니다. 그다지 심려할 일이 아닙니다."

태왕은 공주의 장담이 믿어지지 않았다. 그토록 오랜 세월 동안 골머리 앓아왔던 난제를 공주가 대수롭지 않게 여기는 듯해서였다. 선왕들조차 해내지 못한 일이 아니던가.

"절대 호락호락하지 않을 것이다. 제가회의는 수십 년 동안 저들의 손아귀에 있었다."

공주는 희끗한 부왕의 머리를 보았다. 부왕도 나이가 들고 지쳐가고 있음을 새삼 깨달았다. 그러나 할 수 있다는 신념은 절망 속에서도 희망을 일구어낸다.

"아바마마께서는 뜻이 있다면 없는 길도 만들어가는 거라 하셨습니다. 두고 보시옵소서. 반드시 저들은 이전투구하며 서로를 믿지 못하게 될 것입니다."

어느새 10월 동맹의 공식 일정이 끝나고 이제 제가회의만 남겨두고 있었다.

고원표는 태왕과 연청기가 평민 출신의 초급 장교들을 대거 일선 지휘관으로 상신하자 이를 공개적으로 비판하고 나섰다. 그는 태왕의 숭민 정책에 반기를 들면서 교묘하게 호족들의 불안감을 충동질하여 그들의 반발을 이끌어내는 데 성공했다. 만약 제가회의가 무장들의 직급 상신을 거부하면 태왕의 권위는 추락하고 끝내는 군부의 신임을 잃게 될 것이다. 생명을 바쳐 나라에 충성을 다한 자들의 공을 치하할 수 없는 태왕이라면 허수아비나 다름없다. 그렇게 되면 태왕은 양위를 하든지 피의 숙청으로 정적을 제거해야만 한다.

정국이 또다시 뜨겁게 소용돌이치기 시작했다. 이맛살을 접은 평원왕이 서각 책상 앞을 왔다 갔다 하며 고심하던 차에, 태감이 연청기의 입궁을 아뢰었다. 평원왕은 환하게 얼굴을 펴고 그를 맞이했다. 연청기의 조력이 절실한 상황이었다. 평원왕은 연청기를 안으로 이끌었다.

"어서 드시오. 바깥 공기가 심상치 않습니다. 고원표가 아주 작심을 했나 봅니다."

"고원표와 해지월이 한통속이 되어 호족들을 포섭하고 다닌다 합니다. 이러다간 공멸밖에 남지 않을 것입니다."

"과인의 인내는 저들 눈에 굴복으로 비쳐질 뿐입니다."

"폐하, 평강공주는 별다른 말이 없었습니까?"

"아무리 심기가 깊고 책략이 뛰어나도 공주가 저들의 결속을 깨뜨리는 건 어렵지 않겠소이까?"

그러자 연청기는 얼마 전 평강공주가 찾아온 일을 꺼냈다. 평강공주는 군마 사육장에서 북방의 말들을 구경하면서 발견한 습성에 대해 한참 동안 재미나게 이야기하고 돌아갔는데, 연청기는 그때 공주가 해준 이야기를 그대로 평원왕에게 전달했다.

"폐하, 마방의 말들을 보십시오. 평시에는 졸거나 걷거나 서 있거나, 서로 상관하지 않습니다. 먹을 때가 되면 머리를 맞대고 서로 사이좋게 풀을 뜯습니다. 그럴 때 그 화합을 깨는 비방이 있습니다."

"그래요?"

평원왕의 귀가 솔깃했다.

"울타리 속에 다리가 미끈하고 엉덩이가 투실한 암말을 하나 넣어주는 겁니다. 그러면 그들의 화합은 금방 깨져서 서로 물어뜯고 뒷발질하며 난리가 납니다. 암말을 얻으려고 쟁탈전이 벌어지는 것이지요."

"과연, 그렇다면 암말을 대신할 뭔가를 찾기만 하면 된다는 말이오?"

"바로 그겁니다."

공주는 암말로 수컷을 유혹하여 분쟁을 일으킨다는 비유를 차마 부왕의 면전에서 말하기 어려웠을 것이다. 조바심을 내는 평원왕과 달리 연청기는 짐짓 여유를 부렸다.

"여태 딸자식을 봐오시지 않았습니까? 공주가 계책을 세울 것이니 그리 염려치 마옵소서."

"그리만 된다면…… 고추가, 집안 배경이나 권세가 좋다 해서 전투에서도 용맹하고 통솔력이 뛰어난 건 아니지 않소이까?"

"이르다 뿐입니까. 백성들에게도 능력만 있다면 얼마든지 길을 터줘야 합니다. 온달 장군을 부마로 받아들인 폐하이십니다. 하나뿐인 딸을 평민에게 내줬는데 어찌 백성들이 믿고 따르지 않겠습니까?"

평원왕은 내심 뜨끔했다. 온달은 궁을 나간 공주가 자의로 선택한 사람이다. 구태여 따져 밝히기도 뭐 해서 평원왕은 헛기침으로 얼버무렸다.

"폐하, 장안성 천도는 틀림없이 성사될 것입니다. 어디를 가시더라도 백성들은 폐하를 지지할 것입니다."

"그, 그런데 말이오. 대체 천도 계획은 언제 아셨소이까?"

"사실 평양성은 지형이 험하여 방어에 용이하지만 도읍으로는 옹색한 면이 많았습니다."

막상 도읍을 옮기려 하니 이해가 걸린 군장들과 호족들의 격렬한 반발이 예상되었다. 그래서 실행을 망설이고 있던 차였다.

"호족들의 준동을 막지 않고는 이 나라의 통합은 요원한 일입니다. 왕권을 강화하고 국방을 튼튼히 하기 위해서라도 천도의 명분을 만드셔야 합니다."

"고추가께서 고견으로 과인을 좀 개안시켜주시지요."

"하하하, 이럴 때만 고견이라 하십니까?"

평원왕이 마음의 여유를 찾은 것으로 보이자 연청기는 슬쩍 농을 건넸다. 그러고는 평시의 지론을 담담히 풀어냈다.

"장안성은 넓은 평야를 끼고 있어 땅이 기름집니다. 백성들에게 풍족한 생활을 영위하도록 해준다는 것이 천도의 첫 번째 이유입니다. 또한 장안성은 패수와 그 아래로 한강이 흘러서 외국과의 교역이 용이합니다. 하여 부강한 나라로 만들겠다는 것이 그 둘째입니다. 그래도 아니 된다면 남진 정책을 펼친다 하십시오. 국토를 넓히겠다는 것까지 반대한다면 필시 역적이 될 각오를 해야 할 것입니다."

장안성의 축성은 선왕 때부터 이어졌지만 천도 계획은 극비였다. 연청기는 이마저 꿰뚫어보고 그 대비책을 슬그머니 귀띔해주는 것이었다.

평강공주는 오랜 구상대로 차근차근 그 수순을 밟아갔다.

순노부가 성대한 잔치를 베푼다는 초청장을 돌리자 조정 대신들과 귀족들이 빠짐없이 참석을 통고했다. 전국적인 기반이 약한 순노부가 소금과 미곡, 군수물자를 운송해줄 상단을 구한다는 소문을 저잣거리에 미리 유포했기에 가능한 일이었다. 그 1년치 운송품이 자그마치 수레로 소금 5천 량, 곡물 2만 량, 군수품 1만 량에 달한다고 했다. 책정된 경비만 황금 1만 근이라 했다. 그 정도 재물이면 웬만한 부족은 재정을 배로 늘릴 수 있는 엄청난 규모인지라, 각 부의 군장들은 물론 지방 토호들도 물밑으로 사람을 보내어 그 진상을 확인하고 암암리에 순노부 군장 사노인을 접촉하려 애썼다.

행사장에는 족히 수백 명은 입장할 수 있는 휘장이 둘러쳐졌고 좌석은 엄격하게 지정석으로 구분되었다. 그에 따라 각 부 군장과 그 수하들이 중앙 단상의 앞줄을 차지하고 떠들썩하게 거드름을 피워댔다. 그들 뒤로 구석진 자리를 배정받은 지방 토호들의 얼굴에서는 은은한 노기가 피어올랐다. 한 지역의 패자라는 자존심이 구겨질 대로 구겨진 것이다.

각종 음식물을 내오는 동안 악대의 연주에 맞춰 무희들이 춤을 추었다. 차려진 음식은 정갈하고 정성을 다한 흔적이 역력했다.

술이 돌고 잔치가 무르익을 즈음, 백설 같은 천리마 한 마리가 휘장 뒤에서 나와 사람들의 눈길을 끌었다. 온달이 장내를 돌며 그 천리마를 사람들에게 선보였다.

"이 말은 하루에 천 리를 간다는 한혈마로 그 값어치를 따질 수 없습니다. 저는 오늘 여러분을 대신해, 잔치에 참석하여 이 자리를 빛내주신 최고 어른께 감사드리는 마음으로 이 백마를 선물하고자 합니다."

말을 마친 온달은 해지월 앞으로 말을 끌고 가서 고삐를 공손하게 넘겼다. 사람들은 와자하게 부러움이 담긴 박수를 쳐댔다. 고원표도 손뼉은 쳤지만 기분이 썩 유쾌하지는 않았다. 자신이 뒷전으로 밀린 기분이 들었기 때문이다.

최근 해지월은 정색을 하고 고원표와의 대면을 피했다. 전날, 낙랑 대회에 참가했던 그의 조카를 살해한 배후에 상부 고씨가 관여됐다는 익명의 투서가 날아들었다. 거기에는 어사대의 사건 전말 보고서가 첨부되어 있었다. 만약 그것이 사실이라면 고원표는 자신에게 합당한 사죄를 해야 한다. 얼마나 자신을 우습게 여기면 그런 짓을 저지르고도 눈 하나 깜짝하지 않는다는 말인가? 한 일족의 군장으로서 가벼이 처리할 사안이 아니었다.

평강공주의 안배에 따라 온달은 맡은 바 역할을 충실히 해냈다.

"다음은 순노부 군장께서 도움을 청할 일이 있다 하시니 이리 모시도록 하겠습니다."

온달 장군의 소개를 받은 사노인이 관복을 차려입고 등장해서 공손히 예를 올렸다. 이어 금덩이가 담긴 쟁반을 받쳐 든 아리따운 처녀들이 줄줄이 나와 탁자 위에 그것을 쌓아놓았다.

처녀들이 물러나는 걸 보고 사노인이 목청을 가다듬었다.

"어험, 귀하신 분들이 본가를 왕림하시어 소인, 크나큰 영광으로 여기며 감사 인사를 올립니다. 다름이 아니라 여기에 황금 일만 근이 있습니다. 여러분 중에서 저희가 겪고 있는 고초를 해결해주실 분이 있다면 이 금을 내드리겠습니다."

좌중에서 우레 같은 박수가 터져 나왔다.

"매년 저희가 거래하는 물품을 전국 방방곡곡에 수송하는 일인데 중도에 약탈 사고가 잦고 지역 지리에도 어두워서 감히 이런 청을 올리게 되었습니다."

행사장은 어느새 격론장으로 변했다. 왜 자신들이 이 일을 맡아야 하는지 중구난방으로 주장들을 펼치다 보니 장내가 소란해지고 고성이 오가면서 분위기가 험악해졌다. 젊은 무사들이 모여 있는 곳에서는 욕설과 삿대질이 난무하고 멱살잡이에 패싸움이 벌어지는 양상을 보였다. 보다 못한 대대로 김평지가 나서서 일일이 손가락질을 하고 고함을 치고 나서야 장내가 정리되었다.

얼굴 내밀기 좋아하는 김평지가 입술에 침을 바르며 나섰다.

"이번 화물 운송은, 대단히 죄송한 일이나 지역 토호들은 한발 물러나셔야겠습니다."

잔뜩 기대에 부풀어 있던 호족들 사이에서 곧바로 불평이 쏟아졌다. 그러나 김평지는 그들의 말을 무시하며 잘라 말했다.

"아, 지역에 근거를 둔 호족들은 다른 지방의 실정에는 어두운 게 사실 아닙니까?"

"지역 사정에 정통하다는 점에서는 저희가 적임이라고 자임할 수 있습니다."

김주승의 가업을 이은 김성집이었다. 그는 최근 고건을 등에 업고 종횡무진 활약하는 중이었다.

"저희 장백상단은 약초와 비단, 철구 제품이 주거래 품목입니다. 이미 전국에 도매상을 두고 있고 오랜 신용을 쌓아 지방 관부와도 협조가 잘되고 있습니다."

장백상단이라는 이름을 듣고 해지월의 안색이 달라졌다. 그는 낮은 소리로 부하에게 물었다.

"저놈이 장백상단의 김성집이냐?"

"그렇습니다."

"저놈이 기를 쓰고 우리 상단에 맞서려 하는 놈이란 말이지?"

그동안 순노부 사노인은 소노부 상단에서 거래하는 품목을 골라 장백상단의 이름으로 이문을 남기지 않고 매매하면서 소노부의 상권을 어지럽혀왔다. 평강공주의 계책에 따른 것이었다.

"네, 저자가 평양성 방화 사건에도 자금을 댔다는 첩보가 있습니다."

"음, 고원표의 개란 말이지."

그렇다면 그냥 묵과할 수 없다. 해지월은 자신이 매듭을 짓기로 결심하고 몸을 일으켰다.

"이번 수송에는 군수품이 들어 있어 기밀이 유지되어야 합니다. 해서 시중 상단에서 이 일을 맡는 건 확실히 적절치 못합니다."

해지월의 등장에 내심 쾌재를 부르며 연청기가 이의를 제기했다.

"군수품이라면 당연히 병권을 가진 절노부가 맡아야 할 사안입니다. 그렇지 않습니까?"

"고추가, 그것도 곤란합니다. 절노부가 병참 보급에 경험이 많은 건 사실이나 민수품은 취급해보지 않았습니다. 원래 물자 운송에서는 정해진 시간에 지정된 장소로 정확히 도착시키는 게 가장 중요합니다. 또한 이런 일을 자잘하게 쪼개서 지방 호족들이 처리하려 한다면 시간과 비용의 지출이 커서 감당하기 어려울 게 자명합니다. 사정이 이러하니 이 건은 수백 년간 상단을 꾸려온 소노부가 적격이라 사료됩니다."

상단 운용이라면 소노부와 경쟁해서 이길 부족이 없었다. 고원표는 내키지 않았지만 해지월의 주장을 지지하며 그에게 힘을 보탰다. 고원표는 가급적 해지월과의 정면충돌을 피하고 싶었다. 정치적 연합이 무엇보다 우선이었다. 평강공주는 미리 그 결과를 예측하고 물자 운송이라는 미끼를 던졌고, 소노부가 덥석 그것을 문 것이다.

잔치에 참가했던 호족들의 기대감은 단번에 실망감으로 변했다. 그들은 대놓고 해지월과 고원표의 야합을 비난했다. 순노부의 물자 수송은 자신들의 몫이라고 철석같이 믿고 있었기 때문이다. 몰랐다면 모를까, 호족들은 눈뜨고 다 차려놓은 밥상을 빼앗긴 것 같은 기분을 종내 지우지 못했다.

이이쩨이

고원표는 순노부의 화물을 수주하지 못한 것보다 해지월이 자신을
꺼려하는 태도가 더 마음에 걸렸다. 그는 제가회의를 통해 대막리지
大莫離支를 세우고 태왕이 가진 정치적 실권의 상당 부분을 이양시키
려는 전략을 구상하고 있었다. 그러나 이는 귀족 세력의 일사불란한
단합 없이는 불가능한 일이었다.

한편 김성집은 고건의 내락을 받은 뒤에 왕후를 찾아갔다. 연비의
아비, 연하문의 제거를 도운 적이 있는 김성집은 많은 재물을 써가며
그녀의 환심을 사두었다. 철마다 진기한 보물을 인편으로 보내면서
그녀에게 충성을 다짐했다. 왕후의 입장에서 보면 김성집은 정치적
부담이 전혀 없는 인물이었다. 장사를 한다고 하는데 여태 아무런 청
탁이 없었다. 그래서 왕후는 가끔 이국의 진기한 물건을 들고 찾아오
는 그를 반겨 맞이했다. 왜국, 인도, 페르시아 사람들의 풍습을 들으

며 그와 한담을 나누는 것도 흥미롭고 즐거운 일이었다.

김성집은 나라에서 왜국으로 답방 사신을 보내면서 북방 명마 200 필을 딸려 보내기로 했다는 소문을 듣고 그것을 청탁하려고 했다. 200필의 말을 배에 싣고 바다를 건너는 일은 무척 힘들고 크게 이문이 남는 장사도 아니다. 그러나 이를 계기로 길을 열어 통상을 확대한다면 왜국과의 해외무역을 통째로 삼킬 수 있는 기회가 될 것이다. 고구려에서 수십 척의 상선을 보유하고 있는 상단은 그리 많지 않기에 김성집은 이것을 전화위복의 계기로 삼으려 했다.

왕후를 알현한 김성집은 흰여우 털을 통째 목도리로 붙인 바람막이 겉옷을 진상했다. 왕후는 아이처럼 좋아했다.

"털이 백옥 같고 가볍기가 새털 같구나."

"왕후마마께서 기뻐하시는 모습이 떠올라 천금을 줘도 아까운 줄 몰랐사옵니다."

이어 김성집이 작은 보석함을 내밀었다. 왕후가 호기심을 드러내며 보석함 뚜껑을 여니, 작고 둥근 알이 보였다.

"진주라는 보석이옵니다. 조개가 제 살 속에 들어온 이물질에 오랜 세월 동안 분비물을 뿜어 한 겹 한 겹 키운 것이라 하옵니다."

"오호, 신기하도다. 어디서 이런 보물을 다 구했는가?"

"왜국에서 나온 것들이옵니다. 백여우는 북쪽 추운 지방에서 잡았고 진주조개는 남쪽 따뜻한 바닷물 속에서 건져 올렸다 하옵니다."

왕후는 의자에서 일어나 이 상궁의 도움으로 옷과 목걸이를 걸쳐 보고 흡족해했다. 이제 말을 꺼낼 때가 되었다고 판단한 김성집이 슬쩍 운을 뗐다.

"소인, 이번에 왜의 사절 편으로 명마를 보낸다 하여 견문도 넓힐

겸 왜국을 두루 돌아보았으면 하는 심정입니다."

머뭇거리며 말을 꺼내는 김성집을 보고 왕후는 머리를 끄덕였다. 늘 웃는 얼굴로 호감을 주는 사내다. 충성심이 깊고 진상품에 열과 성의를 다하니 도울 일이 있다면 도와주고 싶었다.

"그래, 내가 뭘 해줬으면 좋겠나? 소용되는 대로 힘을 써보지."

"아뢰옵기 황송하오나 제가 작은 선단을 가지고 있사온데, 군마의 수송을 저희가 맡을 수 있다면 그 은혜가 하해와 같겠사옵니다."

"음, 나도 들은 바가 있네. 허나 뱃길이 하도 험해서 다들 기피한다는데 괜찮겠는가?"

"말을 실어 가면서 저희의 거래 품목을 조금 보탠다면 이문은 그다지 걱정하지 않아도 되리라 보옵니다."

"음, 나도 폐하께 여쭈어봐야 하니 당장은 확답하기 어렵고 좀 기다리면 머잖아 연락이 갈 것이야."

왜국과의 문만 열어놓으면 다음 일은 고원표가 알아서 처리해줄 것이다. 해외무역 통상권은 나라에서 허락한 소노부 고유의 권한으로, 밀무역 외에는 어떤 상단도 그것을 넘보지 못한다. 왜와의 교역량이 진나라에 비해 많은 것은 아니지만 왜국이 대륙과의 교역을 목말라 하는지라 이문이 적지 않다.

얼마 후, 생각보다 일이 순조롭게 풀려 왕후가 김성집에게 전갈을 보내왔다. 왜국 사절들의 귀국 일정이 당겨졌으니 상선 준비를 서둘러야 한다는 것이었다.

뱃길이 험한 왜국과의 교역은 해지월도 그렇고 그 가신들도 별로 탐탁지 않게 여겼다. 백제와 신라는 왜국에 관을 열어놓고 정기적인 통상을 하고 있었다. 반면에 고구려는 경제적 이유보다 정치·군사적 이유로 왜와의 유대를 이어가고 있을 따름이었다.

그런 중에 소노부로 다시 익명의 투서가 날아들었다. 장백상단의 김성집이라는 자가 군마를 왜에 실어 보내면서 배 밑창에 교역 금지 품목을 싣고 있다는 것이었다. 북방의 말은 나라에서 보내는 것이라 문제가 없고 아마 장신구나 마구馬具를 챙겨 가겠거니 했지만, 조사를 나갔던 염탐꾼의 보고는 그것이 아니었다. 교역 물품을 실은 크고 작은 상선이 벌써 수십 척에 달한다고 했다. 이는 해외무역권을 가진 소노부의 영역에 대한 명백한 도전이었다.

일인즉슨, 사노인이 수하 상인들을 풀어 김성집에게 뇌물을 바치고 왜로 가는 사절 행렬에 동행시켜주기를 간청하게 한 결과였다. 상인들은 왜의 황금과 은, 부채, 토산품을 수입한다고 물품 목록에 기재했지만 실제는 철로 만든 전쟁 무구와 인삼을 잔뜩 실어놓고 그 정보를 역으로 소노부에 흘렸던 것이다.

군마 수송은 모른 척하다가 지금에야 김성집을 저지하고 나서자니 영 모양이 좋지 않아, 해지월은 속으로만 끙끙 애를 태웠다. 대대로 김평지가 그런 해지월의 어려움을 알고서 나섰다.

"그놈은 흑풍대를 믿고 세상 넓은 줄 모르고 설쳐대는 작자입니다. 제게 맡겨주십시오."

해지월은 그에게 고민을 털어놓았다.

"본때를 보이더라도 배후를 들켜서는 안 됩니다. 아직 고원표와 완전히 척져서는 곤란합니다. 우리가 쓸데없는 분쟁에 빠질수록 태왕만 좋아할 게 아닙니까?"

해지월의 당부에 따라 김평지는 신중하게 계략을 꾸몄다. 그는 패수 선착장을 관할하는 지방관을 불러 최근 밀무역이 성행함을 엄중히 문책하고, 관병을 풀어 교역 물자의 검색에 만전을 기하도록 지시했다. 그는 주어진 권한을 이용하여 단번에 지방관을 자기 사람으로 포섭했다. 평소와 달리 지방관의 재촉에 떼밀려 선착장 경비에 나가게 된 관병들은 불만이 이만저만 아니었다.

"예전에는 상단 주변에 얼씬도 말라 해놓고 이번에는 감시를 철저히 하라니, 대체 어느 장단에 춤을 춰야 하는 거야?"

"술값도 적잖이 받고 서로 안면도 익힌 처지에 이거 큰일이네."

"거 젊은 선주 말이야. 뒤가 든든한 줄 알았는데, 아닌가?"

"여하튼 적당히 둘러보고 들어가면 별일 있겠어."

저들끼리 말을 맞춘 관병들은 건성으로 화물을 살피며 선착장 주변을 순찰했다. 그러나 김평지에게는 다음 수가 있었다.

김성집이 일꾼들을 데리고 선착장에 나타나자, 김평지의 사주를 받은 불량배들이 일꾼들에게 시비를 걸고 행패를 부렸다. 때마침 무료하게 주변을 순시하던 관병들도 할 일을 찾아냈다. 일꾼들과 불량배들 간에 배의 화물을 두고 분쟁이 생기자, 관병들은 술값이라도 얻어낼 요량으로 김성집의 배를 수색하겠다고 나섰다. 피차 짜고 치는 놀음판이다. 밀무역 단속이 심해졌다는 통보를 미리 받은 터라 김성집은 별다른 의심 없이 그들을 안내해 배 안으로 들어갔다. 고건과 흑풍대, 왕후까지 배경으로 두고 있는 김성집은 관병 따위는 눈을 아래로 한참 깔고 내려다보았다. 관병들 역시 화물 포장을 뜯어보지도 않고 얼렁뚱땅 지나쳤다. 그때 미리 매수해놓은 색목인 짐꾼들이 김평지의 계책을 마무리했다.

"선주님, 배 밑창에서 물이 샙니다. 한번 보셔야겠습니다."

장거리 항해를 앞두고 화물을 가득 실은 배에 물이 들어온다니, 그냥 넘길 사안이 아니었다. 김성집은 급한 마음에 색목인을 따라 선창 아래로 내려갔다.

"멀쩡한 배에 물이 새면 어찌 출항하려고 그러나?"

화물이 쌓인 구석에서 사람 소리가 들렸다.

"선주님, 이쪽입니다."

김성집은 소리가 들려오는 어둑한 실내로 들어갔다. 순간 색목인 세 명이 김성집에게 달려들어 단도로 그의 목을 쓰윽 그어버렸다. 비명도 제대로 지르지 못하고 김성집은 허망하게 눈을 감았다.

순식간에 배에 불길이 거세게 일었다. 선체 위에서 뱃사람들과 잡담을 나누던 관병들은 놀라서 몸을 피했고, 살인을 한 색목인들은 미리 준비해둔 배를 타고 도주했다. 그들은 자기 나라로 돌아가 한몫 챙긴 돈으로 잘 먹고 잘 살 것이다.

사건을 조사한 지방관은 색목인들이 물자를 빼돌리다가 선주에게 들켜 그를 살해하고 도주했다는 보고서를 위로 올렸다. 고건은 깊은 신음을 내뱉으며 입술을 깨물 수밖에 없었다. 관병이 증인이고 범인은 색목인인데 그들은 이미 도주해버렸다. 뭔가 음모가 있을 거라는 직감이 들었지만 그가 할 수 있는 일은 없었다.

김성집은 상부 고씨에게 신임을 얻어 거대 상단을 꾸려보고 싶은 꿈에 부풀었다. 그러나 섣부른 욕심이 화를 불러 결국 단명하고 말았다.

이러한 일련의 사건에 대한 파장으로 고원표와 해지월은 서로에게 의혹의 눈길을 던졌다. 지역 호족들과의 관계도 악화되었다.

드디어 차일피일 미루어왔던 제가회의가 열렸다. 그러나 참가자가 예년에 비해 반으로 뚝 떨어졌고, 대막리지의 임명이나 국정 이관에 관한 건은 상정도 하지 못했다. 그간 이견을 보여온 무장들의 직급 상신은 태왕과 5부족의 군장이 모여 최종 투표로 결정하게 되었다.

해지월과 고원표는 극구 반대 의사를 표했지만 절노부, 순노부에 이어 관노부가 태왕의 뜻에 동조하고 나서니 놀랍게도 제가회의의 큰 물줄기가 그 방향을 틀었다고 보아도 좋았다. 대세가 기울어진 제가회의는 고원표의 헛된 열망만 남기고 끝났다. 오랜 시간 보이지 않게 땀을 흘려온 평강공주의 노력이 결실을 거두는 순간이었다. 적대시하던 왕후를 돌려세워서 관노부를 얻고 순노부를 재건하여 제가회의의 큰 흐름을 돌려놓은 것이다.

북주의 실권을 외척인 양견이 차지했다는 정세 보고를 받은 평원왕은 그들이 고구려를 재침할 것이라 예단했다. 이에 평강공주는 부왕에게 내정을 정비하여 군비를 보강할 것을 강력히 건의했다. 그녀는 닥쳐올 난국에 대비하여 국정 개혁의 묘안을 찾는 데 고심했다.

연청기와 평강공주는 군비 증강을 위해 재정의 과도한 지출을 줄이고 불요불급한 관직을 폐지해야 한다는 데 의견의 일치를 보였다. 과감한 관제 개혁을 실시하여 방만한 국정 운영을 줄이고 대를 이어 귀족들에게 세습되는 봉지를 최대한 축소시켜야 했다. 무엇보다 과거가 아닌 현재, 나라를 위해 공훈을 세운 자들에게 그 봉지와 혜택이 돌아가도록 하는 것이 중요했다. 시급히 해결해야 할 개혁 사안에 대해 두 사람은 붓글씨를 써서 서로 교환했다.

봉지 개혁. 두 사람의 귀착점은 동일했다.

이는 여차하면 역풍을 맞을 수도 있는 위험한 일이었다. 특히 왕족인 계루부에는 요직을 꿰차고 그 혜택을 독점하는 자가 지나치게 많았다. 태왕의 일가들, 왕후, 연비, 상부 고씨 등 조금이라도 왕가와 인척 관계가 있는 귀족들은 어떤 명목으로든 특혜를 누려왔다.

연청기와 평강공주는 이번 개혁의 적임자로 태자를 지목했고, 그는 흔쾌히 자신의 역할을 자청했다.

고추가 연청기는 평원왕과 평강공주, 온달, 태자를 초빙하여 소박한 주연을 베풀었다. 평원왕의 기분이 좋아진 때를 골라 약속대로 태자가 자리에서 일어섰다. 태자는 번갈아가며 잔을 채워주면서 평원왕에게 상주할 게 있노라고 말했다. 평원왕은 적당히 취기가 오른 기분 좋은 상태에서 어서 말해보라며 껄껄거렸다.

"아바마마, 왕족과 귀족 들은 그 주변 일가친척까지 질질 끌리는 비단옷을 걸치고 그 옷자락을 밟고 다니면서 유세를 부리지만 백성들은 얇은 삼베옷 하나 제대로 입지 못하는 것이 작금의 현실입니다."

"뜬금없이 무슨 소리인고?"

"귀족들은 배불리 먹고 그 고기를 남기고 있으나 백성들은 강냉이 죽도 부족해서 나무껍질을 삶아 연명해야 합니다. 만일 나라가 무너진다면 왕족과 귀족이 다 무슨 소용이겠습니까?"

의외의 화제에 연청기와 평강공주를 돌아본 평원왕은 그들이 침묵하고 있자 다시 태자의 말에 귀를 기울였다.

친인척 관리를 잘못하면 필경 그들의 기고만장으로 크나큰 화가 따른다는 것을 잘 알고 있다. 친인척 관리에 실패하여 패가망신한 나라가 한 둘이 아니다. 왕조가 바뀐 사례 역시 비일비재하다. 알면서도 실행하기 어려운 일이 아닐 수 없다. 나라를 세우는 것보다 다스리는 일이 더 어렵다는 말이 있지 않은가. 다스리는 자는 무엇보다 흔들리지 않는 철학과 분명한 결단력을 가져야 한다. 남에게는 엄중하고 가족에게는 하해와 같은 관용을 베푼다면 누가 그를 위해 전쟁터에서 목숨을 바치려 하겠는가?

"아바마마, 고래로 바른 정치를 위해서는 멀리해야 할 것들이 있다고 배웠습니다. 그 처음을 차지하는 것이 친족이고 다음은 여색, 재물, 도락, 아첨꾼의 순이라 하였습니다."

"태자가 하고픈 말이 정확히 무엇이냐?"

"왕족과 귀족 들이 누리는 과도한 특전을 없애고 세습 봉지를 대폭 줄여 부국강병의 기틀을 다지심이 가한 줄 아룁니다."

평원왕도 나라의 재정 문제로 골머리를 앓아오고 있었다. 그러나 특권층의 반대가 거셀 것을 우려해 그 시행은 엄두를 내지 못했다.

"국가 재정이 열악한 것을 모르는 사람은 없다만 누가 손해를 보려 하겠느냐? 태자야, 이 일은 공은 없고 적을 만드는 힘겹고 까다로운 난제다. 만일 태자가 나선다면 많은 적을 두어야 하고 그 반발도 각오해야 할 것이다."

부왕의 말을 기다렸다는 듯이 평강공주가 환한 미소를 내보이며 태자의 곁에 나란히 섰다.

"아바마마, 태자가 이 일을 추진함에는 흔들림 없는 지원이 중요합니다. 만약, 태감이 아침에 아바마마께 태자가 미친 것 같다고 말합니다. 아바마마는 그 소리에 허허 웃으며 대꾸도 하지 않고 무시하십니다. 그런데 점심을 먹고 나니 왕후께서 아무래도 태자의 정신이 이상해진 것 같다고 합니다. 그래도 아바마마는 빙긋이 웃고 넘기십니다. 저녁에 제가 또 아바마마께 태자가 정말 미쳤다고 하면, 그래도 아바마마께서는 태자를 신뢰하고 대업을 맡기실 수 있겠습니까?"

평원왕이 껄껄껄 웃었다.

"무슨 말을 하는지는 알아들었다. 나는 태자에게 봉지 개혁에 관한 전권을 일임하고 그 일에 일절 관여하지 않겠다. 그러면 되겠느냐?"

태자는 공주와 연청기의 도움을 받아가면서 국가의 포상과 조세 관련 법규를 정비했다. 나라에 큰 공이 있는 자는 하사받은 땅을 소유하고 부귀를 누리다가 사후에 국가에 반납하도록 하는 것이 기본 방향이었다. 여기에는 몇 대에 걸쳐 봉지를 상속하고 호사를 누려왔던 귀족들의 땅을 국가가 몰수하겠다는 것이 전제되어 있다. 그런 만큼 공신들과 호족들은 극렬한 거부 반응을 보였다.

그러나 이를 지켜본 백성들과 군부의 신진 무장들 사이에서는 새로운 기운이 싹텄다. 그들은 앞 다투어 나라에 큰 공을 세우기를 열망했다.

공주는 몰수한 영지에서 나오는 재정으로 군 병력을 보강하고 군량을 비축하여 내정을 굳건히 하는 일에 만전을 기했다. 한편 태자를 향한 불만 세력의 성토가 극에 달하고 제가회의 소집 요구가 빗발쳐도 고원표는 중병을 핑계로 개입을 꺼려했다. 관노부가 등을 돌리고 순노부가 정치 세력화하여 전면에 부상하면서 제가회의의 결속이 깨어진 마당에 그에게 요구되는 역할이란 실익이 없고 모양 빠지는 것들뿐이었다. 제가회의에서 이합집산, 와해된 호족 세력들을 눈으로 목격한 고원표는 상당한 심적 타격을 받았다. 금번의 봉지 개혁이 태자가 아닌 평강공주와 연청기가 뒤에서 주도하는 일임을 고원표는 누

구보다 잘 알았다. 계루부와 소노부의 연합까지 흔들리고 정국의 풍
향을 가늠할 수 없는 지금, 앞장서서 찬바람을 맞을 필요는 없었다.

평강공주는 면밀하게 왕족과 귀족 들의 동태를 살폈다. 내간들은
불만 세력 중에 흑풍대 대주 진철중을 중심으로 한 호족들의 움직임
이 심상치 않다고 보고했다. 공주가 개혁을 시작하면서 예상하고 우
려했던 흑풍대의 조직적 반발이 그 조짐을 드러낸 것이다.

아비규환

사건은 뜻하지 않은 곳에서 터졌다. 대성산 주작봉 기슭에 위치한 사씨 집성촌에 군사들이 들이닥쳐 백제와 밀통한 역도들을 체포한다는 명분으로 살상이 진행되고 있다고 했다. 긴급 제보를 접한 평강과 온달, 김용철은 부리나케 말을 몰아 마을 초입에 들어섰다.

이미 언덕배기에 지어진 집과 그 인근 가옥들이 불길에 휩싸였고 군사들이 진입로를 차단하고 있었다.

"사노인 댁이 불타고 있어."

놀란 온달이 질풍의 고삐를 잡아채어 달려가려 하자 평강이 제지했다.

"잠시 멈추세요. 사노인은 산을 내려가 있어 참화를 면했을 겁니다. 여기를 포위한 군사들은 을지 장군 휘하가 아닙니다. 먼저 지휘관이 누군지 확인부터 해야 합니다."

평강은 진압군 무장에게 다가가 말을 건넸다.

"이 부대의 책임자는 어디 있습니까?"

"댁들은 뉘신데 여기까지 왔소? 이곳은 군 작전지역으로 출입이 금지된 곳입니다. 어서 돌아들 가시오."

"공손하게 아뢰어라. 이분은 공주님이시다."

김용철의 대꾸에 놀란 무장이 금세 허리를 굽실거렸다.

"공주님께서 물으셨다. 왜 대답이 없느냐?"

"저희는 어사대 요청으로 지원 나온 병력이고 마을 안쪽에는 흑풍대가 들어가 있습니다. 듣기로는 내성 수비대장과 흑풍대 대주가 진두지휘한다고 합니다. 마을 사람들이 감찰관을 인질로 잡고 저항이 거세다 해서, 저희는 외곽만 포위하라는 명을 따르고 있는 중입니다."

무장의 대답을 듣는 둥 마는 둥 서둘러 온달이 마을로 향해 가자 평강과 김용철이 그 뒤를 따랐다.

"길을 물려라!"

온달을 막아서는 군사들을 향해 김용철이 고함을 내질렀다. 그 기세에 놀란 군사들이 멀거니 쳐다보며 길을 비켰다.

마을 사람들로 보이는 대여섯 구의 시신이 밭뙈기 위에서 나뒹굴고 있었다. 시야가 닿는 곳곳에 학살의 흔적이 역력했다. 아녀자, 노인까지 희생되었다. 온달의 얼굴이 점점 분노로 일그러지는 걸 보고 평강이 말을 세웠다.

"뭔가 수상합니다. 마을 사람들의 저항이 아무리 거세다 해도 군대의 진입을 막을 수는 없습니다. 지금 안으로 들어가는 건 위험할 것 같습니다."

칼자루를 잡은 김용철이 목소리를 낮추었다.

"친위부대에 기별을 하고 왔으니 곧 우리 군사들이 당도할 것입니다."

손가락을 멀리 가리키는 온달의 목소리가 떨려 나왔다.

"보십시오. 군사들이 술에 취했습니다."

"죄의식을 느끼지 못하도록 술을 먹였나 봅니다."

참담한 심정으로 김용철이 대답했다.

만취한 상태로 참혹하게 사람들을 살해한 군사들이 도망가는 여자의 저고리를 잡아당기며 희롱하는 광경을 본 평강의 눈에서도 불길이 일어났다.

"진철중은 군사들을 학대하여 적개심을 키운다 했습니다. 그놈은 절대 제 명에 죽지 못할 것입니다."

온달의 귀에는 김용철의 설명이 제대로 들리지 않았다. 평강이 온달의 말고삐를 한 손을 뻗어 잡고서 그의 돌발 행동을 제지했다.

"곡물 파동 때부터 노리고 있었을 겁니다. 흑풍대가 그 복수를 하는 겁니다."

수레와 우마차 등의 기물로 마을 입구가 막혀 있고 감군으로 보이는 자는 고목나무에 묶여 무수한 활을 맞고 죽어 있었다. 고건과 나란히 말머리를 하고 있던 진철중이 먼저 공주 일행을 발견했다.

"저길 보게. 풀을 치니 뱀이 놀라 나타난다고, 드디어 공주와 부마도위가 등장했어."

회심의 미소를 짓는 진철중을 뒤로하고 고건이 말을 몰아와 우렁찬 목청으로 공주 일행을 반겼다.

"예까지 귀하신 공주님께서 어인 행차십니까?"

"두 분 장군님이야말로 이 골짜기엔 어찌 나오셨습니까?"

"역도들의 근거지를 소탕하는 중입니다."

"두 분은 순박한 산골 사람도 역도라 칭하십니까?"

"저기 온몸에 난도질을 당한 감군의 시체가 이 마을에서 발견되었습니다."

그 말을 믿을 평강이 아니었다. 죽은 시체는 얼마든지 옮겨놓을 수 있다.

"뿐만 아니라 엄청난 금액의 전표와 백제 모시, 남포 벼루, 어리굴 젓까지 나왔습니다. 이들이 백제와 내통한 증거가 넘쳐납니다. 또한 조사차 들른 감군마저 해친 자들이니 역도라 부르지 않으면 무엇이라 하겠습니까?"

저들이 찾아낸 전표는 소금을 판 돈이고, 백제 물건들은 장사를 하면서 전국의 장터를 돌아다니니 얼마든지 집 안에서 나올 수 있다. 그것을 깡그리 몰아서 적국과 내통한 증거물이라고 우기니, 코에 걸면 코걸이요 귀에 걸면 귀걸이다.

고건은 슬쩍 사씨촌의 배후를 들먹이며 공주의 신경을 건드렸다.

"혹 이들과 무슨 연고가 있어 달려오신 건 아니겠지요?"

평강은 도도하고 흔들림 없는 눈길로 고건 장군을 노려보았다.

"저기 감군의 몸에 꽂힌 화살의 깃털을 보십시오. 저런 깃을 사용하는 건 흑풍대뿐인 걸로 알고 있습니다."

옆에 있던 진철중이 시치미를 뚝 떼고 변명했다.

"역시 대단한 관찰력이십니다. 역도들이 감군을 인질로 잡아놓고 낫을 휘둘러대니 그의 고통을 줄여주느라 어쩔 수가 없었습니다."

고건은 온달을 가리키며 도발을 유도했다.

"오호, 뒤에 숨어 계시는 분은 부마도위가 아닙니까? 신수가 훤해진 것이 과연 빌붙어 살 만합니다. 진 대주, 어디 저런 비단옷이 가당키나 합니까?"

고건의 노골적인 경멸에 평강이 나서서 받아쳤다.

"겨우 그 정도였습니까? 저도 한마디 드리지요. 애써 꾸며놓은 짓들이 하도 치졸해서 엉성하기 짝이 없습니다. 머리는 뒀다 어디에다 쓰려고들 하십니까?"

때마침 마을 사람들이 포승줄에 묶여 끌려오는 것을 보고 온달이 말에서 내려 그들에게 다가갔다. 그 앞을 진철중이 막아섰다.

"멈추시오! 역적들의 자식이오. 처녀들은 관비로 삼고 아이들은 노비로 부릴 작정이오. 으하하하."

야비한 진철중의 언행을 보고 분노가 치민 평강이 날카롭게 힐책했다.

"왕후께서 이 일을 아십니까? 순노부는 가만있을 것 같습니까? 이는 장군의 경력에 씻을 수 없는 오점이 될 것입니다."

"맘대로 해보라 하십시오. 기다리는 바입니다."

온달이 아이들에게 다가서려 하자 진철중이 칼을 빼서 온달의 목을 겨누었다.

"물러서시오. 국법을 집행 중이오!"

"장군님을 막기 전에 네놈 목을 먼저 따주마!"

김용철이 칼을 뽑아들자 흑풍대원들이 우르르 몰려왔다. 금세 살얼음판처럼 팽팽한 긴장감이 흘렀다.

온달이 평강을 돌아보면서 하소연했다.

"저 아이들과 처녀들은 어릴 때부터 알고 지냈습니다. 목이 마르면 물을 주고 옷이 해지면 기워줬던 이웃들입니다."

"서방님, 나라의 국법이 지엄한데 어찌 이자들의 만행을 내버려두겠습니까?"

"잠시 말미를 내주십시오. 혹시 마을에 생존해 있는 사람이 있을지 모릅니다."

그러자 진철중이 비아냥거리면서 군사들에게 명을 내렸다.

"막아라! 아무리 부마라 해도 여긴 함부로 들어갈 수 없는 작전지역이다."

그러나 누가 가로막든 밀고 들어갈 기세인 온달을 보고 고건이 진철중을 제지했다.

"놔두십시오. 저자가 뭘 믿고 저리 당당하겠습니까? 대신 다른 사람은 부락 안으로 들어가지 못합니다."

안타까워하는 온달의 심정을 생각해서 평강이 한발 물러섰다. 온달의 뒤를 따르려는 김용철을 노리고 고건이 말 위에서 창을 겨누었다.

"무모한 놈이구나. 제 명에 죽기 싫은 게냐? 너는 여기서 한 발자국도 움직이지 못한다."

온달이 마을 입구로 들어서자 병사들 틈에서 한 아이가 그를 알아보고 소리쳤다. 온달은 그 아이에게 달려갔다. 눈물을 글썽이는 아이의 얼굴은 그을음에 새까매졌다.

"어디 다친 곳은 없어?"

온달이 안아주자 아이는 울먹이며 말을 제대로 잇지 못했다.

"저 사아람들이 부울을 지르고 아버지를 죽였어. 으앙, 산으로 도오망가는데 잡혔어."

"그랬구나. 다른 사람들은 다 어디 갔어?"

아이는 힘없이 몇 걸음 떨어진 곳을 손가락으로 가리켰다. 온달이

가서 보니 구덩이 안에 아무렇게나 엉킨 채 마을 사람들의 시신이 쌓여 있고 그 위에 기름을 붓고 불을 질러서 역겨운 냄새를 풍기고 있었다.

마을 안으로 들어선 온달은 으슬으슬 온몸에서 살심이 일었다.

자욱한 연기 속으로 불에 탄 잔해들이 앙상한 형체를 드러냈다. 부서진 사립문을 밀고 들어가면 핏물이 문설주에서 흘러내리다 멈춘 자국이 선명하고 대청 위에는 사람을 끌고 지나간 핏자국이 생생했다. 흩어진 살림살이에 구석구석 약탈의 흔적이 남아 있었다. 이들이 무슨 죄가 있단 말인가? 힘없는 부락민들을 일방적으로 참살하고 약탈과 방화를 자행한 군사들의 무자비함에 온달은 소름이 끼쳤다.

순간, 쌍검을 잡은 그의 손에 불끈 힘이 들어갔다. 살기가 풍긴다 싶었는데 담장을 돌아서 철기병 네 명이 나타났다. 지붕 위로는 일영이, 담장 위로는 이영이 몸을 드러냈다. 그들은 덫을 파놓고 온달을 기다린 것이다. 고건이 괜히 온달을 마을에 들어가도록 놔둔 게 아니었다. 그러나 온달은 이것이 설령 죽음의 길이라 해도 기꺼이 감수했을 것이다.

아무 망설임 없이 온달도 쌍검을 뽑았다. 시퍼런 칼날이 햇살을 받아 번쩍거렸다. 온달은 싸움에서 자주 수세에 몰렸다. 먼저 남을 해치려는 마음이 없었기 때문이다. 그러나 이번엔 달랐다. 그의 온몸이 살기로 활활 타올랐다.

철기병이 장창을 겨누고 흙먼지를 일으키며 온달에게 돌진했다. 철기병의 창끝이 몸을 스쳐 흐르게 한 뒤 온달은 허공을 박차고 올라 한 검으로는 투구를 쳐 날리고 다른 검으로는 철기병의 목을 벴다.

스르르 볏단이 미끄러지듯이 말에서 철기병이 떨어졌다. 재차 다른 철기병이 말을 몰아와 온달을 공격했다. 간발의 차이로 땅바닥을 굴러 창끝을 피한 온달은 한달음에 달려가 철기병의 말 등에 올라탔다. 등 뒤에서 기척을 느낀 철기병이 몸을 돌리자 그의 눈앞에서 예리하고 섬뜩한 칼날이 번쩍했다. 철기병은 목에서 핏물을 뿜고 넘어졌다. 일영은 온달의 유연하고 군더더기 없는 몸놀림에 감탄했다.

철기병의 말을 뺏어 탄 온달이 이번에는 공격을 기다리지 않고 먼저 말을 몰아갔다. 창을 겨누고 마주 오는 철기병을 향해 온달은 말등자에서 활을 꺼내 시위를 당겼다. 화살은 바람을 가르고 날아가 곧바로 철기병의 눈에 박혔다.

온달이 다시 시위를 거는 사이, 일영과 이영이 협공하여 지그재그로 접근했다. 이영이 몸을 낮추어 비도를 날리고 일영은 비스듬히 담장을 차고 올라와 온달의 다리를 베었다. 비도 공격은 간신히 쌍검으로 막았지만 온달은 말에서 떨어졌다. 마지막으로 남은 철기병이 창질을 연속으로 해댔다. 날카롭고 단단한 창끝에 흙 담장의 구멍이 뻥뻥 뚫렸다. 그림자들은 아슬아슬한 차이로 스치면서 온달의 급소를 공격했다. 철기병 세 명이 당하자 남은 사람들은 눈이 뒤집혀 괴성을 지르며 마구잡이 공세를 취했다. 혼신의 힘을 다해 온달을 죽이려는 그들도 따지고 보면 서로 개인적인 원한은 없었다. 그러나 명을 받았기에 죽자고 칼을 휘두를 뿐이었다.

온달이 담을 등지고 측면으로 이동하는 사이, 잠깐 이영의 몸이 철기병과 겹쳤다. 온달은 말안장 밑으로 파고들어 한쪽 팔을 있는 대로 길게 쭉 뻗었다. 온달의 팔에 묵직한 감각이 전해져왔다. 이영의 몸이 기우뚱 모로 누웠다.

온달도 불로 덴 것같이 뜨겁고 뾰족한 이물질이 등에서 느껴졌다. 몸 돌릴 틈도 없이 일영의 칼이 왼쪽 어깨를 갈랐다. 절룩이며 팔을 늘어뜨린 온달의 움직임이 현저히 느려졌고 일영의 공격은 더욱 매서워졌다. 한 번의 기합으로 몇 번의 칼질을 해댔다. 온달은 힘이 부쳤다. 칼바람이 지나간 담벼락에는 길게 홈이 파였다.

온달은 양팔을 활짝 펴고 검을 세웠다. 온달의 가슴이 훤히 드러났다. 그 빈틈을 노리고 마지막 남은 철기병이 말에 박차를 가했다. 부상으로 온달의 왼팔이 부자연스럽다는 것을 아는 철기병은 그 약점을 노렸다. 오른쪽만 신경을 쓰면 된다. 철기병은 장창을 든 거리의 이점을 최대한 살려 온달의 심장을 겨냥해 아래로 창을 내질렀다. 온달은 찔러 온 그 창대를 밟고 탄력을 주어 허공으로 도약했다. 철기병은 공중에서 빙글 방향을 트는 온달을 놓치지 않고 주시했다. 허나 온달의 왼쪽 검이 날아와 그의 겨드랑이를 파고들었다. 창을 높이 치켜들면서 생긴 철갑의 빈틈을 노린 것이다.

눈부신 기량이었다. 그림자 하나에 철기병 넷이 쓰러졌다. 일영은 비릿하게 조소를 머금었다. 변수는 더 이상 없다. 부상을 입지 않은 상태라면 모르지만 저 꼴로는 어림없다. 온달이 밉진 않았다. 평민으로 태어나 전쟁 영웅에 대형의 벼슬까지 오른 입지전적 인물이다. 허나 오늘은 자신에게 죽어야 한다. 일영은 이번 일만 끝내면 은퇴할 작정이었다.

명적이 길게 꼬리 음을 달고 하늘을 가로질렀다. 온달의 친위군이 도착했다는 신호 화살이었다.

"죽을 때가 되었다. 가거라."

일영이 최후의 공격을 퍼부으려는 순간, 햇살을 받은 온달의 검이 그의 눈을 부시게 했다. 일영은 피식 웃었다. 유치한 수법이다. 그 정도로는 자신을 막을 수 없다. 일영은 몇 번 땅을 박차며 다시 유리한 위치를 잡았다. 일영은 거리를 재고 빈틈을 찾아 검을 찔러 넣었다. 일영의 칼을 막으면서 온달은 계속 뒤로 물러섰다. 내력을 끌어올린 일영은 일도양단의 무서운 기세로 검을 내리쳤다. 이 공격으로 끝났다고 생각했다.

둔탁한 금속음이 울렸다. 이해할 수 없었다. 어리둥절한 얼굴로 일영은 동강난 자신의 검을 바라보았다. 그동안의 잦은 충격으로 균열이 생겼단 말인가? 미세한 실금이라도 있었다면 검을 손질하면서 발견했을 것이다. 늘 닦고 튕겨보면서 검의 상태를 면밀히 살펴오지 않았는가?

일영은 동강난 칼을 버리고 바닥에 떨어진 이영의 검을 주워들었다. 온달은 벽에 기대어 헐떡이고 있었다. 참으로 명이 긴 자다. 일영은 이번에야말로 온달의 숨통을 확실히 끊어주리라 마음먹고 기합을 토했다. 일합, 이합, 삼합. 온달은 피하기에 급급했다. 일영은 온달의 얼굴에서 공포와 좌절을 보았다. 회심의 미소를 지으며 힘차게 검을 찔렀다. 미꾸라지처럼 온달이 빠져나가자 검이 싸릿대 속에 박혔다. 검을 당기니 뭔가에 걸려 빠지지를 않았다. 당황한 일영은 힘을 주어 검을 쑥 뽑았다. 그 간발의 차이에 온달의 검이 일영의 복부를 파고들었다.

기량은 비슷해도 경험은 자신이 한 수 위였다. 차도살인지계借刀殺人之計로 온달의 힘을 소모시켰고 자신이 최후를 장식하리라 확신했다. 그러나 그것은 착각이었다. 일영은 온달이 자신을 유인했음을 뒤늦게 깨달았다. 온달은 얼기설기 엉긴 싸릿대를 이용한 것이다.

주춤주춤 뒷걸음치던 일영은 건너편 담벼락에 가서 주저앉았다. 그는 담담한 얼굴로 자신을 내려다보는 온달을 보았다. 온달이 거인처럼 느껴졌다. 이제야 알 것 같았다. 무서운 실력을 가졌으면서도 온달은 절대 과신하지 않았다. 언제나 적이 온달을 얕보았고 그것이 승부를 결정적으로 갈랐다.

하늘이 새파랗다. 눈이 감겨왔다. 일영은 이제야 편히 기대어 깊은 잠을 잘 수 있을 것 같았다.

고건은 피투성이가 된 채 쌍검을 질질 끌고 부락을 나오는 온달을 보았다. 대단한 자다. 자신이라면 과연 철기병 네 명과 그림자 무사 둘을 한꺼번에 이길 수 있을까.

평강과 김용철이 온달의 이름을 부르며 그에게 달려갔다. 온달은 손을 들어 부축하려는 두 사람을 제지하고 비틀거리는 몸을 바로 세웠다. 그는 고건과 진철중을 향해 칼을 겨누었다.

"아이들을 풀어줘라. 아니면 너희들도 무사하지 못할 것이다."

온달의 무모함에 고건은 비웃음이 절로 나왔다.

"어리석은 놈, 그 몰골로 누굴 해친단 말이냐?"

온달은 자신의 친위대가 도착했음을 확인했다. 그는 더 이상의 여지를 주지 않았다. 온달의 냉랭한 목소리가 울려 퍼졌다.

"공격 대형을 펼쳐라!"

온달의 명을 받은 친위대가 흑풍대를 겨냥해 일사불란하게 공격 태세를 갖추었다. 흑풍대는 철갑으로 무장한 정예부대와 정면으로 싸워서는 상대가 되지 못한다.

놀란 평강이 온달의 팔을 붙잡았다.

"저들도 같은 고구려의 병사들입니다."

온달은 머리를 가로저으며 거부했다.

"아무리 명령이라 해도 이렇게 할 수는 없소. 저들은 자신들이 저지른 행동에 스스로 책임을 져야 하오."

온달은 흑풍대를 향해 외쳤다.

"불에 태워 시체를 없앤다고 양심을 속일 수 있다더냐? 너희들이 저지른 참상을 봐라. 아이들과 노인들도 죽였다. 누가 이런 짓을 하라더냐? 어쩔 수 없었다고, 상관의 명령이라고 핑계를 대면 무사할 줄 아느냐? 너희들은 결코 이 만행을 잊지 못할 것이다."

아군끼리 맞붙는 형국이었다. 고건이 직접 나서서 친위대에 소리쳤다.

"친위대가 역도를 옹호하려 드느냐? 저들은 적과 내통하고 감군을 살해했다. 다들 물러서라!"

평강은 울고 싶은 심정이었다. 그녀는 고건을 향해 절규하듯이 소리쳤다.

"장군! 반듯하셨던 분이 참으로 추해졌습니다. 장군이 학살한 사람들은 양민들입니다. 난도질당했다는 시체는 그 주위에 핏자국이 없었습니다. 이는 다른 곳에서 시신이 옮겨졌다는 증거이고, 마을 사람들은 새벽에 잠을 자다 불시에 습격당했습니다. 아이들이 빤히 쳐다보고 있습니다. 부모형제를 잃은 저들의 입을 막을 수 있다고 여기십니까? 무고한 백성을 살상하여 무얼 얻고자 하십니까? 내전이라도 일으킬 작정입니까?"

"아직 몰랐소? 이미 우리의 전쟁은 시작되었소. 죽이지 않으면 죽을 뿐이오."

"그것이 최후의 통고입니까?"

친위대의 선두에 선 김용철은 온달의 입만 주시하며 명령을 기다렸다. 침착하게 형세를 살핀 진철중이 고건을 만류했다.

"승산 없는 싸움이네. 후일을 기약하세."

사기가 무너진 흑풍대가 슬금슬금 물러서는 것을 보고 별동대가 달려들어 처녀와 아이들의 포승줄을 풀고 그들을 구해냈다.

진철중은 고건을 재촉하며 말머리를 돌렸다.

"군사들을 물린다. 전원 철수하라!"

현장을 떠나는 흑풍대의 뒷모습이 마치 패잔병 같았다. 평강은 온달 곁으로 다가가 상처를 살피고 그의 꽉 쥔 손을 펴서 칼을 빼냈다.

"고정하시고 검을 놓으세요. 양민을 학살하고 마을을 불태운 죄는 반드시 책임자를 가려서 처벌할 것입니다."

그후, 평강의 장담과 달리 사건 조사는 갑론을박 시간만 끌다가 흐지부지되었다.

화무십일홍 花無十日紅

계절이 바뀐 줄도 모르고 혼자 시꺼먼 몸통을 내보이며 버티던 느티나무가 뒤늦게 파릇파릇 움을 틔웠다.

안학궁으로 입궁하는 평강을 배웅하고 온 온달은 오랜만에 어머니 사씨가 사는 집 뒷마당 우물가에서 질풍을 목욕시켰다. 질풍도 온달이 반가운지 그의 몸에 머리를 문지르고 투레질을 하며 좋아했다.

"히힝, 히힝, 히히히."

"시원해서 좋지? 나도 요즘 자주 씻는다."

"푸렁, 푸렁, 히히힝."

"무슨 말이야? 전쟁터에서 외국말이라도 배웠냐?"

한가한 오후 시간에 온달은 김용철과 술잔을 기울였다. 연거푸 몇 잔 비웠더니 스멀스멀 취기가 올랐다. 집안일을 하며 지나다니는 하인들은 온달과 눈이라도 마주치면 굽실거리다 휭하니 도망갔다.

온달은 왠지 서글픈 표정을 지었다.

"저걸 보세요. 전에는 바보라 놀리긴 해도 나를 피하는 사람은 없었습니다. 몸에서 피 냄새를 맡고 사람을 죽인 살기를 은연중에 느끼는 거지요."

"그만 드시지요? 약주가 과하십니다."

"벼슬을 하고 빛깔 좋은 비단옷을 걸쳤으나 내 마음은 텅 비어만 갑니다."

"온달님을 믿고 따르는 병사들의 기대를 저버려서는 안 됩니다."

"그런 말 마세요. 나는 바보입니다. 그게 편해요."

그랬다. 온달은 진정 예전의 바보 시절로 돌아가고 싶었다.

사씨촌 사건에 대한 조사가 양쪽의 첨예한 의견 대립으로 인해 조정에서 유야무야될 기미를 보이자 평강공주는 다른 방안을 모색해야 했다. 어느덧 행동거지에서 군왕의 풍모가 여실히 풍겨 나오는 태자가 의견을 내놓았다.

"진철중이 나서서 불만을 품은 귀족들의 세를 규합하고 있습니다. 흑풍대가 존재하는 이상, 저들은 야심을 꺾지 않을 것입니다. 그렇다면 흑풍대를 쳐야 합니다. 머리를 잃은 조직은 쉽게 와해시킬 수 있습니다. 문제는 수십 명의 고수들이 진철중을 철저히 호위하며 따라다닌다는 점입니다. 흑풍대의 전대 대주가 피살당한 뒤로 경호가 한층 삼엄해졌습니다. 진철중이 왕후의 사촌오빠라는 것도 거사를 망설이게 하는 걸림돌입니다."

공주는 문제의 핵심을 진단하고 그 해결책을 강구하려는 태자가 대견스러웠다.

"음, 잘 짚어내셨습니다. 곧 건무 왕자의 생일이 다가오니 그때가 좋은 기회입니다. 자신의 부내(部內)라면 진철중도 경계심을 풀 것입니다."

공주는 시종에게 일러둔 대로 점심상을 차리라 해놓고 목련당으로 왕후를 초대했다. 건무 왕자의 생일 선물을 건네주는 자리라 했다. 왕후는 공주가 직접 용봉탕을 요리했다는 말에 크게 기뻐했다. 물의 용인 잉어와 하늘의 봉황인 닭으로 만든 음식인 용봉탕은 기력이 떨어지는 환절기의 보양식으로 최고였다.

잠시 후, 음식이 상 위에 차려졌다. 그런데 태자와 건무 왕자가 밖에서 같이 들어오는 것을 보고 왕후는 깜짝 놀랐다. 건무가 태자의 등에 업혀 들어오는 것이 아닌가? 건무는 마치 태자를 말처럼 여기며 즐거워했다.

"이랴, 이랴, 이랴."

의자에서 벌떡 일어난 왕후가 건무를 태자의 등에서 황급히 떼어 놓았다.

"건무야, 이게 무슨 짓이냐?"

나이 차이가 있긴 하지만 건무는 태자가 업어줄 만큼 어리지 않았다. 왕후는 태자에게 용서를 구했다.

"용서하게. 아직 철이 없어서 그런 것이니."

공주는 건무 왕자의 어깨를 다독이며 살그머니 감싸 안았다.

"동생이 형에게 업혀 노는 것을 누가 나무라겠습니까? 이렇듯 형제의 우애가 깊으니 정말 보기 좋습니다. 이제 태자가 준비해놓은 건무의 생일 선물을 보셔야지요."

시녀가 금갑을 받쳐 들고 와서 탁자 위에 올려놓았다. 금갑을 열어 보니 아름답게 세공된 장검이 나왔다. 평소 태자가 곁에 두고 갈고 닦아온 검이었다. 검을 상대에게 준다는 것은 생명을 맡길 만큼 믿는다는 뜻이기도 하다.

왕후가 건무에게 일렀다.

"뭐 하느냐? 감사히 받지 않고?"

검을 빼든 건무 왕자는 그 예리하고 찬란한 광채에 감탄을 금치 못했다. 공주는 몸을 돌려 공손하게 왕후에게 아뢰었다.

"왕후마마, 지금 태자는 어명을 받들어 민심을 수습하고 국론의 통합을 위해 불철주야 열과 성을 다하고 있습니다. 그런데 이에 불만을 품은 역도들이 음지에서 태자를 해치려는 계략을 꾸민다 합니다."

"아니, 누가 감히 태자를 노린다는 말이냐?"

"그 무리의 우두머리는 진가에, 철자, 중자를 쓰는 자입니다."

"진철중이라면 내 사촌오빠이지 않느냐?"

"그래서 태자의 고민이 깊습니다. 이미 역적들이 연명한 연판장도 입수하였습니다."

"어허, 이럴 수가…… 이를 어쩌면 좋은가?"

"이대로 간다면 진 대주를 살릴 방도는 없어지고 맙니다. 역적의 무리는 삼족을 멸하고 그 원흉은 구족을 멸한다 했으니 이를 어찌합니까?"

왕후는 마음이 다급해졌다. 청천벽력이었다. 근래에 와서야 겨우 앞날에 대한 근심을 잊은 채 발 뻗고 편히 지내던 중이었다.

"그렇지. 공주라면 분명 무슨 묘안이 있을 게야. 방법을 말해주면 한 치도 틀림없이 그대로 시행하지. 공주가 우리를 도와다오."

"더 큰 희생은 막아야지요. 왕후마마, 건무 왕자의 생일잔치를 관노부의 사저에서 열고 진 대주를 초대해주십시오. 조카의 생일잔치니 그도 참가할 것입니다. 그 다음은 저희가 알아서 할 것이니 믿고 맡겨주십시오."

"그렇게 하면 왕자들에게는 피해가 없겠는가?"

"오히려 공을 세우는 기회가 될 것입니다."

"혹시 말이네. 진 대주를 살릴 방도는 있겠는가?"

"얼마 동안은 유배를 피할 수 없을 겁니다. 그렇더라도 목숨은 살리고 봐야 하지 않겠습니까?"

"그렇지. 살아 있기만 하다면 재기의 기회도 있겠지. 사람 일이란 모르는 것 아닌가."

생일잔치가 열리는 내내 태자는 건무 왕자를 곁에 끼고 다녔다. 건무의 동생인 태양은 아직 어려서 왕궁에 남겨두었고, 평원왕은 사저로 가는 왕후를 배웅하면서 이번 거사를 알고 있다는 암시를 주었다.

을지해중과 임정수는 축하 손님을 맞는 중에도 흐트러짐 없이 태자를 보필했다.

진철중은 왕후의 아비 진필과 별실에서 따로 술잔을 기울였다. 진필은 왕후에게 진 대주가 처한 입장을 귀띔받은 터였다. 그 사실을 모르는 진철중은 연신 불만을 토해냈다.

"이러다 덜컥 변란이라도 생기면 태자는 자리보전하기 어려울 겁니다. 그때야말로 우리 건무가 나설 차례입니다."

"여보게, 누가 듣겠네."

"공신들은 건들기만 해도 터집니다. 그나마 줄어든 봉지도 형제자

매가 같은 비율로 나눠야 할 터인데, 그렇게 쪼개서는 아무도 큰 세력을 키울 수가 없지요. 아예 그 여지를 봉쇄하여 호족들의 힘을 약화시키겠다는 의도가 아니면 뭐겠습니까?"

"이보게, 철중이. 이번 일이 태자의 자력으로 가능한 일이라 보는가? 그 뒤에는 태왕이 버티고 있음을 잊지 말아야 하네."

"숙부님, 태왕이 아니라 공주의 술책입니다. 그 간악한 계집이 나라의 판도를 뒤집으려고 음모를 꾸민 것입니다."

"그렇더라도 참아야지 어쩌겠나? 그러다 보면 훗날을 도모할 수 있지 않겠나?"

"오늘이 없는데 어찌 훗날을 기대하겠습니까. 하하하."

취기가 오른 진철중은 머리에 쓴 절풍을 탁자 위에 벗어놓았다.

"계루부와 소노부도 숨을 죽이고 관망하고 있습니다. 을지 장군에 온달 놈까지 가세했으니 기세등등한 태자를 누가 상대하겠습니까? 태자가 권좌에 오르면 우리 관노부를 적으로 여길 게 뻔합니다."

"권력의 세계에선 적도 아군도 없는 거라네."

진철중은 술잔이 넘치도록 잔을 채웠다.

"이렇게 하면서까지 녹을 먹어야 하는지…… 숙부님, 한 잔 더 마시겠습니다."

입가 수염에 묻은 술을 손바닥으로 털어내는 진철중의 눈이 빨갛게 충혈되었다. 그때 웅성거리는 인기척이 나더니 문이 벌컥 열리면서 태자와 건무가 장수들을 대동하고 안으로 들어왔다.

"대가께서는 어디 계시나 했더니 여기 계셨군요."

"태, 태자님이 예까지 나오시다니요?"

당황한 진필이 벌떡 일어서서 맞이했고 진철중은 마지못해 엉거주춤 엉덩이를 들었다. 태자는 실내를 둘러보며 감탄했다.

"역시 탁월한 안목이십니다. 장식이나 가구의 격이 다르지 않습니까? 하하하. 그런데 이쪽은 누구시더라?"

태자가 짐짓 모르는 척 진철중을 향해 물었다.

"소장, 진철중이라 하옵니다."

"아, 우리 건무의 사촌 숙부? 내 일찍이 대주의 명성은 잘 듣고 있었소."

진철중은 떨떠름한 얼굴로 태자의 표정을 살폈다. 그러나 태자의 얼굴이 웃는 것도 같고 아닌 것도 같아 판단이 서질 않았다.

"그런데 진 대주는 틈만 나면 왕후마마를 빙자하여 안하무인격이라면서요? 내게도 아주 불만이 많다고 들었습니다."

진철중은 술기운이 단번에 싸악 가셨다.

"어인 말씀이신지 영문을 모르겠습니다."

태자는 노골적으로 섭섭한 감정을 풀어놓기 시작했다.

"진 대주는 군사들의 적개심을 키우려고 일부러 굶긴다 하더이다. 맞습니까? 아니, 혹자는 대주께서 평소 잔혹한 만행을 일삼고 일신의 영달을 위해 부하를 희생시키는 무도한 자라 하더이다. 정말 그러하십니까?"

면전에서 대놓고 독설을 퍼붓는 격이었다. 진철중의 등줄기로 차가운 냉기가 좍 흘렀다. 얼떨결에 무방비 상태로 당하고 있었다. 왕자의 잔칫날, 태자가 저리 막무가내로 나올 줄은 꿈에도 몰랐다.

"태자님의 주변에 소장을 못마땅하게 여기는 자들이 그렇게 득실거리는 줄 미처 몰랐습니다. 저를 잘 모르고 하는 소리입니다."

"그래요? 장군, 그 명부를 가지고 오십시오."

"네, 여기 있습니다."

임정수가 내민 두루마리를 태자가 펼쳤다. 사람들의 성명이 빼곡히 연명되어 있었다. 태자는 노기를 감추지 않고 두루마리를 진철중의 발밑에 훌쩍 던졌다.

"이 연판장 꼭대기에 누구 이름이 올라 있는지 보시오."

"소, 소장의 이름입니다만, 이것이 무엇입니까?"

"필체 감정도 끝냈으니 시치미를 떼도 소용없습니다. 두루마리에 서명한 자들을 모른다고 발뺌하진 않겠지요?"

모를 리 없는 이름들이었다. 진철중과 가까운 사람들만 골라 명단을 작성했으니 말이다. 연판장이 진본인지 아닌지는 중요하지 않다. 힘을 가진 측이 그렇다고 믿고 밀어붙이면 그걸로 시비가 가려지는 것이다.

"여기 연서를 한 자가 고변을 해왔습니다. 태왕께 반기를 들고 역모를 획책했노라고 말입니다."

"무슨 말씀이옵니까? 소장은 모르는 일입니다."

"그건 문초를 해봐야 알겠지요."

진필의 표정이 굳어졌다. 작정하고 때려잡으면 아무도 벗어나지 못한다. 사실이든 아니든 일단 제거 대상이 되면 죄목은 갖다 붙이기 나름이다.

"오늘은 길일이라 참으려 했거늘 끝내 뉘우치지 않는군요. 여봐라, 진 대주를 포박하여 어사대로 압송하라!"

태자의 명을 기다리던 군사들이 우르르 달려들어 비틀거리는 진철중을 묶었다. 음모다. 진철중이 그 사실을 깨닫는 순간, 때는 이미 늦었다. 조카의 생일이라 대취하고 자신의 문중이라 경계를 푼 것이 화근이었다.

"여봐라. 누구 없느냐? 이리 오너라!"

그러자 사방에서 주먹과 발길이 진철중을 향해 날아들었다. 진철중은 그만 정신을 잃고 말았다.

두꺼운 천으로 창이 가려진 마차에 실려 진철중은 어사대로 압송되었다. 그를 경호하던 흑풍대 무사들은 진철중이 만취하여 거동하기 어렵다는 말만 듣고 저들끼리 떠났다.

그 다음날, 진철중이 속병이 나서 일어나지 못한다며 흑풍대 호위들이 보는 앞에서 의원들이 들락거렸다. 호위들은 관노부의 부중에서 설마 무슨 일이 있겠나 싶어 총관이 쥐여준 돈 몇 푼으로 객점에서 회포를 풀었다.

그렇게 며칠이 흐른 후 새로운 소식이 들렸다. 흑풍대 소속 고위 장수들이 교체되거나 공공연히 체포되고 있다는 것이었다. 고건이 그 진위를 미처 확인하기도 전에 성 안팎에 방이 나붙었다.

'죄인 진철중은 민가를 습격하여 방화하고 죄 없는 백성들을 학살하였다. 사사로이 군령을 교란하여 왕궁을 점거했으며 수비대장 이보성 장군을 살해한 대역죄인이다. 또한 태왕의 어명을 거역하고 무리를 지어 반역을 도모한 주모자로 투옥되었다!'

평강공주의 반격이 틀림없었다. 이들 사건에는 전부 상부 고씨가 개입되어 있었다. 진철중은 흑풍대의 대원 명단과 지역 지부, 전국에 산재한 흑풍대의 사업 내역 등 그가 관리하던 자료들을 통째로 빼앗겼다. 지난날 흑풍대 대주로 서슬이 시퍼랬지만 그는 인심을 잃고 살았다. 그의 방면을 요구하는 탄원서조차 몇 장 나오지 않았다. 나열

된 죄상이 워낙 무겁다 보니 사람들이 그와 결부되길 꺼려하고 몸을 사렸기 때문이다.

평강공주는 흑풍대 대주를 투옥시킨 후에도 숨 돌릴 틈을 주지 않았다. 평양성 수비대장 을지해중과 비사성 수군 총사령관 연무창을 전면에 내세워 군 내부의 흑풍대원들을 철저히 색출하고 그들을 군에서 추방시켰다. 고건도 예외가 될 수 없었다. 그는 내성의 관저 집무실에서 업무를 보는 도중 들이닥친 어사대에 의해 무장해제를 당하고 말았다.

야금야금 허물어뜨리다 보면 사람이 망가지는 데에는 그리 오랜 시간이 걸리지 않는다. 수개월 동안의 감옥살이로 몸과 마음이 피폐해진 진철중은 유배의 길을 떠났다. 그 뒤를 별동대원들이 따라갔다. 그들은 형제들의 복수를 원했다. 결국 진철중은 유배지에 도착하지 못했다. 그를 데리고 떠난 호송 형리들은 한밤중에 가족을 데리고 어디론가 행방을 감추었다.

평강공주의 팔다리를 잘라내어 그녀를 굴복시키려 했던 자들이 종당에는 거꾸로 자신들의 수족을 잃고 말았다. 난생처음 고원표는 위기감을 느꼈다. 제가회의는 유명무실해졌고 태왕에 대한 백성들의 지지와 성원은 날이 갈수록 높아갔다. 더 이상 물러설 곳이 없었다. 그는 계루부의 군장으로서 부내 장수들을 소집하고 만반의 임전 태세를 갖추도록 명령서를 발송했다.

급변하는 국내 사정과 더불어 국제 정세도 요동쳤다. 돌궐이 동서로 분열되고, 북주에서는 양견이 전면에 등장했다. 선제 우문윤이 죽었을 때 정제는 불과 7세에 불과했으니 제위를 찬탈하려는 책동이 없는 게 오히려 이상할 지경이었다. 유방을 주축으로 하는 한족 문벌 세력은 양견의 정권 연장을 위해 선제의 유조遺詔라고 속여 병마 대권을 장악하고 백관을 지휘했다. 이에 북주의 조정은 양견파와 반대파로 갈라졌다.

양견은 우문씨 가문을 대대적으로 거세하고 지역의 거병도 다음해에 모두 진압했다. 반대파를 숙청한 양견은 서기 581년 2월 선양의 형식으로 제위에 올랐다. 국호는 수隋, 연호는 개황開皇으로 정했다.

고원표 진영의 동향을 소상히 파악하고 있던 평강공주는 고심했다. 부왕이 그토록 막으려 애썼던 내전 직전에 있다. 상부 고씨와 내부 고씨의 싸움은 결국 고구려가 둘로 쪼개지는 걸 뜻한다. 이는 태왕도, 고원표도 원치 않는 상황이다. 우선 공주는 화해를 도모하며 시간을 벌기로 했다.

평원왕은 공주의 방안대로 고건의 해직을 위로한다는 명목으로 수레 10량에 각종 재물을 실어 고원표에게 보냈다. 태왕의 의중을 짐작하기 어려웠던 고원표는 고건을 불러 의논했다.

"공이 없는 상을 받아서는 안 됩니다. 아버님께서 태왕의 하사품을 받았다는 소문이 나면 아랫것들은 안심하고 경계를 풀 것입니다. 그러면 자연히 빈틈이 드러나 갑작스런 공격에 대응하기 어려워질 것이 분명합니다."

고원표는 아들의 말이 백번 지당하다 싶어 하사품을 단호히 거절하고 돌려보냈다.

그러자 평원왕은 울절을 보내 평양성 인근 봉읍 20여 곳을 떼어주겠노라고 제의했다. 그리고 맹약의 표시로 돼지를 잡아 그 고기를 보냈다. 딸려 보낸 교지의 내용은 작은 다툼으로 큰 도리를 저버리지 않겠다는 것이었다. 그러나 그조차 고건은 단호하게 거절했다.

이미 엎질러진 물이고 가진 자의 교만한 아량이다. 만일 관노부가 강한 군대를 가졌다면 진철중을 그리 쉽게 체포하여 제거하지 못했을 것이다. 따지고 보면 진철중은 허수아비에 불과하다. 결국은 힘이다. 고건은 일전불사의 결의를 다졌다.

고원표는 연일 중앙의 귀족과 지방의 호족 들을 사저로 불러들여 동조 세력을 키워나갔다. 태왕이 평양성을 버리고 장안성으로 천도를 획책한다는 정보를 유포하면서 그 부당함을 지적했다.

이번에는 평원왕이 태대형을 보냈다. 태왕의 성지는 예상 밖의 주문을 담고 있었다. 군대를 동원 한강 유역을 침범한 신라군을 치고 인근 산성을 탈환하라는 통첩이었다. 예전의 약체 신라가 아니다. 이런 시기에 신라와 전쟁을 한다는 것은 막대한 전력 손실을 의미한다.

고원표는 태왕이 자신을 구렁텅이로 몰아넣는 책략을 꾸민다고 여겼다. 재물을 보내고 봉읍을 준다고 했다가 갑작스레 신라를 공격하라는 속셈이 무엇인지를 골똘히 생각했다. 도대체 평원왕의 속내가 무엇인지 혼란스러웠다. 그런데 고건이 이를 찬성하고 나왔다.

"아버님, 절호의 기회입니다. 소집령을 받고 대기 중인 상부의 군대를 평양성으로 불러들이십시오. 태왕의 명에 따라 신라를 친다는 소문을 퍼뜨리고 군대를 대성산 기슭에 주둔시키면 됩니다. 그리만 된다면 평원왕을 압박하여 우리의 요구를 관철시킬 수 있습니다. 우리 대군이 인근에 상주한다면 이보다 든든한 일이 어디 있겠습니까?"

"그래, 이건 역공을 취할 절호의 기회다."

고원표는 천재일우의 반격 기회를 포착한 것이라 여겼다. 그는 상부로 군령을 보내 평양성으로 군대를 진격시키라고 명했다. 단번에 전군이 움직이면 수상하게 여길 테니 시차를 두고 여러 갈래로 이동 경로를 택하라고 했다.

개마무사라 일컫는 철기병 5천, 보병 1만 5천에 조의군 1만의 대군이다. 게다가 호족들의 군사까지 가세한다면 그야말로 파죽지세다. 군대가 도착하면 평양성을 단번에 함락시킬 수 있다. 출정 채비를 마치고 출병하면 한 달 안에 선발군이 도착하리라. 그때까지만 참으면 된다. 곰이 동면에 들어가 만물이 소생하는 봄을 기다리듯이 굴속에 웅크리고 있으리라.

그런 중에 다시 안학궁에서 전갈이 왔다. 고원표와 고건 부자더러 가병家兵을 이끌고 한강 유역 전선으로 먼저 출발하라는 통보였다. 고원표는 실소를 금치 못했다. 그는 와병을 핑계 삼아 거절했다.

공주에게는 무엇보다 고원표의 군사 동원령에 대응할 시간이 필요했다. 신라와 국지전을 치른다면 3~4천의 병력이면 된다. 그런데 고원표가 전군에 동원령을 내렸다는 것은 무엇을 의미하겠는가?

만약 전면전으로 승부를 지을 수만 있다면 구구한 절차가 필요 없을 것이다. 그러나 공주의 고민은 싸우지 않고 이겨야 한다는 데 있었다.

결연하고 당당한 태자의 모습은 부왕의 젊은 시절을 닮았다. 태자는 단호하게 말했다.

"고원표의 속셈이 고스란히 드러났습니다. 더 이상의 망설임은 무

용합니다. 군대를 평양성으로 불러들였고 어명을 칭병稱病으로 거부
하였습니다."

공주의 생각도 태자와 다를 바 없었다. 유화책이고 뭐고 다 팽개치
고 싶었다. 고원표는 어머니와 대부를 해친 원수다. 한시라도 잊은
적이 없다. 그럼에도 그가 가병을 이끌고 전선으로 떠날 명분을 마련
해주었다. 허나 그는 이마저도 저버렸다. 이성을 가진 자라면 최후의
통첩을 눈치 챘어야 했다.

좀처럼 단정하는 법이 없는 공주가 이번에는 차갑고 냉랭한 어조
로 단언했다.

"고원표는 이제 살 기회를 잃었습니다."

고원표와 고건은 공주의 뜻을 제대로 헤아리지 못했다. 하긴 만약
알았다 해도 순순히 평양성을 떠나지 않았을 것이다.

그때까지만 해도 고원표는 승산이 자신들에게 있다고 믿었다. 아
니, 공주가 그렇게 믿도록 만들었다. 보란 듯이 평원왕은 안학궁을
비우고 패하 벌판으로 사냥을 다녔다. 공주가 제아무리 총명하다 해
도 군권을 갖거나 친위부대를 지휘할 수는 없다. 그런 확신과 편견이
고원표를 방심하게 만든 결정적 실책이었다. 그는 허를 찔렸고 나중
에 그것이 돌이킬 수 없는 착각이었다는 걸 뼈저리게 깨달아야 했다.
창칼을 사용하지 않는 소리 없는 전쟁도 있고, 그것이 더 무서울 수
도 있음을 간과한 것이다.

평양성 구석구석에 출처 불명의 방이 붙었다. 고원표를 단죄하는
내용이었다.

'계루부 군장 고원표는 왕족이라는 권세를 이용하여 국정을 농단

하고 함부로 인명을 살상했다. 게다가 국법을 무시하고 임의로 적국 사신을 만나 내통했으며 공신들과 호족들을 충동질하여 반역을 꾀하였다.'

울보 공주로 소문났던 평강공주는 누구보다 소문을 이용한 정보전에 능통했다. 고원표를 향한 백성들의 원성이 고조되자 고건은 초조해졌다. 연일 악화되는 여론과 달리 군대의 출병은 늦어지고만 있었다. 한 달이면 도착하리라 예상했던 군사들이 석 달이 다가도록 느릿느릿 꾸물거렸다. 지방 호족들이 보내오는 소식도 한결같았다. 군량미 창고에 불이 났다, 전염병이 돌아 군대를 이동하기 어렵다, 강물이 불어 강을 못 건넌다. 어설픈 핑계와 변명이었다.

정탐 보고에 따르면, 병권을 가진 절노부의 연청기와 대모달 연무창이 야전군 사령관들을 설득하러 다니고 있다고 했다. 일선 장수들이 출병을 꺼린 것은 군대가 명분 없는 정치 싸움에 말려들면 안 된다는 설득이 먹혀들었기 때문이다. 일이 이 지경이 될 줄 알았다면 고건 자신이 직접 군대를 부르러 갔을 것이다. 평원왕과 상부 고씨의 갈등을 군 내부에서 모르는 사람은 없다. 평강공주가 아무런 계책 없이 가만히 앉아 대군을 기다렸겠는가?

첩보대와 흑풍대가 해체되면서 정보망에 구멍이 뚫린 고원표는 하루하루 기다림으로 피가 마를 지경이었다.

지난하고 초조한 시간이 흐르는 가운데 고건은 검을 들고 연무장을 찾았다. 술을 마시고 여자를 품어도 정신이 산만하고 잡념이 가시질 않았다. 그는 온달의 검이 궁금해졌다. 무장은 지략이나 병법으로 군사를 움직여 전쟁을 치러야 하지만, 개인감정이 겹친 고건은 온달과 검을 맞대고 싶었다. 직접 온달의 뼈를 가르면서 손으로 전해지는 짜릿한 감촉을 느끼고 싶었다.

고건은 세 명의 궁수를 전면에 배치하고 자신을 겨냥해 시위를 당기라 명했다. 두 명이 연사한 화살의 허리를 자르는 연습은 여러 번 해온 터라 익숙했지만 세 명은 처음이었다.

"장군, 셋은 위험합니다."

그의 부관이 걱정하여 말렸다.

"그럼 넷으로 올려라. 명령이다."

견갑을 두른 일급 궁수 네 명이 30보 앞에서 5발씩 화살을 들고 연무대로 올랐다. 첫 발을 신호로 화살이 연이어 고건을 향해 날았다. 궁수가 줄을 당기는 손에 힘을 조금이라도 늦추면 고건은 정확히 그것을 집어내고 그를 궁수대에서 내쫓았다. 궁수들은 마치 적을 향해 그러듯이 경쟁적으로 활시위를 당겼다 놓았다.

화살이 바람을 가르는 소리가 경쾌했다. 몸놀림이 조금만 늦거나 발이 엉켜도 몸이 과녁처럼 화살받이가 될 것이다. 일도, 이도, 삼도…… 고건은 두세 발을 제외한 대부분의 화살을 반 토막 냈다. 그는 호기롭게 외쳤다.

"이번에는 열 발씩 쏴라."

부관이 다시 말렸다.

"장군님, 몸을 보중하셔야 할 때입니다."

"막지 마라!"

"부상이라도 당하시면 더 어려운 상황에 직면합니다."

"명령이다!"

"그 명은 듣지 않겠습니다. 고추가를 지켜드릴 분은 장군밖에 없질 않습니까?"

그 말에 고건의 마음이 움직였다. 온달을 너무 의식했다는 자책이 일었다.

그는 태학에서 수학했으며 조의선인을 이끄는 선배와 내성 수비대장에 이르기까지 승승장구했다. 그동안 단 한 번의 실패도 없었다. 그런 탓에 여태 진정한 적수를 만나본 적이 없었다. 누구나 그의 앞에서는 머리를 조아렸다. 그는 난생처음 자신이 두려움을 느끼고 있다는 걸 깨달았다. 그러나 두려움은 생각에 지나지 않고 생각은 허구일 뿐이다. 그는 잠시 잡념에 빠져 자신감을 잃었던 스스로가 부끄러워졌다.

연무장을 내려오면서 고건은 부관의 어깨를 쳐주며 말했다.

"미안했다. 심려를 끼쳤구나."

밝은 미소를 보여주고 등을 돌리는 고건의 단단한 어깨를 보면서 부관은 가슴이 벅차올랐다.

'다르다. 어찌 온달 같은 천민이 장군과 어깨를 나란히 견줄 수 있으리오?'

부관은 진정 그렇게 믿었다.

실종

　온 대지를 뜨겁게 달구던 여름이 한풀 꺾이고 나뭇잎이 새 단장에 들어가자, 평원왕은 패수에 용선을 띄워놓고 5부 군장들을 불렀다. 병을 핑계 삼은 고원표에게는 왕궁 내의관을 보내 진맥을 살피게 하고 보약까지 챙겨 보냈다. 만일 건강이 회복되었다면 다른 군장들과 함께 뱃놀이 행사에 참가하기를 종용한 것이다.

　고원표는 고건을 불러 의논했다.

　"건아, 어제 궁에서 의관이 나와 진맥을 청하기에 내 병은 다 나았다며 돌려보냈다. 그랬더니 태왕이 군장들에게 뱃놀이를 하자며 전갈을 보냈구나. 이는 연례행사라 회피하기가 쉽지 않다."

　"잘하셨습니다. 부에서 출병이 늦어지는 이때에, 태왕을 피한다는 인상을 준다면 의심만 살 것입니다."

　"진철중은 자기 부 안에서 함정에 빠졌다. 죄를 씌우려 한다면 그

핑계가 무엇인들 어렵겠느냐?"

"뱃놀이는 염려 마십시오. 소자가 대비책을 마련해두겠습니다. 패수 가까이에 샛강이 있습니다. 그곳은 모래밭이 넓으니 가병들을 데리고 가을 야유회를 핑계 삼아 나가 있겠습니다. 혹여 문제가 생긴다면 제가 곧 바로 병사들을 움직일 수 있지 않겠습니까."

고원표는 든든한 아들의 얼굴을 보면서 마음을 놓았다.

고건은 왁자하게 음식을 마련하고 술도가로 사람을 보내 샛강으로 계루부가 야유회를 갈 것이라는 말을 퍼뜨렸다.

뱃놀이를 하는 날, 하늘은 눈부시게 맑았다. 패수의 강물이 햇살을 받아 뒤척이며 흘렀다. 거대한 은빛 용이 꿈틀대며 승천하는 것 같았다.

고건은 무예가 출중한 가병 200여 명을 선발해 평범한 일꾼으로 변장시키고 일진으로 먼저 출발시켰다. 그들의 무기는 샛강 인근 숲 속의 사당 안에 숨겨두었다. 또한 아버지를 떠나보내면서 기마술이 뛰어난 전령 3명을 더 딸려 보냈다. 그들에게 부친의 신상에 조금이라도 이상이 생기면 곧장 달려와 전달하라고 명했다. 5부 군장들과 귀족들이 참가하는 공개적인 놀이 행사인지라 큰 우려는 되지 않았지만 그 대비를 소홀히 할 수는 없었다.

고건이 몇몇 수하를 대동하고 외성으로 나가는 도중, 일진을 인솔하고 떠났던 부관이 사색이 된 채 말을 달려 왔다.

"장군님, 성문이 봉쇄되고 있습니다."

"뭐라고? 무슨 소리냐?"

고건의 눈썹이 이마 위로 확 치켜졌다.

"상부의 선발대가 평양성 인근에 당도했다는 소식입니다. 성안에 병력이 모자란다는 이야기가 퍼지면서 친위부대와 절노부 군사까지 외성으로 진입하고 있습니다."

그토록 기다려도 지연되기만 했던 병력이다. 반가움보다 의심이 더럭 생겼다. 갑작스러웠다. 이런저런 핑계를 대며 출병을 미루더니 하필 지금 도착했단 말인가. 상부의 병력이라면 미리 통보해 오지 않았을 리 없지 않은가. 고건은 불길한 예감에 사로잡혔다.

"가병들은 어디에 있느냐?"

"샛강에서 휘장을 치는 중입니다."

고건은 사태의 심각성을 인식하고 급거 남문으로 말을 몰았다. 그러나 이미 성문이 굳게 닫힌 채 물샐 틈 없는 방어벽이 이중 삼중으로 쳐져 있었다. 이 정도면 1단이 아닌 1군의 병력이 공격해도 끄떡없으리라.

고구려의 성은 원래 주변 지형에서 구할 수 있는 화강암이 많이 사용되었다. 화강암은 강도가 높고 결이 없으며 가공이 편하다는 이점이 있었다. 만약 바닥에 암반이 있다면 그 위로 성을 쌓고, 흙이 있다면 그 흙을 일정한 깊이로 파내고 진흙에 자갈과 막돌을 넣어 기초를 단단히 한 후 직사각형 모양의 돌을 쌓았다. 바닥에는 굽도리라고 하는, 하중을 잘 견딜 수 있는 큰 돌을 깔았고 성문 앞에는 둥근 치를 만들어 방어에 용이하도록 했다.

남문 수문장은 고건 일행을 막지 않았다. 지휘관은 성을 나가는 병력에 대한 언급은 없었으며 대신 외부에서 들어오는 무장 병력은 철저히 제지하라는 명령이 하달되었다고만 전했다.

고건은 평양성을 빠져나오자마자 지름길로 말을 몰았다.

상부의 군대가 신라를 치기 위해 평양성으로 오고 있다는 사실을 모르는 조정 사람들은 없을 것이다. 그런데 왜 갑자기 그들이 위험한 반군으로 지목되고 평양성 안에 비상이 걸렸는지 고건은 어리둥절하기만 했다. 일단 아버지를 찾아 안전한 곳으로 모셔야 했다.

고건이 샛강 모래밭에 도착하자마자 나루터에서 황급히 달려온 전령이 소식을 전했다. 태왕과 고추가 일행이 탄 배가 강 건너편 기슭에 당도했는데 아무리 기다려도 배에서 고원표가 내리지 않았다, 그래서 배 안에 잠입하여 찾아보았지만 행방이 묘연하다는 것이었다.

"그게 말이 되느냐? 아버님을 모시고 갔던 호위들은 무얼 하고 있었단 말이냐?"

전령은 그들도 우왕좌왕 고추가를 찾아 헤매고 있다고 전했다. 또 다른 부의 군장들과 귀족들은 어쩐 일인지 뱃놀이를 중단하고 철수 중이라 했다. 이어 마지막 전령이 달려와 이르기를, 태왕의 친위부대가 나루터 주변에 포진하여 역모를 꾸민 반역자들을 색출하고 있다고 전했다.

고건은 일이 잘못되어가고 있다는 것을 깨달았다.

"태왕은 어디 계신다더냐?"

"안학궁으로 입궁하시는 것을 서문 병사들이 목격했다 합니다."

"아버님은 그 행렬에 없었느냐?"

"네. 심상치 않습니다. 장군님은 바로 상부의 군대와 합류하심이 좋을 듯합니다."

"잠시 기다려라. 내가 이곳에 있다는 걸 아버님은 알고 계신다. 날 찾아오실지도 모른다."

고건은 사태의 심각성을 인식했지만 이러한 일련의 사건들이 평강공주의 빈틈없는 계략이라는 것은 간파하지 못했다. 만약 자신들을 제거하려 한다면 이런 복잡한 절차를 거칠 이유가 없을 것이라 여겼다. 그러나 고건은 태왕이 얻어야 할 명분을 계산에 넣지 못했다.

합당한 이유 없이 상부 고씨를 제거한다면 귀족이나 호족 들은 결코 태왕을 따르지 않고 등을 돌릴 것이다. 그렇게 된다면 나라의 통합은 더욱 요원해진다.

평강공주는 태왕이 얼마나 고원표를 중히 여기고 있는가를 몸소 실천해 보이도록 했다. 또한 성안에 재담꾼들을 풀어 적절히 여론을 조성하고 그 수위를 조절하기까지 했다.

이야기꾼들이 퍼뜨린 내용은 이러했다.

'나라의 통합을 위해 태왕은 고원표에게 바리바리 재물을 실어 보내고 봉읍을 하사하였다. 내의관을 보내 병을 살피게 하고 보약까지 챙겨 보낼 정도로 지극한 정성을 다했다. 상부 고씨를 비방하는 방문이 붙고 고원표를 탄핵하는 상소가 빗발쳐도 나라의 통합을 생각한 태왕은 이를 문제 삼지 않았다. 그런데도 고원표는 신라의 침공을 막으라는 왕명을 거부하고 오히려 상부의 군대를 평양성으로 진격시켜 반란을 일으켰다.'

고원표에 대한 반대 여론이 비등해지면서 그의 정치적 기반인 호족들이 흔들렸다. 중신들 중에서도 상당수가 곱지 않은 시선을 보내며 고원표에게서 노골적으로 등을 돌렸다. 평강공주는 군대의 창검이 아닌 세간의 소문을 이용하여 고원표의 지지 세력들을 하나 둘 와해시켜나간 것이다.

공주는 고원표의 체포 작전에 온달의 친위부대를 전면에 세웠다. 평원왕의 최대 정적을 제거하는 일에 온달이 앞장선다면 태왕의 총애와 신임이 더욱 두터워질 것이며 공적 또한 높이 쌓을 수 있다.

온달은 공주의 말을 듣고 입가에 의미심장한 미소를 지었다. 결코 바보는 흉내도 낼 수 없는 웃음이었다.

"부인의 말을 빈틈없이 그대로 시행하리다. 허나 한 가지 조건이 있소."

"그게 무엇입니까?"

"약속을 해준다면 틀림없이 고원표를 체포할 거요. 대신 그의 생사는 내게 맡겨주시오."

"상부 고씨에 대한 처분은 태왕께서 판단하실 일입니다."

"그렇다면 태왕을 뵙고 내 생각을 밝히도록 도와주시겠소?"

공주는 잠시 갸웃거리다가 미소 지으며 고개를 끄덕였다.

"네, 저는 부마의 뜻에 따르겠습니다."

온달은 뱃사공으로 변장한 별동대원들을 용선 뱃전에 매복시켰다가 고원표를 간단하게 추포했다. 고원표의 호위무장이 막아섰지만 별동대의 상대가 되지는 못했다.

고원표가 온달을 노려보며 물었다.

"태왕의 명이더냐?"

"태왕께서는 오랫동안 고추가의 마음이 돌아서길 기다려왔습니다."

"그래, 이제는 그 기다림이 끝났다고 하더냐? 이렇게 무력으로 나를 억누른다면 그 반발도 예상해야 할 것이다."

언변이 부족한 온달 대신에 곁에 있던 공주가 나서서 대답했다.

"옳은 말씀입니다. 저도 그 점이 가장 큰 고민이었습니다. 허나 내정의 혼란을 더는 방치할 수 없을 만큼 바깥 정세가 긴박해졌습니다."

고원표는 아직 여유를 잃지 않았다. 그는 공주를 보며 물었다.

"공주의 식견이 풍부하다는 말은 내 익히 들어왔다. 어디 그대가 생각하는 정세를 한번 들어보자."

"과연, 조금도 위축되지 않는 대인의 풍모가 넘치십니다. 하문하신 대로 말씀 올리겠습니다. 다행히 백제와 신라의 나제동맹이 유명무실해졌고 그 틈에 부왕께서는 외교력을 발휘해서 남쪽 지방의 안정을 일궈냈습니다."

"그 일은 조정 대신들이 합심해서 이루어낸 결과다."

"북주가 망했고 돌궐도 갈라졌습니다. 수나라는 오래지 않아 고구려로 동진해 올 것이 분명합니다."

고원표는 자신도 모르게 끙 소리를 내며 헛기침을 했다.

"과연…… 가능한 이야기다."

"수나라는 강남과 강북을 통일하면서 화북, 동북부, 서북부 지역의 교역로를 차단했습니다. 수 문제의 위협은 눈앞에 닥친 현실이 되었습니다. 이런 급박한 정세 속에서도 고추가께서는 태왕과 대립의 각을 세우며 국력을 소모시켜왔습니다."

"이 고구려가 어디 태왕 한 사람의 나라더냐? 나는 폐하의 독단을 견제하고 공신들과 합심하여 이 나라가 더욱 강성한 국가가 되는 데 힘써왔다."

"노 젓는 사공이 많다면 어찌 배가 제 목적지를 찾겠습니까?"

"그 목적지가 어디냐에 따라 다르겠지."

"민심은 천심이라 했습니다."

그 말을 끝으로 공주가 등을 돌렸다.

"군사들은 고추가를 모셔라."

고원표는 포박을 당한 후 큰 자루 속에 넣어져 대기하고 있던 쌍포 돛배로 옮겨졌다.

고건은 주위를 경계하며 해가 뉘엿할 때까지 아버지를 기다렸다.

그러던 중에 강 건너편에서 한 무리의 군사들이 말을 몰아 그에게 달려왔다. 고건은 혹시 아버지가 오시는가 하여 앞으로 나가 그들을 맞이했다. 그러나 세차게 물살을 헤치고 건너온 철기병들 사이에서 친위부대의 깃발이 휘날렸다. 임정수와 김용철이 이끄는 병력이었다. 강을 건너지 않은 군사들까지 합치면 무려 500명은 되어 보였다.

"고 장군께서 여기까지 어인 일이십니까?"

"오늘 부의 모임이 있어 여길 나왔다만 대체 무슨 연유인가?"

임정수가 나섰다.

"오늘 태왕의 뱃놀이를 습격한다는 첩보가 있었습니다. 헌데 장군의 행적이 가장 수상해 보입니다. 이렇게 많은 인원을 이끌고, 예서 뭘 하시는 겁니까?"

"이들은 부내 식구들로 가을 야유회를 나왔을 뿐이다."

"여긴 왕실 나루터가 지척입니다. 방금 숲 속 사당에서 숨겨둔 다량의 무기를 찾아냈습니다."

고건은 내심 놀랐다. 변명의 여지 없이, 영락없이 올가미에 걸리고 말았다.

"상부 고씨의 군대가 대성산에 진주한 이때에 고추가는 행방을 감추었고, 장군은 나루터 주위에 병력을 매복시키고 다량의 무기를 숨겨두었습니다. 사당에서 나온 무기는 칼과 장창, 방패와 쇠뇌까지 있으니 누가 그걸 단순한 호신 무기로 보겠습니까?"

"그건 나도 모, 모르는 일이다."

고건의 낯빛이 창백하게 변하고 목소리는 떨려 나왔다.

"평강공주는 어디 있느냐?"

"그 물음에 답해줄 거라 기대하십니까?"

고건의 언성이 높아지면서 말투가 거칠어졌다.

"건방진 놈, 내 아버지의 행방이 궁금해서다. 온달 장군이라도 만나게 해다오."

"그 또한 소장은 모릅니다. 아직 사태 파악이 안 되십니까? 샛강 모래밭에 가면 장군이 대기하고 있을 거라 했는데 과연 틀리지 않았습니다. 숲 속 사당 주위를 뒤져본 것도 공주님의 언질이 있었기 때문입니다. 장군이 어떤 반응을 보이고 어디로 갈지는 이미 예측된 그대로입니다."

중무장을 한 철기병들이 대오를 정렬하고 공격 명령을 기다렸다. 포위된 가병들의 무기는 보잘것없다. 암만 죽기를 각오하고 싸워도 승부는 뻔할 것이다. 고건은 승패가 뻔한 싸움을 피할 수 있기를 바랐다.

"내가 어떻게 하길 바라느냐?"

"고씨 집안의 일꾼들이라 했지만 여자는 없고 모두 젊은 장정들뿐입니다. 골격이나 눈빛이 예리하고 서 있는 자세를 보아하니 무예를 수련한 자들입니다. 잡아들여 문초하면 순순히 자백할 것이니 장군께서 정하십시오. 가병을 해산하신다면 저들은 목숨을 건질 것입니다."

"내가 순순히 물러설 거라 생각하느냐?"

고건의 말이 떨어지기 무섭게 철기병들이 날카로운 창끝을 세우고 몇 보 앞으로 압박해 들어왔다.

"저항을 하셔도 무방합니다. 그럼 일이 더 수월해지지 않겠습니까? 상부의 군대는 무장 해제되었고 이미 절노부 고추가의 통제 아래 있습니다."

물증이 있으니 가병들이 반항해서 몰살시켰다고 하면 아무도 이의를 제기하지 못할 것이다. 아버지의 생사만 확인되어도 선택이 쉬워질 것 같았다. 고건은 부관을 돌아보며 명을 내렸다.

"식솔들을 해산시켜라."

"장군!"

"짐을 챙겨 고향으로 돌려보내라. 부관은 부로 가서 저들의 노자를 넉넉히 챙겨주거라."

"장군님, 이대로 포기하시는 겁니까?"

"지금은 고추가의 행방을 찾는 일이 더 시급하다. 알겠느냐?"

"네."

임정수와 김용철은 고건을 포박하고 그의 가병들을 현장에서 전원 해산시켰다. 이들 중 상당수는 순진하게도 자신들이 정말 이곳에 놀이를 나온 줄로 알고 있었다.

대사자 해부루는 어사대로 압송되어 온 고건의 처리를 두고 고심했다. 고건과는 태학에서 수학할 때부터 개인적으로 친했고 호형호

제하는 사이였다. 한나절 내내 서성거리던 해부루는 주위를 물린 뒤 자신의 방으로 고건을 불러들였다.

"건아, 참으로 곤란하게 되었구나."

"미안합니다. 형님의 입장이 곤란하도록 하진 않겠습니다."

"건아, 네가 한 번 형으로 부른 이상 나는 영원히 네 형이다. 존귀할 때나 어려울 때도 형이라는 건 변하지 않는다."

"말씀은 고마우나 이건 왕가의 권력투쟁입니다."

해부루는 할 말을 잃었다.

"내가 무얼 도와야 할지 모르겠구나."

고건은 아버지 고원표의 행방과 생사가 가장 궁금했다.

"혹시 여기에 제 아버님이 와 계십니까?"

"고추가께서는 이쪽으로 오시지 않았다."

"만약 저를 보호하려 든다면 형님의 처신만 더 어려워질 것입니다."

"나는 역모를 꾀했다는 너를 내 방으로 불렀다. 믿고 맡긴 어사대 대장의 직무를 소홀히 한 것이니 태왕을 뵐 면목이 없다. 나는 관직을 떠날 생각이다. 허나 너를 옥에 두고 나가려니 이 또한 괴롭구나."

"형님, 부친을 찾도록 도와주십시오."

"그래, 알겠다. 고추가는 내게도 아버지와 다름없는 분이다."

한참을 고심하다 해부루는 자신의 단검을 건네주었다.

"매일 삼경이 되면 형리들이 교대를 하니 바깥의 사람을 불러들여라. 나도 딸린 가족이 있으니 이 정도밖에는 도울 수가 없구나."

고건은 해부루의 협조로 어사대 감옥을 탈출하여 성 밖 민가로 몸을 숨겼다.

그후 온갖 인맥을 동원하여 아버지의 행방을 수소문했으나 그 거처를 알 길이 없었다. 다만 고원표의 반역 음모가 백일하에 드러났고 그 잔당을 소탕해야 후환이 없을 것이란 말만 시중에 떠돌아다녔다.

천도

평강공주는 고원표를 내조의 형부刑部나 어사대로 데려가지 않고 절노부 파견부대의 군막에 감금했다. 주작봉은 안학궁이 지척에 있고 인근에 친위부대 주둔지가 있으니 무력으로 고원표를 구출하기란 불가능했다.

별동대가 어둠을 틈타 그를 호송했고 철저한 감시 하에 구금해놓았다. 외부에서는 고원표가 어디에 있는지 행방을 알 수 없도록 만전을 기했다. 소노부의 해지월과 고건이 그의 행방을 끈질기게 추적하고 있음을 평강공주는 잘 알고 있었다. 일부 호족들도 눈에 불을 켜고 그들의 구심점인 고원표의 생사를 탐문하고 다녔다. 고원표의 실종 사건에 대한 소문이 좀처럼 사그라지지 않자, 평강공주는 그들의 이목을 흐리기 위해 맞불 작전을 폈다.

장안성으로 천도한다는 태왕의 칙령이 발표되었다. 이에 전국이 술렁거렸고 백성들의 관심은 장안성 천도로 급격하게 옮겨 갔다. 그들에게 고원표의 행방은 발등에 떨어진 불에 비하면 아무것도 아니었다. 나라의 수도가 평양성에서 장안성으로 옮겨 간다는 소식은 열풍처럼 번져 나가 사람들의 관심을 집중시키기에 충분했다.

공주는 반역의 죄를 물어 고원표를 처형하든지, 아니면 유배를 보내 분열된 국론을 봉합하고 급변하는 대외 정세에 하루빨리 대처해야 했다. 그러나 확신이 서지 않았다. 고원표의 처형 사실이 알려진다면 그를 추종하는 호족들의 반발이 어디까지 영향을 미칠지 걱정되지 않을 수 없었다. 과연 어떻게 해야 고구려가 국론을 모으고 힘을 결집할 수 있을지, 공주는 숙고를 거듭했다.

그러나 태자의 생각은 달랐다. 그가 보기에 고원표의 존재는 꺼지지 않은 불씨와 같았다. 고원표는 끝까지 호족 세력을 등에 업고 태왕에게 저항할 것이다. 한 배를 타고 같은 방향으로 노를 저어갈 수 없다면 배에서 내려야 한다는 것이 태자의 결론이었다.

태자는 수하들에게 고원표를 제거하라고 지시했다. 평강공주와 상의하지 않고 독단으로 내린 명령이었다.

김용철과 송덕일은 아닌 밤중에 홍두깨로 뜻밖의 격전을 치러야했다. 왕궁에서 나온 10여 명의 무사들이 태자의 영패를 내보이며 고원표와 면담을 요구하기에, 별다른 의심 없이 그들을 안내했다.

"영패를 가진 인솔자만 따라오고 나머지는 밖에서 대기하시오."

"그대들은 절노부 무장인가?"

"우린 별동대입니다. 볼일만 보고 바로 나와야 합니다. 여기서 그를 보았다는 말이 외부에 절대 새어나가서는 안 됩니다."

"아마 그렇게 될 것이네."

김용철의 뒤를 따라 안으로 들어간 인솔자는 고원표의 신분을 확인하자마자 무기를 빼들고 그를 암살하려 들었다. 제지하는 김용철과 송덕일까지 입막음을 위해 죽이려 했다. 고원표는 적이다. 적을 살리기 위해 아군에게 칼부림을 해야 하는 웃지 못할 사태가 발생한 것이다.

"급소는 피해라. 이들도 명을 받았을 뿐이다."

"급소나 마나 보통 놈들이 아니다."

왕궁 무사들은 김용철과 송덕일을 가벼이 보고 덤비다 대부분 부상당했다. 왁자한 소란 끝에 절노부 장수가 병사들을 이끌고 와서야 그들은 무기를 거두고 물러섰다. 그만큼 난리를 쳤으니 결국 고원표를 연금하고 있다는 소문을 막기가 어렵게 되었다.

김용철은 하는 수 없이 절노부 파견대장과 협의한 뒤 고원표와 닮은 인물을 변장시켜 마차에 태웠다. 그러고는 송덕일에게 호위 기병까지 딸려서 북쪽 관도를 따라 마차를 전속력으로 몰아가라고 했다. 목적지는 절노부였다. 김용철 자신은 파견부대 인근 민가로 고원표를 이송하여 구금시켜놓고 별동대원들에게 번갈아가며 그를 지키도록 했다.

김용철은 내일을 기약할 수 없는 몸이었다. 그래서 호감을 가졌던 홍일미를 모른 척 팽개치고 장안성을 떠났다. 그라고 나긋나긋하게 눈웃음치며 졸졸 따르는 홍일미가 싫을 리 있겠는가. 최우영 대장이 전사하고 이진무가 상단 관리에 전념하면서 별동대는 실질적으로 김용철이 이끌었다. 바쁜 건 둘째치고 손에서 칼을 놓는 날이 없다 보니 개인사는 뒷전일 수밖에 없었다.

송덕일이 한숨만 쉬고 있던 홍일미에게 넌지시 바람을 넣었다.

"하늘이 무너졌나, 땅이 꺼졌나? 처녀가 웬 한숨이오?"

"사람이 목석같다는 말은 들었지만, 알고 그러는지 모르고 그러는지 답답하기만 합니다."

"짝눈 그놈, 겉보기와는 많이 다릅니다. 단순 무식에 성질도 지랄 같지만 내가 보기에 여자한테는 맹탕입니다. 그놈이 부끄럼을 얼마나 잘 타는데요."

송덕일은 자신이 느끼고 아는 김용철의 심성에 대해 홍일미에게 설명해주었다.

"속이 여리니 그걸 감추려고 괜스레 겉으로 큰소리를 치는 겁니다. 여자를 모르니까 여자 앞에서 그걸 감추려고 퉁명스럽게 구는 거고요. 겉만 보고는 몰라요. 전쟁터에서는 용감무쌍해도 연애는 숙맥입니다."

홍일미는 내심 기뻤다. 자신도 김용철이 그런 사람이라고 생각했지만 송덕일의 입을 통해 확인하니 더욱 확신이 생겼다. 그녀는 푸념을 했다.

"늘 위험을 달고 사니 저를 더 멀리하는 것 같습니다."

"짝눈 주변머리로는 절대 여자에게 먼저 고백할 위인이 못 됩니다. 무조건 쳐들어가세요. 눈에 자꾸 띄면 신경이 쓰이고 정도 깊어지지 않겠습니까? 그래도 안 되면 먼저 덮치든가요."

송덕일의 충고를 들은 홍일미는 입술을 깨물었다. 노처녀 반열에 들어선 그녀가 무서울 것이 뭐 있겠는가. 홍일미는 비장한 각오를 아버지에게 밝히고 평양성 김용철의 숙소로 쳐들어갔다. 그러고는 송덕일의 말대로 덮쳤다. 확인 결과, 김용철은 정말 숙맥이었다.

정식 혼례를 올리고 오순도순 살지 못해도 좋았다. 단순하고 우직한 남자지만 가슴속에 스며든 사람이다. 홍일미는 사랑을 택했다. 단 하루를 살다 죽더라도 그 소중한 사랑을 확인할 수 있다면 그것으로 후회는 없었다.

고원표의 암습 사건을 전해 들은 평강은 온달과 함께 평원왕을 찾아갔다. 평원왕은 듬직한 사위를 보며 흡족한 표정을 감추지 못했다.

"아바마마, 수 문제가 고구려 사신들을 위해 대흥전에서 잔치를 베풀어 위무했다 들었습니다. 하오나 수나라가 돌궐에 대한 이간책을 계속 하는 동안은 화평을 기대하기 어렵습니다. 수나라의 뿌리는 북주에 있으니 저들은 패전을 복수하려고 이를 갈 것입니다."

평원왕도 그런 사정을 잘 알았다. 그래서 오래전부터 대비책을 강구해오고 있었다.

"우리도 꾸준히 군량을 비축하고 무기를 제조해오지 않았느냐. 허나 암만 계산해도 병력의 차이가 너무 난다. 그 차이는 어쩔 수가 없구나."

"아바마마, 우리가 모자란 걸 걱정하기보다 우선은 내부의 힘을 통합하여 위험이 닥쳤을 때 전력을 기울일 수 있도록 해야 합니다. 근래 봉지 개혁에 대한 불평이 높고 장안성 천도로 민심이 술렁이고 있습니다."

하나같이 평원왕을 괴롭히는 문제들이었다. 그는 딸을 지그시 바라보며 걱정스런 목소리로 말했다.

"그것을 빌미로 우매한 자들이 변란을 일으킬까 걱정스럽도다."

"아바마마, 그래서 부마가 진언을 드릴 것이 있다고 합니다."

"그래? 뭐든 망설이지 말고 말해보아라. 부마도 왕실의 일원이 아니냐."

온달은 평원왕의 부드러운 눈빛을 받으며 아뢰었다.

"상부 고씨의 후속 처리에 대해 말씀을 올리겠습니다. 제가회의에서 그의 신병 처리를 묻는다면 그는 죽은 목숨이나 다름없습니다. 그러나 그 반발 또한 만만치 않을 것이라 사료됩니다. 폐하께서는 그를 어떻게 처리하시려는지요?"

"역모의 죄는 죽음으로 씻을 수밖에 없다. 다만 그간의 공로를 봐서 친족의 가벌은 참작되어야 할 것이다."

친족이라면 결국 왕족인 고씨를 말함이다. 일반 벼슬아치라면 3족이나 9족을 멸했을 것이다.

"만약 고추가를 처형한다면 그것을 핑계로 호족들이 재결집할 것입니다. 저들의 반발은 결국 나라의 통합을 방해하고 폐하의 치세에 상당한 부담으로 작용될 것입니다."

"왜 아니겠느냐. 과인도 그 점을 염려하고 있다."

공주가 어두운 기색으로 아뢰었다.

"아바마마, 태자가 고추가를 습격했습니다."

"뭐라고? 그런 일이 있었느냐? 그는 어찌 되었느냐?"

"행방을 추적할 수 없는 곳으로 옮겼습니다."

"일을 저지를 작정이었다면 실패는 말았어야지. 고원표는 상징적인 존재다. 그 잔당의 동향을 면밀히 살피고 자극은 피해야 한다."

태왕은 상황 판단 능력이 뛰어났다. 평강과 온달도 평원왕의 의견에 동의했다.

다시 온달이 태왕에게 간언했다.

"폐하, 시간이 흐르면 사람은 죽기 마련입니다. 고추가를 바로 처형하기보다 자신의 행동을 후회하며 살도록 살려둔다면 그것이 더 큰 처벌이 되지 않을까 합니다."

"하하하, 부마가 피를 싫어한다는 말이 사실인가 보구나."

"고추가를 살려두고 그를 고립시킨다면 적의 예봉을 피하고 천도를 위한 명분도 쉬이 얻을 수 있으리라 사료됩니다."

평원왕은 온달의 말에 부쩍 호기심이 생겼다. 그렇게 해서 일이 잘 풀린다면 못 할 것도 없었다.

"어디 자세히 말해보아라."

"출병하라는 폐하의 어명을 거역하고 고추가는 스스로 중병을 칭했습니다. 숨기면 밝히려 들고 억압하면 반발하는 것이 세상의 이치라 합니다. 하오니 고추가가 자의로 공직을 사임케 하시고 오히려 그의 병이 위중함을 널리 알리소서. 그렇게 되면 점차 사람들의 관심이 그로부터 멀어지고 호족들도 그를 빙자하여 더 이상 세력을 모으지 못할 것입니다."

평강도 온달을 거들었다.

"하늘같은 부왕의 성은으로 고원표가 죽음에서 벗어났지만 그가 병으로 무력해진다면 아바마마께 반기를 들고 대항할 명분을 잃고 말 것입니다."

"그래, 그 뜻은 잘 알았다. 하면 천도를 위한 대의는 어떻게 얻는다는 말이냐?"

이에 온달은 옛 진나라의 내민內民 정책을 예로 삼아 진언했다.

"폐하, 한 나라의 근본은 그 백성에 있고, 백성이 있어야 왕과 대신

도 있다 했습니다. 황송하오나 그 백성들은 전쟁을 통해 영토를 넓히
는 것을 자랑으로 여기지 않습니다. 화목한 가정을 이뤄 아이를 키우
고 배불리 먹고 겨울에는 춥지 않기만을 바랄 뿐입니다."

씁쓸하지만 동의하지 않을 수 없는 말이었다.

"하오나 그런 백성들의 숫자가 그 나라의 국력을 대변합니다. 고구
려는 국토에 비해 인구가 적어 제후국으로 대신 영토를 다스리게 해
왔습니다. 인구가 늘어나지 않고는 국력이 강해질 수 없습니다. 장안
성으로 천도할 때 조정을 따라오는 자들은 그 민족과 출신을 불문하
고 농토와 집을 나눠 주고 3대까지 세금을 면제해준다면, 평양성 인
근 백성은 물론이거니와 신라와 백제, 거란, 말갈의 백성까지 이주하
여 이 땅에서 살기를 희망할 것입니다. 타국에서 들어와 농사를 짓는
이민족은 징집에서 제외시키고 그들이 농업 진흥에만 힘을 쏟도록
이끌어준다면 부국富國의 꿈이 머지않을 것입니다."

평소와는 다른 온달의 소신 피력에 태왕은 눈을 가늘게 뜨고 귀를
기울였다.

"또한 전쟁을 치른 병사들은 공이 있는 자와 그렇지 못한 자를 엄
정하게 가려서 공이 있어도 등급을 나누고 의복이나 집에 차별을 두
어야 합니다. 전공이 있는 자는 자기 직위에 맞는 호화로운 생활을
하고 전공이 없는 자는 부자라 하더라도 화려한 생활을 할 수 없게
한다면 다들 공을 세우기 위해 진력을 다할 것입니다. 나라에 공을
세우려는 병사들이 넘친다면 저절로 강병強兵을 얻을 수 있습니다. 수
도를 이전하고 부국강병을 이루는 대업은 백성들의 자력에 의해 이
루어져야 가능한 일입니다."

탁자를 쾅, 쾅 치며 평원왕이 통쾌하게 웃었다.

"하하하, 이는 부마가 평범한 백성이었기에 내놓을 수 있는 묘책이로다. 백성들이 나서서 스스로 노력한다면 해내지 못할 일이 무엇이란 말이냐."

이후 평원왕은 조정 대신과 귀족 들의 반대를 물리치고 기어코 온달을 왕궁 수비대장으로 삼았다. 그리고 그를 소중히 여기며 자주 찾아 나라의 큰일을 의논했다.

서기 585년, 동돌궐이 수나라에 패했다.

세월이 갈수록 고건은 지쳐갔다. 백방으로 아버지의 행적을 추적하고 미심쩍어 보이는 곳은 모두 샅샅이 뒤져보아도 그 흔적을 찾지 못했다. 고건의 집안은 멸문을 면하고 그 명맥만 구차하게 이어가는 형편이었다. 가산이 몰수되고 엄격하게 감시를 받는지라 고건은 떠돌아다니며 반격의 기회만 노렸다. 다른 사람은 몰라도 공주는 부친의 행방을 알고 있을 것이라 여겼다.

태왕의 포고령을 읽은 백성들은 장안성 천도에 대한 기대 반 우려 반으로 떠들썩했다. 토지를 갖지 못한 백성들이 미리 이삿짐을 꾸려 떠나거나 그 준비를 서두르는 관계로 평양성은 어수선한 분위기였다.

온달은 후원 연못 주위를 대나무로 낮게 둘러쳐서 난간을 만들어 사씨가 잡고 다니기 편하게 해두었다. 날씨가 안 좋아 사씨의 기침이 심해지자, 공주는 왕궁 의관을 시켜 진맥하게 했고 보내온 탕약을 처방대로 끓여 간호했다.

온달과 평강은 극과 극의 다른 세계에서 태어나 자랐지만 서로 존중하며 상대를 배려하는 가운데 조화를 찾아갔다. 그러나 평강은 가끔 자신이 다가서기 어려운 온달만의 어두운 그늘을 보았다. 그럴 때면 우울해지고 죄책감마저 들었다. 온달은 공주를 위하는 일이라면 뭐든 기꺼이 달려와서 힘이 되어주려 했다. 그러나 남몰래 감추어온 마음의 병은 오히려 안으로 곪아 들어갔다.

온달의 서재에는 누군지 알 수 없는 위패가 여럿 마련되어 있었다. 온달은 가끔 텅 빈 위패를 향해 향을 사르고 한참 동안 묵상에 잠기곤 했다.

평강은 온달의 끝 모를 고통이 자신으로부터 비롯된 것이라는 생각을 지울 수가 없었다. 그가 만약 자신을 만나지 않고 평범한 범부의 삶을 살았다면 누구도 해침 없이 다정하고 착한 남자로서 일생을 마쳤을 것이다. 틈이 나면 평강은 이불란사로 찾아가 사자死者의 극락왕생을 위해 불공을 드리고 온달의 자책을 조금이라도 덜어주고자 치성을 드렸다.

새벽에 눈을 뜨면 온달은 어김없이 빈소를 찾았다. 그 시각, 평강은 맑은 정화수를 떠놓고 천지신명과 부처님을 향해 나라와 집안의 화목을 기원했다.

높은 담벼락이 바람의 흐름을 끊어놓아 새벽안개가 유달리 짙어졌다. 뿌연 안개가 사물의 윤곽만 어렴풋이 비쳤다.

"정성이 지극하십니다. 무얼 그렇게 빌고 있소?"

평강이 고개를 돌렸다. 혹시 자기가 잘못 들은 게 아닌가 여겼다. 하지만 분명 사람의 목소리를 들었다.

"누, 누구신지?"

"나는 여태껏 단 한 번도 공주를 잊어본 적이 없소. 이제는 그것이 그리움이 아니라 원한에 사무친 복수심이지만 말이오."

"오셨군요. 언젠가는 찾아오시리라 생각했습니다."

주위를 둘러보는 평강을 향해 고건이 차갑게 내뱉었다.

"밖을 지키는 병사들은 별 도움이 못 될 것이오."

고건의 곁으로 그의 수하들이 피에 젖어 번들거리는 칼을 들고 나타났다.

"누가 왔느냐?"

때마침 새벽잠이 없는 사씨가 더듬거리며 후원으로 내려섰다. 고건의 부관이 온달의 어머니라고 재빨리 설명했다. 평강은 벌떡 일어나 사씨 앞을 가리고 섰다.

"이제 다 끝났습니다. 장군의 가족은 모두 무사하지 않습니까?"

"살아 있다고 산목숨이 아니오. 내 부친의 소식을 듣고 싶소."

"고추가께서는 평안히 잘 계십니다. 그것만 알아두십시오."

"온달을 나오라 하시오."

"안 됩니다. 온달님은 더 이상 검을 들 수 없습니다."

그때 희미하게 안개가 걷히면서 온달이 걸어 나왔다.

고건은 부관에게 지시했다.

"온달 장군에게 검을 줘라."

"사람 소리가 들려 누군가 했더니…… 나는 더 이상 칼을 들고 싶지 않소. 양해해주시오."

온달은 허리를 꺾어 고건에게 머리를 숙였다.

"우리가 싸워야 할 이유는 없소."

"싸울 이유가 없다면 이유를 만들면 된다."

고건이 평강을 피해 검을 날려 순식간에 사씨를 베었다.

"어머니!"

평강과 온달이 동시에 외쳤다. 그러나 사씨는 이미 가슴에 피를 철철 흘리며 쓰러져 가쁜 숨을 몰아쉬었다. 온달이 달려가 그녀를 안았다. 아들의 품에 안겨 놓칠세라 온달의 손을 꼭 움켜쥔 사씨는 이윽고 힘없이 눈을 감았다.

고건이 온달을 보며 말했다.

"너도 느껴봐라. 혈육을 잃은 슬픔이 어떤지. 이만하면 서로 죽여야 할 이유가 충분하지 않느냐."

광기에 가득 찬 고건은 중요한 사실 한 가지를 모르고 있었다. 온달이 태왕에게 간청하여 제 아비를 살려주었다는 것을……. 만약 알았다면 그도 온달의 어미를 베려고는 하지 않았을 것이다. 그것이 사람의 한계다.

온달은 한없이 눈물을 흘렸다. 붉게 충혈된 그의 눈에서는 하염없이 눈물이 솟구쳐 나왔다.

"눈먼 봉사인 내 어머니가 무슨 잘못이 있소? 한평생 어둠 속에 갇혀 살아오신 분이거늘."

고건은 동요하지 않았다.

"긴말 필요 없다. 저자에게 검을 줘라."

고건의 부관이 자신의 검을 온달에게 내밀었다.

"그는 쌍검을 쓴다. 두 자루를 줘라."

그러나 온달은 고건을 응시하며 말했다.

"그냥 나를 베시오!"

"온달님, 안 됩니다."

사씨의 시신 옆에서 울고 있던 평강이 당혹스러운 목소리를 터뜨렸다.

"길게 말하지 않겠다. 검을 들어라. 아니면 다음 차례는 공주다. 시험을 해보아도 무방하다."

엄포가 아니다. 고건은 작심을 하고 왔으니 공주도 벨 것이다. 떨리는 손을 내밀어 온달은 검을 받았다.

"하하하, 어리석은 놈. 공주가 너를 사랑해서 같이 살아온 줄 아느냐? 넌 공주의 꼭두각시였다. 너를 이용해 정적을 제거했고 백성들을 속여 제 아비의 권력을 공고하게 만들었을 뿐이다."

세상 만물은 같은 일이라도 누구의 관점으로 어떻게 보느냐에 따라 그 의미가 천양지차다.

온달은 무심한 눈으로 고건을 보았다. 그의 눈에는 아무것도 비치지 않았다. 이미 세상의 의미를, 삶의 의미를 잃어버린 사람처럼 초연하기까지 했다.

"공주가 나를 사랑하지 않았다 해도 상관없소. 내가 공주를 좋아했고 소중히 아낄 수 있었다는 것만으로도 내겐 과분하오."

담담한 온달의 말에 고건은 이성을 잃어갔다.

"하하하, 그동안 네놈이 얻은 것이 무엇이냐? 네 몸에 걸친 비단 쪼가리냐? 아니면 태왕의 개가 되어 짖고 다녀야 하는 그 머리에 쓴 관이냐?"

"장군, 많이 변하셨구려. 할 말을 다 했다면 빨리 끝냅시다."

팔 근육에 불끈 힘이 들어가는가 싶더니 고건이 먼저 몸을 날렸다. 방어보다 공격에 치중한 싸움이었다. 상대의 공격을 막고 빈틈을 보아 베거나 찌르는 것이 싸움의 상식이지만 둘 다 그게 아니었다. 고건이 온달의 몸을 베면 온달도 고건의 몸을 베었다. 조금도 양보가 없었다. 칼날이 번뜩일 때마다 두 사람의 상처가 늘어갔다.

아침 햇살이 희미해진 안개를 쫓아내고 찬란하게 사위를 밝혔다. 온달은 햇살이 너무 밝다고 느꼈다. 흙 알갱이 하나하나가 선명하게 살아서 빛나 보였다. 풀잎, 나무, 돌, 사람의 피부도 햇빛을 받아 찬란하게 빛났다. 땅바닥에 뿌려진 선홍빛 핏물마저 환하게 빛나서 아름다워 보였다.

순간 고건의 검이 햇살을 반사하면서 온달의 시야를 찔러 왔다. 알아들을 수 없는 괴성을 지르며 고건이 치고 들어오자 온달도 전력을 다해 맞부딪쳤다. 칼을 쥐면 피를 보는 건 당연지사. 생사를 도외시한 고건의 칼질이 온달의 검에 막히는 횟수만큼 또 하나의 검이 고건의 몸을 찢어놓았다.

마음을 비우면 모든 게 밝아지고 뚜렷해진다. 어머니 사씨가 늘 하던 말이었다. 온달의 눈에 한 줄기 바람이 일었다가 저 멀리 날아가는 것이 보였다. 가까운 야산에서 까마귀 울음소리가 까악, 까악 들려왔다. 울음소리가 청명하니 하늘은 푸르고 날씨는 맑을 것 같다.

한바탕 온달의 춤사위에 엉망으로 찢긴 고건의 몸이 더는 지탱하지 못하고 스르륵 무너졌다. 고건의 부관이 쓰러진 그에게 달려갔다.

"장군!"

고건의 숨소리가 잦아들어갔다. 이승의 짐을 놓고 집착이 사라져가는 그의 얼굴이 하늘을 향했다. 그는 깊은 숨을 한번 내뱉고 눈을 감았다.

"가라. 장군의 시신을 잘 수습하거라."

평강의 말에 퍼뜩 정신을 차린 부관과 수하들은 고건의 시신을 등에 업고 떠났다.

이미 차가워진 사씨에게 다가간 온달은 어머니를 품에 안고 절규

했다. 그러나 울음소리조차 제대로 나오지 않았다.

"어, 어, 어……."

몸을 앞뒤로 흔들면서 뜻 모를 소리를 토해내다가 기어코 꺼이꺼이 통곡을 했다. 평강도 넋이 나간 듯 멍하니 서 있었다.

평원왕 재위 28년(서기 586년), 30년이 넘게 걸린 장안성 축성 공사가 끝나고 몇 달에 걸쳐 천도가 성공적으로 이루어졌다.

장안성은 이전 평양성과 다르게 왕궁과 관청, 귀족들뿐만 아니라 일반 백성들의 거주지까지 차별을 두지 않고 성곽을 세워 수도 방어에 더욱 용이하도록 축성되었다. 수나라의 침공에 대비하여 정교하게 쌓아올린 성벽은 구역에 따라 내성, 중성, 외성으로 불렸다. 내성은 왕궁, 중성은 행정기관과 귀족의 저택, 외성은 일반 주민의 보호성 역할을 했다. 특이한 것은 각 구간마다 축성 책임자를 정하고 '각자성석刻字城石'이라고 부르는 돌에 어떤 과정을 거쳐 누구에 의해 축조되었는지 그 이름과 내역을 새겨놓았다. 책임 구획을 정한 덕분에 성은 더욱 견고하게 축성될 수 있었다.

장안성 성곽의 남쪽에는 대동강이 팔자 형태로 흐르고, 서쪽으로는 보통강이 흘러 자연적인 방어망을 구축했다. 장안성은 북쪽 금수산의 주봉인 모란봉을 정점으로 대동강과 보통강을 해자 삼아 강안을 따라 쌓은 평지 산성이었다. 산성, 궁성, 나성의 3중 구조를 갖춘 장안성은 무엇보다 견고한 방어력이 자랑이었다. 또한 외성 안에는 물줄기 길이가 10리에 달하는 큰 운하가 들어와 있어 밀물을 이용해 들어온 많은 상선들이 정양문正陽門 밖에 정박하면서 성안까지 화물을 운반했다.

평강공주와 온달은 평원왕을 도와 성의 치와 보를 손질하고 성곽을 더욱 튼튼하게 보강했다. 김용철과 홍일미는 공주와 온달의 뒤를 그림자처럼 따라다니며 힘을 보태주었다.

서기 589년, 수나라 문제는 아들 양광을 시켜 진나라를 멸하고 전 중국을 통일하였다. 문제는 고구려 평원왕에게 조서를 내렸다.

"고구려가 비록 번국藩國이라 칭하기는 하나 정성과 예절을 다하지 않는다."

또한 이렇게 책망했다.

"그곳이 비록 땅이 좁고 인구는 적지만, 만약 왕을 쫓아낸다면 그대로 비워둘 수 없으므로 결국 다시 관리를 뽑아 안무하게 해야 할 것이다. 왕이 만약 마음을 닦고 행실을 고쳐 법을 따른다면 곧 짐의 어진 신하가 되는 것이니 어찌 수고롭게 따로 재주 있는 사람을 보내겠는가? 왕은 요수의 넓이가 장강과 비교하여 어떠하며, 고구려 인구의 많고 적음이 진나라와 비교하여 어떠하다고 여기는가? 짐이 왕을 포용하고 기르려는 생각을 가지지 않고 이전의 잘못을 책망하려 한다면 한 장군에게 명하면 될 일인데, 어찌 많은 힘이 필요하겠는가? 은근히 타일러서 왕이 스스로 새로워지게 하려 할 뿐이다." (수서隨書의 기록)

수 문제의 협박에 가까운 조서를 받고 평원왕보다 태자가 불같이 노했다. 을지해중의 아들 을지문덕과 신진 소장 세력은 말갈 기병을 동원하여 수나라를 선제공격하자는 주장을 펼쳤다.

그러나 온달은 이들의 정벌론에 반대했다. 장안성으로 천도한 지

얼마 되지 않아 민심이 안정되지 않았고, 나제동맹을 견제하기 위해 한강 유역에 주둔시킨 군대의 전력 유지에도 막대한 군비가 소모되고 있었다.

수십 년의 긴 세월 동안 장안성을 굳건하게 쌓은 것은 침공해 오는 적을 맞아 유리하게 싸우기 위함이었다. 고구려가 이러한 이점을 버리고 대국 수나라를 선제공격하는 것은 위험 부담이 너무 컸다. 이에 평원왕은 내실을 다지고 내일을 기약하자며 수성을 주장하는 온달의 의견을 채택했다.

소식을 전해 들은 공주에게 불길한 예감이 퍼뜩 떠올랐다. 아니나 다를까, 공주의 예감은 어김없이 적중했다. 태자를 추종하는 세력이 북방 정벌이 좌절된 것을 계기로 온달 장군을 견제하고 시기하기 시작했다.

온달은 가난한 평민의 신분에서 왕실의 일원이 된 사람인지라 지지 세력의 뿌리가 깊지 못했다. 별동대가 키워온 선인들만이 그의 배경이라 할 수 있었다. 온달을 따르는 선인들은 평소 흰 모시옷에 검정색 깁으로 허리를 묶고 거처할 집을 자신들이 직접 만들었다. 아내를 얻고 자식을 기르면서 그들은 관청의 기물을 나르고 도로를 쓸고 도랑을 팠다. 그러다가 변경에 경보가 울리면 누구보다 씩씩하게 나가서 적과 싸웠다.

온달의 친위부대로 배치된 선인들의 숫자는 5천에 육박했다. 한때 고원표가 고건을 통해 가지고 싶어 했던 힘이다. 온달 장군은 선인들의 신망과 존경을 한 몸에 받고 있었다. 온달에 대한 평원왕의 신임이 두터워짐에 따라 그의 위엄과 권세도 나날이 성해갔다.

그와 더불어 고구려의 수도가 평양성에서 장안성으로 옮겨지면서 을지해중의 정치적 입지가 급부상했고 을지문덕의 군내 영향력도 막강해졌다. 을지 집안은 평원왕 재위 기간에 대거 신흥 무장들을 배출했고 그 힘을 꾸준히 키웠다.

그런데 공주가 전혀 예기치 않았던 방향으로 을지 집안 세력과 온달의 친위부대가 경쟁하며 반목하는 양상을 보였다. 내정을 안정시키고 국력을 키워 왕권을 강화하기 위해 얼마나 힘든 날들을 보내왔는가? 그러나 아무리 공주와 태자가 사이좋은 오누이고 을지해중과 온달이 가까운 사이라 해도 밑에서 자꾸 흔들면 흔들리기 십상이다. 이것은 무서운 권력투쟁의 시발점이 될 수 있었다.

평원왕은 점차 쇠약해져서 병상에 누워 있는 시간이 더 많아졌다. 공주는 태자의 기질과 정국에 대해 고심을 거듭했다. 태자는 제세안민의 적임자로 자임하는 사람이다. 쾌남에다 영웅호걸의 기질을 가졌고 체구는 7척에 달했다. 다분히 자기중심적인 성격을 가진 태자에게 백성들의 희망이자 전쟁 영웅인 온달은 부담스러운 존재가 될 수밖에 없으리라. 왕궁 수비대장을 겸한 장안성 친위부대의 수장으로 우뚝 선 온달을 태자가 자신의 권력 강화에 장애물로 여긴다면 사태는 걷잡을 수 없어진다.

온갖 음모를 이겨낸 공주의 지략과 친위부대의 힘이라면 능히 태자나 을지해중의 세력을 견제할 수 있을지 모른다. 그러나 태자는 피를 나눈 혈육이다. 만약 그를 누른다면 그 다음엔 또 어찌할 것인가?

권력의 속성을 누구보다 잘 아는 공주였다. 부왕이 승하하고 난 뒤가 더 걱정이었다. 온달은 권력욕이 없고 타인과의 투쟁을 싫어한다. 고민이 깊어가는 공주의 얼굴에는 수심이 가득했다. 그녀는 눈에 띌만큼 하루하루 수척해져갔다.

호숫가의 수면에 산과 숲이 거꾸로 비쳤다. 그 고운 산수화 속에 인간사의 고달픔과는 상관없다는 듯 목련꽃이 활짝 피었다. 하얀 목련은 언제 보아도 순결함과 고결함을 느끼게 하는 꽃이다. 바람에 날려 허공을 선회하다 수면 위로 떨어지는 꽃잎을 보노라면 언제인지 모를 아련한 추억과 그리움이 밀려든다.

평원왕은 병이 갈수록 악화되어 침전에서 누워 지냈다. 몸은 야위어갔고 음식을 삼키지 못해 구토에 각혈을 하는 경우가 잦아졌다. 피부는 탄력을 잃었고 백발은 기름기가 없어 푸석했다.

평원왕은 베개에 머리를 누인 채 가끔 몽롱한 눈빛으로 주위를 둘러보곤 했다. 방 안에는 탕약 냄새와 살 썩는 냄새가 범벅이 되어 묵직하게 가라앉아 있었다. 평강은 아이처럼 연약해진 부왕을 안고 죽을 떠서 입에 넣어주었다. 뼈만 남은 부왕의 팔다리를 보며 그녀는 사람의 일생이 이리도 짧고 가여운가 싶어 인생이 무상해짐을 느꼈다.

부왕이 차도를 보이지 않고 자주 혼절하는 것을 보고 평강은 태자를 불러 의논했다.

"어의는 아바마마의 병세가 위중하니 그 대비를 하라고 했습니다."

"인명은 재천입니다. 울절에게 국상 준비를 시켰고 조정 대신들에게도 미리 통보를 하라고 일러두었습니다. 그보다 누님의 건강부터 좀 살펴야 하지 않겠습니까?"

"태자, 이 누이가 요즘 무엇을 고민하고 힘들어하는지 아십니까?"

태자는 갑작스런 물음에 한참 침묵하다 어렵게 말을 꺼냈다.

"저는 하나뿐인 누님의 친동생입니다. 어린 나이에 어마마마를 잃었고 부왕마저 내일을 기약할 수 없게 되었습니다. 누님이 없었다면 어떻게 제가 오늘에 이를 수 있었겠습니까?"

평강은 고개를 끄덕였다. 태자의 심중에 무슨 생각이 담겨 있는지 잘 알기 때문이었다. 그러나 평강에겐 해야 할 말이 있었다.

"사람의 마음이나 약속은 시간이 흐르면 달라지고 상황에 따라 변하는 경우가 비일비재합니다. 왕좌를 얻기 위해 혈육이나 제 아비를 친 고사故事가 넘치도록 많습니다."

태자도 누이가 무슨 말을 하려는지 잘 알았다.

"정녕 제가 누님의 뜻에 어긋난다면, 건무 왕자로 하여금 다음 보위를 잇도록 하십시오. 저는 태왕의 권좌보다 누님과의 정이 더 소중합니다."

평강의 눈앞이 뿌옇게 흐려졌다. 눈가에 눈물이 맺혀 흘러내렸다. 한동안 말라버린 눈물이다. 그녀는 자신이 울보 공주가 맞긴 맞나 보다고 생각했다.

"태자는 명심해야 합니다. 이 누이가 적이 아닌 것처럼 부마는 태자의 적이 아닙니다. 언제든 태자를 지키는 우군으로 남아 있을 겁니다."

"누님, 저는 제 검을 건무 왕자에게 주었습니다. 부마에게는 대를 이어 왕궁 방어를 맡기도록 하겠습니다."

그제야 평강은 마음이 놓였다. 태자도 마음 깊숙한 곳에서는 온달을 든든한 우군으로 여기고 있음이 분명했다. 다만 주위 신하들의 간언 때문에 드러내지 못한 것이리라.

"태자, 만약 수나라가 군대를 동원하여 침공의 조짐을 보이면 말갈병을 동원해 요서 지방을 기습하세요. 그럼 그들은 전략 요충지를 잃고 보급로가 길어져 분명 패퇴할 것입니다."

"오, 묘책입니다. 본국의 병력이 움직이지 않는다면 수나라 군대는 안심하고 전선을 확대시킬 것입니다. 그때 말갈병을 투입시킨다면 승패는 분명히 우리 쪽으로 기울 겁니다. 과연 누님의 혜안은 특출하십니다."

평강은 고개를 젓고는 빙긋이 미소 지으며 태자에게 말했다.

"이건 내 생각이 아닙니다. 전쟁이 일어나도 병사들의 희생을 줄이고 싶어 하는 부마도위의 뜻입니다. 그는 그런 사람입니다."

서방님, 어디로 가십니까

서기 590년 10월, 평원왕이 서거하고 태자가 뒤를 이어 영양왕으로 즉위하였다.

평원왕은 고구려의 내정을 안정시키고 국력을 신장하여 외세의 침략을 막았고 백성들이 태평성대를 누리도록 필생의 노력을 기울였다. 한 시대를 마감하듯이 왕의 침소는 어두운 장막으로 가려졌다.

이불란사 의연스님의 독경 소리가 국상 기간 내내 끊이지 않았다. 물거품 같은 육신의 허상에 매이지 말고 참된 자기를 깨달으라는 불경의 가르침이었다.

석 달간의 국상을 마친 후, 평강공주는 귀족들과 조정 대신들이 기다리는 대전으로 영양왕과 나란히 들어갔다.

영양왕의 치세가 시작되자 그동안 수면 아래 있었던 태후의 처신

문제를 지적하는 대신들이 속속 나타났다. 태후는 놔두더라도 건무 왕자와 태양을 멀리 유배시켜야 한다는 것이었다. 겉으로는 왕권을 위협하고 득세하지 못하도록 후환을 없애야 한다는 논리를 내세웠지만, 이는 새로운 정권 하에서 권력을 선점하기 위한 힘겨루기에 불과했다. 조정 대신들은 경쟁하듯이 희생자를 찾아내어 갈기갈기 물어뜯으려고 으르렁거렸다.

공주에게는 섭정을 하려는 마음이 추호도 없었다. 영양왕은 호락호락한 인물이 아니다. 그래도 이건 아니라고 여긴 공주는 영양왕의 허락을 구한 후, 대전으로 나가 조정 대신들 앞에 섰다.

을지해중, 온달, 임정수, 김용철, 송덕일 등 덩치가 산더미 같은 무장들의 호위를 받으면서 등장한 공주의 위세에 조정 대신들은 압도되었다. 영양왕조차 어좌에 앉지 않고 서서 공주에게 자리를 먼저 권했다.

"누님께서 먼저 좌정하십시오."

"아닙니다. 태왕께서 용상에 앉으시면 저는 한 가지 당부만 하고 나가겠습니다."

대전에 운집한 귀족들과 대신들이 탄성을 토해냈다. 그들을 일별한 뒤 공주가 말문을 열었다.

"선대 평강상호왕平崗上好王께서는 저와 영양왕, 왕자 건무와 태양을 남기셨습니다. 선왕께서는 평생을 바쳐 나라의 화합과 발전을 위해 노력하셨습니다. 그런데 대체 누가 선왕의 자식에게 화의 근원이라 말하고 태왕이 동생들을 제거해야 한다는 망발을 하십니까? 누가 감히 형제간의 골육상잔을 부추긴단 말입니까? 건무와 태양 왕자는 선왕의 친자식이며 제 동생들입니다. 만약 왕가의 자손이 피를 흘려야 한다면 그곳은 나라를 지키는 전쟁터뿐입니다. 저희가 그렇게 얕보였습니까? 건무와 태양 왕자를 제거하고 나면 다음은 누구 차례입니까? 접니까? 아니면 부마도위입니까?"

쥐 죽은 듯이 대전이 정적에 싸였다.

"분명히 말씀드립니다. 앞으로 두 번 다시 이 문제를 거론하는 자가 있다면 처벌을 면치 못할 것입니다. 남을 비난하여 갈등을 조장하고 국론을 분열시키려는 자는 반역 도당으로 간주할 것입니다."

얼음장같이 싸늘하고 준엄한 공주의 말에 고개를 끄덕이며 영양왕이 용상에서 일어났다.

"건무 왕자는 앞으로 나서라."

"네에, 폐하."

"비사성 성주는 들으시오."

상장군 연무창이 한 걸음 옆으로 나와 고개를 숙이며 우렁차게 외쳤다.

"소장, 명을 받들겠사옵니다."

"과인은 차제에 건무 왕자에게 2만 수군의 제독직을 수임케 할 작정입니다. 상장군께서는 건무 왕자가 기량을 갖추도록 잘 가르치고 이끌어주십시오. 건무 왕자가 고구려를 위해 목숨을 바칠 수 있도록 도와주십시오."

"소장, 신명을 다해 어명을 받들겠사옵니다."

평강공주와 영양왕의 일치된 의견과 그 처결 앞에서 조정 중신들과 귀족들은 할 말을 잃고 머리를 조아렸다.

그러나 무릇 권력이란 그런 것인가? 어느 시대건 권력의 주변에는 탐욕스러운 자들이 넘쳐난다. 그들은 갈등을 조장하고 패거리를 지어 싸움을 일삼는다. 자고로 지혜로운 군왕은 분란을 일으키는 자를 멀리하고 그 조화와 화합을 찾는 데 힘을 쏟아야 한다. 자극적인 분쟁은 솔깃하고 흥미를 끌지 모르지만, 그것은 곧 망국의 지름길이다. 조화와 타협은 시간이 걸리고 힘들지 몰라도, 그것이 새 시대를 열고 역사를 진보시킨다.

조정에서는 예나 다름없이 사사건건 첨예한 대립이 생기고 격론이 벌어졌다.

이번에는 조의군 수장의 보임을 누가 맡느냐 하는 안건이 가장 큰 관심사로 떠올랐다. 조의두대형皁衣頭大兄은 고구려의 14관등 가운데 다섯 번째 등급으로, 국정에 참여해 국사를 논하는 관직이다. 3년에 한 번 바뀌는 임기제이며 교대 시에는 불복종하는 자가 속출하여 그들끼리 권력투쟁을 벌이기도 했다. 그러면 태왕은 왕궁의 문을 걸어 잠그고 기다렸다가 승자가 결정되면 추인했을 정도니, 그 독립적인 지위와 휘하 군세가 막강하다 하지 않을 수 없었다.

절대 다수의 선인들은 온달 장군을 지지했다. 그러나 태왕의 핵심 측근들은 온달의 권세가 너무 확대되는 것을 원하지 않았다. 온달의 힘이 영양왕을 능가할 정도이며 모반의 소지가 있다는, 그들 나름의 충정 어린 상소가 영양왕에게 올라갔다. 온달의 친위부대가 전리품을 몰래 챙기고 있으니 군기 문란죄로 치죄해야 한다는 밀고도 잇따랐다.

조의군은 전장에 나갈 때 각자 양식을 마련해 가기 때문에 나라의 경비를 소모하지 않는다. 그대신에 적의 무기나 군량을 전리품으로 재량껏 보관하고 지역별로 상황에 따라 그것을 적절히 운용한다. 그런데 이제 와서 중죄라고 몰아붙였다.

조의군의 군기 문란 행위를 입증하는 수많은 증거가 제출되고 전리품 보관창고가 압수되었다. 영양왕이 외면하는데도 반대 세력은 온달 장군을 비난하며 공세 수위를 높여갔다. 태왕의 측근일수록 그 정도가 더 심했다. 현지 부대를 순시하면서 온달이 조정에 출사하지 않는 행위는 태왕의 권위를 가벼이 보는 처사라 비판했고, 대규모 군사 훈련을 위한 수렵 대회는 사치와 향락을 조장하는 소모적인 행사라 떠들었다.

과연 그들은 눈이 가고 손이 닿는 것이면 뭐든 공격의 소재로 삼는 탁월한 재주를 가졌다.

사랑하는 임의 반가운 얼굴이 저럴까? 손을 뻗으면 잡힐 것 같은 노랗고 둥근 달이 나뭇가지에 걸렸다. 온달은 벼루에 먹을 풀고 글을 썼다. 손목의 힘을 가감하고 유연하게 회전시키면서 그는 호흡을 조절했다. 열중하노라면 어느새 이마의 땀이 화선지 위로 뚝 떨어졌다.

말없이 곁에서 먹물을 갈아주던 평강이 한탄조로 말을 꺼냈다.

"저는 단 한 번도 값비싼 패물이나 빛깔 고운 비단에 현혹된 적이 없습니다. 뱃놀이나 꽃구경은 마다했고 요란하게 치장한 마차를 타고 하사받은 식읍을 둘러보거나 그 논밭을 늘리려 애쓰지도 않았습니다. 재물과 곡식은 창고를 채우기 전에 백성들에게 모두 나눠 줬고요."

"마음씀씀이가 그러하니 백성들의 송찬이 끊이지 않는 거지요."

온달의 말도 평강에게는 위로가 되지 못했다. 그녀는 고개를 꼿꼿이 세우고 온달 곁에 다가앉았다.

"그런데 어찌 저들은 무례하게 우리를 비난하는 거죠? 때로는 함구하고 있는 태왕이 원망스럽습니다."

"소문에 귀를 기울이면 저들에게 더욱 끌려갈 뿐입니다. 뭐라고 떠들든 가만 놔두면 제풀에 지치겠지요. 해가 뜨면 지고, 달이 차면 기우는 법입니다. 적당한 시기를 찾아 물러서는 것도……."

"이대로 물러서면 지고 맙니다."

평강은 단호했다. 이해가 안 되는 건 아니었다. 앞만 보고 질주해 왔는데 어떻게 갑자기 우뚝 멈춰 서서 방향까지 바꿀 수 있겠는가. 달려온 세월을 감안하면 멈추는 데도 시간이 걸릴 것이다.

한동안 평강의 아리따운 얼굴을 찬찬히 살피던 온달이 미소를 지으며 입을 열었다.

"울보면 어떻고 바보면 어떻습니까?"

아이 때부터 남들의 놀림에 익숙했고 화내는 걸 모르고 살아온 그였다.

"여태껏 소문은 한쪽 귀로 흘려듣지 않았소?"

반응을 보이고 반발할수록 문제가 확대되고 갈등이 커질 것이다.

"밤이나 낮이나 가리지 않고 개는 짖어대지요. 제 주인을 지키려고 짖는 것이겠지만, 옳은 짓인지 나쁜 짓인지 개에겐 그것을 가릴 눈이 없답니다."

온달은 자리에서 일어나 창가로 걸어갔다. 저 하늘 위에서 노란 보름달이 은은하게 웃고 있었다. 마치 자신의 마음을 비추어 보여주는 듯했다.

다음날, 단기필마로 을지해중이 진중에 있는 온달을 찾아왔다. 한달음에 달려 나가 반갑게 맞이한 온달은 극구 을지 장군을 자신이 앉았던 상석으로 모시었다.

"상장군께서 어인 일로 여기까지 오셨습니까?"

"한동안 적적했습니다. 부마의 얼굴이나 뵐 겸 들렀습니다."

을지 장군의 멋들어지게 기른 흰 수염은 신선의 풍모를 엿보게 했고 온화하고 밝은 미소는 깨끗이 비워둔 사심 없는 마음을 대변하는 듯했다.

"소장은 공주님의 천거로 평양성 수비대장이 되었고 태자의 대부로 오래 광영을 누렸습니다. 제가 공주님의 믿음을 저버린다면 하늘을 쳐다보고 살아갈 면목이 없을 것입니다. 이제 태자님이 장성하여 태왕으로 등극하셨으니 저는 그만 군에서 물러날까 합니다."

온달은 을지 장군의 인품과 기개를 누구보다 깊이 신뢰하고 있었다.

"장군께서 퇴진하시는 건 이치에 맞지 않습니다."

그러자 노구의 장군이 온달에게 머리를 숙였다.

"제 부하 장수들의 잘못을 용서해주십시오. 제대로 다스리지 못한 불찰이 큽니다. 무엇보다 부마께서 건재하시니 소장은 근심 없이 물러설 수 있어 마음이 가볍습니다."

절로 존경의 염이 우러나오도록 하는 노장이다. 그의 진심을 읽고 온달은 그간 망설여온 결심을 다졌다.

"무슨 말씀인지 잘 알았습니다. 공주는 머지않아 수나라의 문제가 고구려를 침공할 것으로 내다보았습니다. 군대는 일사 분란한 지휘 체계를 갖춰야 합니다. 거칠 것 없는 폐하도 공주를 어려워하고 있습니다."

"폐하께는 공주님의 도움이 절실합니다."

구국의 결단을 숨긴 노장군의 겸손을 보면서 온달은 왠지 모르게 희열이 차오르고 가슴이 벅찬 느낌을 감출 수 없었다.

"상장군께서는 제게 많은 가르침과 도움을 베풀어주셨습니다. 짐작하시겠지만 저는 군대와 생리가 맞지 않는 사람입니다. 곧 저의 진퇴를 결정하겠습니다. 어려운 걸음을 해주셔서 정말 고맙습니다."

그렇게 말하는 온달의 얼굴에는 비장감마저 엿보였다.

그로부터 며칠 후, 온달은 공주와 상의도 하지 않고 영양왕을 찾아가 아뢰었다.

"신라가 우리의 한북 지역을 차지하고 자기들의 군현으로 만들었습니다. 그곳의 백성들은 부모의 나라를 잊은 적이 없다고 통탄한다 합니다. 바라건대 소장에게 군사를 주신다면 단숨에 옛 땅을 수복하겠나이다."

영양왕은 온달의 청원을 거절했다. 화평론을 주장해온 부마가 출정을 자청하는 것이 아무래도 꺼림칙했기 때문이다. 영양왕은 처음에 부마가 세간의 비난과 모략 때문에 공을 세우려 하나 보다고 여겼다. 계립현과 죽령을 수복하는 공을 세운다면 부마를 시기하는 무리로부터 자신을 보호할 수 있을 것이다.

온달의 간청이 재차 이어졌다.

"만약 계립현과 죽령 이북의 땅을 되찾지 못하면 살아서 돌아오지 않겠나이다. 이를 가상히 여겨 출정을 윤허하여주소서."

계립령은 가장 중요한 전략적 요충지 중 하나로, 신라의 경우에 특히 그러했다. 신라의 도성인 서라벌을 출발하여 군위, 의성을 거쳐 계립령으로 들어서면 곧바로 충주에 이르게 되고, 이곳에서 남한강의 물길을 이용하면 황해로 일사천리로 뻗어나갈 수 있다. 죽령 방면은 고구려에 의해 영주, 예안 등지가 유린당했지만 계립령은 한 번도 뚫리지 않았다. 그것은 신라가 중요 거점인 이곳을 얼마나 굳게 지켰는가를 보여주는 반증이었다. 그만큼 위험한 격전장이었다.

온달이 배수의 진을 치고 출정한다는 말을 듣고 평강은 가슴이 철렁 내려앉았다.

평강은 온달의 손을 잡고 하소연하며 극구 만류했다.

"저들은 서방님의 공이 부족하여 모략하는 것이 아닙니다. 반드시 저들을 응징하여 다시는 이런 일이 벌어지지 않도록 하겠습니다. 그러니 제발 그만두세요. 지금 전쟁에 나가시면 안 됩니다."

"나는 늘 당신을 존중했습니다. 언제나 당신의 의지를 따르고자 했지요. 당신이 행복할 수만 있다면 내가 무엇인들 못 하겠소? 나에게 가장 기쁜 일은 당신의 웃는 모습을 보는 것이오. 당신으로 인해 배움을 얻었고 더 넓은 세상의 이치를 알게 되었으니…… 부인, 내가 부족한 사람이라 정말 미안하오. 내게도 생각한 바가 있으니 기꺼운 마음으로 보내주세요."

온달은 전에 없이 완강했다. 평강은 그런 그를 보고 하염없이 눈물을 흘렸다.

평강은 두려웠다. 온달이 갑자기 이러는 이유가 무엇인지, 손에 피 묻히는 걸 무엇보다 싫어하는 사람이 마치 죽으러 가는 것처럼 인사를 하는 이유가 무엇인지, 생각하면 할수록 불길한 예감이 그녀를 짓눌렀다.

온 밤을 뜬눈으로 지새우며 평강은 생각을 거듭했다. 그러나 온달을 막을 방법이 도무지 떠오르지 않았다.

울긋불긋 현란하게 불타올랐던 단풍이 땅에 떨어져 바람에 날리니 스산함이 더했다.

수많은 인파가 거리를 메우고 출정하는 군사들을 환송했다. 평강은 걷다가 뛰고 숨이 차면 걸어서 행렬 속의 온달을 찾았다. 지아비가 전쟁터로 떠나는 것을 그저 눈뜨고 쳐다만 봐야 하다니…… 홀로 서기를 소망했던 날 이후 처음으로 그녀는 하늘을 보고 간절히 기원했다. 그러나 하늘은 무심했다. 그녀에게 아무 대답도 하지 않았다.

평강은 간신히 높은 둔덕을 찾아내어 한달음에 올라가 두리번거렸다. 저기, 온달이 보였다. 질풍을 타고 늠름한 기상으로 무장들을 이끌고 있었다.

어느 틈엔가 온달도 그녀를 발견하고 하늘 높이 손을 번쩍 치켜들었다. 그가 웃고 있다. 뭐가 즐겁단 말인가? 후회가 사무쳐 눈물이 앞을 가렸다. 눈물을 흘리면서 평강도 힘껏 손을 흔들어주었다.

'임이시여, 내 마음은 이리도 서러운데 어찌 웃고 계십니까?'

내가 무슨 짓을 했지? 온달이 벼슬을 원했던가? 순박한 그에게 대체 무슨 짓을 했단 말인가? 평강은 온달을 처음 만난 날부터 지금까지, 온갖 고초를 함께 겪었던 지난날을 떠올렸다. 가슴이 아팠다. 누군가 칼로 자신의 가슴을 쪼개고 심장을 꺼내는 것만 같았다.

평강은 손수 마차를 몰아 왕궁으로 향했다. 그녀는 동생 앞에 무릎을 꿇고 호소했다.

"태왕께서 부마를 막아주세요. 더 이상 견디지 못하겠습니다."

누이의 하소연을 듣는 영양왕의 눈가도 젖었다.

평강은 다시 애원했다.

"이 누이를 가엾게 여겨 부마를 살려주세요."

영양왕도 안타까웠다. 한 번도 흔들리는 모습을 보인 적이 없었던 철의 여인이 무릎을 꿇고 울며 애원하고 있다. 가냘픈 어깨를 들썩이며 우는 누이도 뭔가를 예감한 것 같았다.

"누님, 부마도위는 이미 각오를 하고 전선으로 떠난 것 같습니다. 이걸 보세요. 부마의 막사에서 나온 글입니다."

영양왕이 누이 앞에 옥판선지를 내려놓았다. 평강은 그 필체를 보고 가슴이 미어졌다. 분명 온달의 글씨였다. 글을 읽으면서 그녀는 불현듯 실이 끊어진 연처럼 한 가닥 남았던 기대조차 저만큼 날아가는 것을 느꼈다.

사람은 마음이 있고 그 마음속에는 생각이 있다.

입은 옷 색깔이 달라 싸워야 하는가? 서로 생각이 다르다 하여 죽여야 하는가?

대체 누가 옳고, 무엇이 그른가?

사람들아, 우리 그만 칼을 놓고 한 생명으로 어우러져 살아보세.

전쟁터로 싸우러 가는 사람이 그만 칼을 놓자고 하니, 이게 무슨 말인가?

한참을 서성거리던 영양왕은 태감을 불러 친필로 왕명을 적어 건넸다. 그러고는 누이에게 말했다.

"누님, 고구려는 큰 싸움을 앞두고 있습니다. 수나라의 침공이 가까워지고 있습니다. 허나 누님께서는 오래전부터 부왕을 도와 나라의 기틀을 잡고 그 기반을 다져놓았습니다. 누님, 부마를 찾아서 그를 말리십시오. 온달 장군은 죽고 죽이는 전쟁터와는 어울리지 않습니다. 저는 다만, 두 분이 행복하시기만을 빌 따름입니다."

평강은 뒤를 따르는 호위 무사들은 돌아보지도 않고 홍일미와 번갈아가면서 쌍두마차를 몰았다. 울퉁불퉁 웅덩이가 파진 황톳길을 굴러가는 마차 바퀴가 쿵쾅거리며 요동을 쳤다.

손바닥에 피멍이 들고 팔목이 퉁퉁 부어오르도록 평강은 말고삐를 채며 온달이 떠난 전쟁터를 향해 질주했다. 밤에는 무사들이 횃불을 밝혀 길을 열고 지친 말은 역참에서 교체해가며 그들은 쉼 없이 달렸다.

해는 구름에 가리고

아단성阿旦城.

겨울의 초입이었지만 날씨는 더없이 청명했다. 파란 하늘이 끝없이 펼쳐져 있고 둥실 뜬 뭉게구름은 입으로 불면 날아갈 것처럼 눈앞에 선명했다.

온달을 필두로 석성의 보 위에 좌우에 늘어선 별동대 무장들은 하나같이 맹장들이었다. 그의 친위 군사들은 공격 명령이 떨어지길 기다리며 성문 입구에 대기해 있었다. 그리고 신라군 진형은 저 아래에 펼쳐져 있었다. 기마대, 장창부대, 궁수대가 전투 대형을 갖추며 분주히 움직이는 것을 보니 목숨을 건 전쟁터에 있다는 것이 새삼 실감되었다.

온달은 부드러운 눈빛으로 주변을 둘러보았다. 그는 상쾌한 공기를 양껏 들이마셨다 내쉬었다. 때마침 불어온 한 줄기 세찬 바람에 삼족오 깃발과 각종 표기들이 귀가 따갑도록 펄럭이며 자신들의 존재를 알렸다.

한참을 끈기 있게 기다리던 김용철이 다가와서 온달에게 말했다.

"장군, 군사들이 기다리고 있습니다."

"그렇군요. 그동안 고생 많았습니다. 모자란 이 사람을 돕느라고요."

"갑자기 무슨 말씀이신지?"

갑자기 사의를 표하는 온달의 말에 김용철은 고개를 갸우뚱했다.

"군세를 보니 신라도 정예병을 투입했나 봅니다."

"네, 신라는 계립령을 경계로 삼아 고구려의 남진을 저지해왔습니다. 한 발짝도 물러서지 않을 것입니다."

"이제 가야 할 시간입니다."

호위 무관이 온달에게 달려와 투구를 건넸다.

"투구는 됐습니다. 놔두십시오."

온달은 의미심장하게 웃으며 단숨에 질풍의 안장 위로 올라탔다. 휘하 무장들은 영문을 몰라 의아해했다. 그런 장수들을 돌아보며 온달이 말했다.

"장군들은 들으시오. 군사들은 현 위치를 고수합니다. 이건 명령입니다."

장수들은 어리둥절해하다가 비로소 지금 온달이 무엇을 하려는지 깨달았다. 여기저기서 흐느낌 섞인 목소리가 터져 나왔다.

"장군, 무슨 말씀이십니까?"

"장군! 아니 되옵니다."

김용철의 눈빛에도 당황스러움이 가득 찼다.

"예전부터 꼭 하고 싶었던 일입니다. 이랴!"

온달은 질풍을 타고 자신의 지휘부 군막으로 다가가서 세워진 깃발들을 단칼에 베어버렸다. 우수수 허리가 잘린 깃발들이 넘어갔다. 이해 못 할 온달의 행동을 보고 군사들이 일제히 웅성거렸다.

성문 앞에 다다른 온달은 군사들에게 명령을 내렸다.

"성문을 열어라. 내가 나가고 나면 다시 성문을 걸어 잠가라!"

성문이 열렸다. 마치 다른 세계로 통하는 문이 열리는 듯했다.

온달은 열린 문 밖으로 펼쳐진 바깥 풍경을 잠시 물끄러미 바라보았다. 그러고는 살짝 고삐를 챘다.

온달이 홀로 밖으로 나가자 육중한 성문이 그에 걸맞은 신음을 토해내며 닫혔다.

온달은 성문 앞을 두어 번 맴돌다 질풍의 배에 박차를 가하고 신라군 진지를 향해 치달았다.

갑작스럽게 돌진해 오는 적장을 발견하고 신라군 진지에서 궁수대가 나와 도열했다.

"시위 걸어!"

적장의 지휘에 따라 궁수대가 활시위를 당겨 하늘 높이 겨냥했다.

"쏴!"

온달 한 사람을 노리고 수없이 많은 화살이 날아갔다. 온달을 태운 질풍은 하늘을 가르고 날아오는 화살비를 헤쳐 나갔다.

두두두, 두두두, 두두두…….

우박처럼 쏟아지는 화살을 아랑곳하지 않고 콧김을 토하며 땅을 박차는 질풍의 발굽이 마음껏 대지를 유린했다.

말에 채찍을 가하는 평강의 귀에 군사들의 함성이 산을 넘어 메아리쳐 들려왔다. 밤새 관도를 달려온 그녀의 머리카락은 마구 헝클어졌고 혈색은 백지장 같았다.

이제 거의 다 왔다. 제발 늦지 않았기를 간절히 빌며 평강은 말을 재촉했다.

"이랴, 이랴."

온달의 눈에 신라군 진영에서 다급하게 움직이는 군사들이 보였다. 그는 거침없이 질풍을 몰아 흙과 나무로 쌓은 방어막을 훌쩍 뛰어넘었다.

멀리 덤불숲 속에서 그 광경을 지켜보는 자들이 있었다. 영양왕의 밀명을 받고 잠복한 임정수와 이진무의 철기병대였다. 두 사람은 단기필마로 적진을 휘젓는 온달 장군이 왜 저러나 싶어 궁금증이 커졌다. 그러나 온달 장군이 신라의 군기를 노리고 그것을 일도양단으로 꺾는 것을 보고 나서야 그의 목적을 이해했다. 온달다운 선택이었다.

이진무는 비로소 온달이 전쟁에 자원한 이유와 영양왕이 내린 밀명의 의미를 확실히 깨달았다.

"우리가 한발 늦었습니다."

안타까워하는 임정수에게 이진무가 말했다.

"장군, 뒤를 부탁합니다."

"지금 뛰어드는 건 너무 무모합니다."

"저는 온달님께 목숨을 빚진 사람입니다. 이제 그걸 갚을 때가 왔습니다. 결사대는 대열을 유지하라! 온달 장군을 구해야 한다."

이진무의 명을 받은 철기병들이 고삐를 굳게 잡고 창을 꼬나들었다.

"자, 나간다. 돌격!"

50여 명의 철기병이 부챗살처럼 퍼지면서 신라군 진지로 뛰어들었다. 결사대를 노리고 사방에서 유시流矢가 날아왔다. 신라군 기병도 출진하여 결사대를 막아섰다.

저만치 앞에서 신라군에 몇 겹씩 포위된 온달이 더 나아가지 못한 채 찔러 오는 창을 검으로 쳐내고 있었다. 이진무와 결사대는 혼전의 틈바구니에서 빠져나와 크게 원을 그리면서 온달을 향해 접근했다. 그물과 올가미가 날아와 그들을 말에서 떨어뜨렸다. 신라 보병은 군마 다리에 창대를 걸어 쓰러뜨린 뒤 기병에게 달려들어 철갑 사이 빈틈을 찾아 칼을 찔러 넣었다. 점차 희생자가 늘어났다.

질풍은 목에다 서너 개의 올가미를 걸고 앞발을 하늘 높이 차면서 버둥거렸다. 질풍을 힘으로 옭아맨 병사들이 온달을 향해 쇠뇌를 쏘고 창을 던졌다. 이윽고 집중 공격을 받던 온달이 말안장에서 떨어져 바닥에 나뒹굴었다. 사기가 오른 군사들이 개미 떼처럼 그에게 몰려들었다. 중과부적이다.

온달은 그들을 막아낼 생각이 없는 듯했다. 병사들이 몸에 칼과 창을 찔러도 그는 거의 방어를 하지 않았다. 간신히 포위망을 뚫고 들어간 결사대가 온달을 부축해 일으켰다.

"장군! 접니다. 정신 차리십시오!"

실신한 온달의 몸이 축 늘어졌다. 이미 그의 철갑은 우그러지고, 찢긴 틈새로 선혈이 줄줄 흘러내렸다.

"공주님이 오고 계십니다. 장군!"

이진무는 미동도 없는 그를 어깨 위에 둘러메었다. 결사대는 그들을 호위하며 필사적으로 적진을 뚫고 앞으로 나아갔다. 그 와중에 온달을 둘러멘 이진무가 집중 공격을 당했다. 창날이 그의 철갑을 관통했다.

"선창이오!"

적병의 외침이 끝나기도 전에 다시 한 번 적의 창이 이진무의 몸을 찔렀다. 그는 가까스로 장창에 기대어 몸을 지탱했다.

"장군, 부마는 제가 업고 가겠습니다."

"부마를 부탁한다. 꼭 살려야 할 분이다."

이진무는 입에서 울컥울컥 피를 쏟아냈다.

"장군!"

"난 틀렸다. 가라, 어서!"

이진무는 가물거리는 정신의 한끝을 잡고 입술을 달싹거렸다.

"온달님, 무사하셔야 합니다."

이진무로부터 온달을 건네받은 병사는 다른 병사들이 길을 열어주는 가운데 그를 업고 필사적으로 뛰었다. 그들이 탈출구를 찾아 좌충우돌하는 것을 보고, 숨을 죽이고 혼전 상황을 지켜보던 임정수가 말고삐를 당겨 남아 있는 결사대원들의 앞에 나섰다.

"부마도위를 구한다. 진격하라!"

그 말이 떨어지자마자 결사대가 신라군 진지를 향해 달려들었다.

산성 위에서 눈을 가늘게 뜨고 치열한 접전을 바라보던 김용철도 더 이상은 참을 수 없었다. 그는 군사들에게 큰 소리로 외쳤다.

"전군, 진격한다. 큰북을 울려라!"

둥둥둥, 둥둥둥, 둥둥둥.

대고가 세 번 울리자 성문이 활짝 열리고 고구려 병사들이 물밀듯이 신라군 진지를 향해 쳐들어갔다. 군사들의 함성과 비명, 말 울음소리가 하늘과 땅을 가득 메웠다. 바람이 일으킨 부연 흙먼지가 인간들이 벌이는 살육의 현장을 가려주었다.

날이 어두워지면서 전투가 소강상태에 접어들었다. 양군은 거리를 두고 물러서서 대치했다.

고구려 지휘부 군막에 막 도착한 평강이 애타게 온달을 찾았지만 그는 어디에도 없었다. 온몸에 부상을 입은 김용철이 연락을 받고 달려와 공주를 맞이했다.

"공주님, 소장 김용철입니다."

"오, 장군. 부마는 어디 계십니까?"

평강의 얼굴은 어둠 속에서도 창백하다 못해 핏기가 하나도 없어 보였다.

"단신으로 적진에 뛰어들다니…… 어찌 그럴 수가 있습니까?"

"황송하오나 지금은 어두워서 대장군의 생사를 알 수 없습니다. 어디에 계신지 군사들이 횃불을 밝히고 백방으로 찾고 있습니다."

김용철은 울먹이는 소리를 간신히 참으며 아뢰었다. 순간 평강이 중심을 잃고 휘청거리자 곁에서 홍일미가 재빨리 그녀를 부축했다. 평강은 잠시 홍일미에게 기대어 몸을 추슬렀다.

아직은 모르는 일이다. 군사들이 지켜보고 있지 않은가? 평강은 후들거리는 두 다리에 힘을 주고 버텨내면서 걸음을 떼었다. 한 발 한 발. 그러나 자신의 발이 땅을 밟고 걸어가는 건지 허공에 떠서 가는 건지 분간이 되지 않았다.

성곽 위에서 평강은 새카맣게 어둠이 깔린 전쟁터를 바라보며 망부석처럼 움직이지 않았다. 저기 어딘가에 온달님이 있으리라.

적막한 밤하늘에 까마귀 떼가 희미한 궤적을 그리며 어둠 속에 묻혔다.

까악, 까악, 깍, 깍.

발악을 하듯 찢어지는 울음소리가 허공을 맴돌며 그녀의 슬픔을 대신해주었다. 그녀는 간절하게 빌었다.

"살아 계셔야 합니다. 못다 한 약속이 남았습니다. 서방님, 저를 두고 떠나시면 안 됩니다. 어디라도 따라갈 것이니 살아 계셔야 합니다."

부슬비인지, 진눈깨비인지 모를 촉촉이 젖은 눈비가 바람 부는 대로 이리저리 휘날렸다.

임정수의 결사대가 지휘부 군막으로 온달을 눕힌 수레를 경호하며 끌고 오는 중이라 했다. 평강은 입술이 마르고 몸에서는 오한이 일었다. 오만 가지 생각이 그녀의 머릿속에 회오리치고 있었다.

이윽고 군막 안으로 전령의 목소리가 낭랑하게 울려 퍼졌다.

"부마를 실은 수레가 막 당도했사옵니다!"

반듯하게 누운 온달의 철갑은 피에 젖었고 흰 천으로 몸이 반쯤 가려져 있었다. 밖으로 뛰쳐 나온 평강은 온달을 보자 그만 넋을 잃었다. 몇 걸음 떼지 못하고 쓰러진 그녀는 온달을 부여잡고 절규하듯 통곡했다.

"안 됩니다. 이대로 가시면 어쩌란 말입니까? 장군, 눈을 떠보세요. 어서!"

어느새 수많은 군사들이 주위를 둘러싸고 그들의 영웅이었던 한 남자를 숙연히 내려다보고 있었다.

"공주님, 진정하십시오. 이러다 몸이 상하겠습니다."

어깨를 흔들며 달래보아도 소용이 없었다. 임정수는 아랫입술을 살짝 깨물고 뭔가를 생각한 다음, 비통해하는 평강에게 귀엣말로 속삭였다.

"부마는 아직 살아 계십니다. 가늘지만, 숨을 쉬고 계십니다."

"아니, 그게 무슨 말입니까?"

평강이 소스라치게 놀라 눈을 크게 떴다.

"치료를 받고 요양하시면 무사하실 것입니다."

"대체 어떻게……."

"폐하의 어명이 있었습니다. 별동대 외에는 이 사실을 아는 자가 없습니다."

평강의 마음을 진정시킨 뒤 임정수가 명을 내렸다.

"군막 주위를 휘장으로 가려라!"

이윽고 차양막이 넓게 사방으로 쳐져 군사들의 번거로운 시선을 차단시켰다.

다음날 오후, 해가 먹구름에 가려 사방이 어둠침침했다.

군막 안에는 덩그러니 검은 목관이 놓여 있었다. 군사들이 차례로 찾아와 그 관 앞에 향을 사르고 배례를 올렸다. 상복을 입고 홍일미와 함께 서 있는 평강공주의 모습은 처연했다. 그러나 그녀의 눈빛은 차분히 가라앉아 있었다.

임정수가 별동대원들에게 명을 내렸다.

"관을 마차로 옮겨라. 장안성으로 운구한다."

수많은 군사들이 마지막 떠나는 장군을 배웅하기 위해 둘러서 있었다. 그동안 참아왔던 병사들의 통곡 소리가 여기저기서 터져 나왔다.

"장군!"

"장군!"

김용철과 별동대 무장 여덟 명이 관을 감싼 흰 광목 끈을 어깨에 메고 들어 올렸다. 그런데 웬일인지 관이 움직이지 않았다.

임정수가 관 옆에서 크게 외쳤다.

"뭣들 하느냐? 용을 써라!"

그러나 관은 꼼짝도 하지 않았다. 별동대 무장들은 이마에 맺힌 땀을 손등으로 훑었다.

"어쩐 일인지 관이 꼼짝하질 않습니다."

"다시 해봐!"

"하나, 둘, 셋. 영차!"

온달의 관이 마치 땅에 얼어붙은 듯이 움직이지 않는 것을 보고 군사들이 술렁거렸다.

"세상에 저런 일이 있나?"

"장군의 혼이 떠나고 싶지 않은가 봐."

군사들이 당황하기 시작하자 임정수가 공주를 돌아보며 눈으로 재촉했다. 깊이 심호흡을 한 번 한 뒤 공주가 목관 곁으로 다가섰다. 쥐죽은 듯이 고요해진 군사들이 공주의 움직임을 지켜보았다.

"서방님, 이미 생사가 결정되었습니다."

공주는 부드럽게 관을 쓰다듬으며 살아 있는 사람에게 하듯이 말을 걸었다.

"이제 편히 쉬세요. 그만 떠나셔야 합니다."

공주가 말을 끝내고 한 걸음 물러서자 다시 별동대 무장들이 광목 끈을 어깨에 두르고 일제히 힘을 썼다. 이번에는 온달의 관이 거짓말처럼 번쩍 들렸다.

"관이 움직였어."

온달의 관이 마차 위에 조심스럽게 올려지자, 구경하던 군사들의 함성이 여기저기서 터져 나왔다.

"하늘이 감복했어."

"이렇게 신기할 수가!"

군사들의 소란을 진정시키며 임정수가 다시 크게 외쳤다.

"장군님이 떠나신다. 길을 물려라."

김용철을 위시한 별동대 무장들이 온달의 관을 실은 마차를 호위하고, 그 뒤를 공주와 홍일미가 따랐다. 아단성을 뒤로하고 길게 늘어서 가는 온달 장군의 운구 행렬 위로 복사꽃같이 탐스런 눈송이가 소복소복 떨어졌다.

온달 장군은 장안성 인근 동명왕릉이 위치한 왕가의 묘역에 안장되었다.

대신들과 함께한 자리에서 무사히 하관을 마치고 장례를 끝냈다는 소식을 듣고, 영양왕은 먼 하늘을 바라보며 비통함을 감추지 못했다. 그러나 사실, 왕은 마음속으로 누이의 안녕을 빌고 있었다.

'누님, 부디 부마와 오래오래 행복하십시오.'

영양왕은 권력투쟁과 끝없는 살육의 현장에서 온달을 구해주고 싶었다. 그들의 안타깝고 애달픈 사랑을 지켜주고 싶었다. 그래서 전쟁터에서 온달을 구해 오라는 밀명을 내렸던 것이다.

평강공주와 온달 장군은 왕실과 백성들을 강하게 이어주는 구심점 역할을 했다.

소문의 요체는 이러했다.

'사랑하는 공주를 두고 떠날 수 없었던 온달 장군의 관이 움직이지 않았다. 공주가 관을 쓰다듬으면서 편히 쉬라고 하자 그제야 관이 땅에서 떨어졌다. 이 얼마나 숭고한 사랑인가!'

죽은 온달 장군의 관이 움직이지 않았다는 신기한 일화 덕에 두 사람의 사랑 이야기는 더욱 널리, 오랫동안 사람들의 입에서 입으로 회자되었다.

그들은 사노인의 상단에서 마련해준 상선 두 척에 나눠 탔다. 평강공주와 온달, 온소문, 임정수, 김용철, 홍일미를 비롯하여 끝까지 살아남은 별동대원 50여 명, 사씨 집성촌 아이들과 처녀들이 동행이었다. 그들의 얼굴에는 활기가 넘쳤고 아이들의 목소리는 기대감에 부풀어 있었다.

따사로운 햇살이 온몸을 포근하게 감싸주는 오후였다. 공주의 부축을 받으며 온달은 느릿느릿 발걸음을 옮겼다. 산을 타고 내려온 바람에는 봄의 온기와 향기가 흠뻑 담겨 있었다.

온달은 뱃머리에 내놓은 의자에 편하게 등을 기대고 공주를 올려다보며 물었다.

"모든 걸 버리고 떠나자니 무척 아쉽지요?"

"식구가 많아졌습니다. 햇살이 따뜻하고 아이들 웃음도 밝으니 그걸로 됐습니다."

"그런데 어찌 눈물을 흘리시오?"

"흐르는 눈물은 같으나 그 속마음은 많이 다르답니다."

살그머니 어깨에 걸친 공주의 손을 잡으며 온달은 봄꽃처럼 환하게 웃었다.

배의 닻이 올려지고 바다로 향하는 순풍이 불었다.

사각 돛을 활짝 펼친 배가 미끄러지듯이 물살을 헤치며 대양을 향해 나아갔다.

그후, 평강공주에 대한 소식은 아무도 몰랐고 소문으로도 들려오지 않았다.

고구려 제26대 영양왕은 재위 중에 수나라와 천하를 놓고 격전을 치렀다.

네 차례에 걸친 전쟁에서 영양왕은 대승을 거두었고 결국 수나라는 멸망의 길로 접어들었다.

三國史記 卷 第四十五 列傳 第五

溫達 高句麗平岡王時人也 容貌龍鍾可笑 中心則晬(醉)然 家甚貧
常乞食以養母 破衫弊履 往來於市井間 時人目之爲愚溫達 平岡王少
女兒好啼 王戲曰 汝常啼聒我耳 長必不得爲士大夫妻 當歸之愚溫達
王每言之

온달은 고구려 평강왕(평원왕) 때의 사람이다. 얼굴이 험악하고 우
스꽝스럽게 생겼지만 마음씨는 밝았다. 집안이 몹시 가난하여 항상
밥을 빌어 어머니를 봉양하였으며, 떨어진 옷과 신발을 걸치고 시정
간을 왕래하여 당시 사람들이 그를 "바보 온달"이라고 불렀다.

평강왕의 어린 딸이 곧잘 울었으므로 왕이 농담으로 "네가 항상 울
어서 내 귀를 시끄럽게 하니, 커서 틀림없이 사대부의 아내가 못 되
고 '바보 온달'에게 시집을 가야겠다"라고 하였다. 왕은 그녀가 울
때마다 이런 말을 하였다.

及女年二八 欲下嫁於上部高氏 公主對曰 大王常語 汝必爲溫達之婦
今何故改前言乎 匹夫猶不欲食言 況至尊乎 故曰 王者無戲言 今大
王之命 謬矣 妾不敢祗承 王怒曰 汝不從我敎 則固不得爲吾女也 安
用同居 宜從汝所適矣

딸의 나이 16세가 되어 왕이 딸을 상부 고씨에게 시집보내려 하니
공주가 대답하기를 "태왕께서 항상 말씀하시기를 너는 반드시 온달
의 아내가 되리라 하셨는데, 오늘 무슨 까닭으로 전일의 말씀을 바꾸

십니까? 필부도 거짓말을 하려 하지 않는데 하물며 지존이야 말할 것이 있겠습니까? 그러므로 '임금은 농담을 하지 않는다'고 하는 것입니다. 이제 태왕의 명령이 잘못되었으므로 소녀는 감히 받들지 못하겠습니다"라고 하니, 왕이 화를 내며 말했다. "네가 내 말을 듣지 않는다면 정말로 내 딸이 될 수 없다. 어찌 함께 살 수 있겠느냐? 너는 네 갈 데로 가는 것이 좋겠다."

於是 公主以寶釧數十枚繫肘後 出宮獨行 路遇一人 問溫達之家 乃行至其家 見盲老母 近前拜 問其子所在 老母對曰 吾子貧且陋 非貴人之所可近 今聞子之臭 芬馥異常 接子之手 柔滑如綿 必天下之貴人也 因誰之俑 以至於此乎 惟我息不忍饑 取楡皮於山林 久而未還公主出行 至山下 見溫達負楡皮而來 公主與之言懷 溫達悖然曰 此非幼女子所宜行 必非人也 狐鬼也 勿迫我也 遂行不顧 公主獨歸 宿柴門下 明朝 更入 與母子備言之 溫達依違未決 其母曰 吾息至陋 不足爲貴人匹 吾家至寠 固不宜貴人居 公主對曰 古人言一斗粟猶可舂 一尺布猶可縫 則苟爲同心 何必富貴然後可共乎 乃賣金釧 買得田宅奴婢牛馬器物 資用完具

이에 공주는 보물 팔찌 수십 개를 팔꿈치에 걸고 궁궐을 나와 혼자 길을 떠났다.

길에서 한 사람을 만나 온달의 집을 물어 그의 집까지 찾아갔다.

그리고 눈먼 노모를 보고 앞으로 가까이 다가가서 절을 하며 아들이 있는 곳을 물었다. 늙은 어머니가 대답하였다.

"내 아들은 가난하고 보잘것없으니, 귀인이 가까이할 만한 사람이 못 되오. 지금 그대의 냄새를 맡으니 향기가 보통이 아니고, 그대의 손을 만지니 부드럽기가 솜과 같으니, 필시 천하의 귀인인 듯하오. 누구의 속임수로 여기까지 오게 되었소? 내 자식은 굶주림을 참다못 하여 느릅나무 껍질을 벗기려고 산 속으로 간 지 오래인데 아직 돌아오지 않았소."

공주가 그 집을 나와 산 밑에 이르렀을 때, 온달이 느릅나무 껍질을 지고 오는 것을 보았다. 공주가 그에게 자기의 생각을 이야기하니 온달이 불끈 화를 내며 말했다.

"이는 어린 여자가 취할 행동이 아니니 필시 사람이 아니라 여우나 귀신일 것이다. 나에게 가까이 오지 말라!"

온달은 그만 돌아보지도 않고 가버렸다. 공주는 혼자 돌아와 사립문 밖에서 자고, 이튿날 아침에 다시 들어가서 모자에게 자세한 사정을 이야기하였다. 온달이 우물쭈물하며 결정을 내리지 못하고 있는데 그의 어머니가 말했다.

"내 자식은 비루하여 귀인의 짝이 될 수 없고, 내 집은 몹시 가난하여 귀인이 거처할 수 없소."

공주가 대답하였다.

"옛사람의 말에 '한 말의 곡식도 방아를 찧을 수 있고, 한 자의 베도 꿰맬 수 있다'고 하였으니 만일 마음만 맞는다면 어찌 꼭 부귀해야만 같이 살겠습니까?"

말을 마치고 공주가 금팔찌를 팔아서 전지, 주택, 노비, 우마, 기물 등을 사들이니 살림 용품이 모두 구비되었다.

初 買馬 公主語溫達曰 愼勿買市人馬 須擇國馬病瘦而見放者 而後 換之 溫達如其言 公主養飼其勤 馬日肥且壯 高句麗常以春三月三日 會獵樂浪之丘 以所獲猪鹿 祭天及山川神 至其日 王出獵 羣臣及五 部兵士皆從 於是 溫達以所養之馬隨行 其馳騁常在前 所獲亦多 他 無若者 王召來 問姓名 驚且異之

처음 말을 살 때 공주가 온달에게 말하기를 "부디 시장의 말을 사지 말고, 나라에서 쓸모가 없다고 판단하여 백성에게 파는 말을 선택하되, 병들고 수척한 말을 골라 사 오세요"라고 하니 온달이 그대로 말을 사 왔다.

공주는 부지런히 말을 길렀다. 말은 날로 살찌고 건장해졌다.

고구려에서는 언제나 봄 3월 3일을 기하여 낙랑 언덕에 모여서 사냥하여 잡은 돼지와 사슴으로 하늘과 산천의 신령에게 제사를 지냈다. 그날이 되어 왕이 사냥을 나가는데 여러 신하와 5부의 군사들이 모두 수행하였다.

이때 온달도 자기가 기르던 말을 타고 수행하였는데, 그는 항상 앞
장서서 달리고, 또한 포획한 짐승도 많아서 다른 사람이 그를 따를
수 없었다. 왕이 불러서 성명을 듣고 놀라며 기이하게 여겼다.

時 後周武帝出師伐遼東 王領軍逆戰於拜山之野 溫達爲先鋒 疾鬪斬
數十餘級 諸軍乘勝奮擊大克 及論功 無不以溫達爲第一 王嘉歎之曰
是吾女壻也 備禮迎之 賜爵爲大兄 由此 寵榮尤渥 威權日盛 及陽岡
王卽位 溫達奏曰 惟新羅割我漢北之地爲郡縣 百姓痛恨 未嘗忘父母
之國 願大王不以愚不肖 授之以兵 一往必還吾地 王許焉 臨行誓曰
鷄立峴竹嶺已西 不歸於我則不返也 遂行 與羅軍戰於阿旦城之下 爲
流失所中 路而死 欲葬 柩不肯動 公主來撫棺曰 死生決矣 於乎歸矣
遂舉而窆 大王聞之悲慟

이때, 후주의 무제가 군사를 출동시켜 요동을 공격하자 왕은 군사
를 거느리고 배산 들에서 맞아 싸웠다. 그때 온달이 선봉장이 되어
용감하게 싸워 수십여 명의 목을 베니, 여러 군사들이 이 기세를 타
고 공격하여 대승하였다.

공을 논의할 때 온달이 제일이라고 하지 않는 사람이 없었다. 왕이
그를 가상히 여기어 감탄하기를 "이 사람은 나의 사위다"라 하고, 예
를 갖추어 그를 영접하고 그에게 작위를 주어 대형으로 삼았다.

이로부터 그에 대한 왕의 은총이 더욱 두터워졌으며, 위풍과 권세

가 날로 성하여졌다.

양강왕(영양왕)이 즉위하자 온달이 아뢰기를 "지금 신라가 우리의 한북 지역을 차지하여 자기들의 군현으로 만들었으므로 그곳의 백성들이 통탄하며 부모의 나라를 잊은 적이 없습니다. 바라옵건대 태왕께서 저를 어리석고 불초하다고 여기지 마시고 군사를 주신다면 단번에 우리 땅을 도로 찾겠습니다"라고 하니, 왕이 이를 허락하였다.

그가 길을 떠날 때 맹세하였다.

"계립현과 죽령 서쪽의 땅을 우리에게 귀속시키지 않으면 돌아오지 않겠습니다."

그는 드디어 진격하여 아단성 밑에서 신라군과 싸우다가, 날아오는 화살에 맞아 전사하였다. 그를 장사지내려 하였으나 영구가 움직이지 않았다.

공주가 와서 관을 어루만지면서 "생사가 이미 결정되었으니, 아, 돌아가소서!"라 말하자 마침내 관이 움직여서 영구를 들어 하관하였다.

태왕이 이 소식을 듣고 비통해하였다.